【第六版】新版・俳句歳時記 秋

桂　信子
金子兜太
草間時彦
廣瀬直人
古沢太穂
監修

雄山閣

序

季語には日本の風土に根ざした豊かな知恵、美意識、季節感が凝縮しています。その季語の集大成である「歳時記」は俳人や俳句を愛する方ばかりでなく、広く日本人に愛されてきました。

季語も俳句も時代とともに進化、発展しています。新しい世紀を迎えて、新しい時代に対応した歳時記が求められる所以です。

このたび雄山閣は、このような時代の要請に応え、携帯に便利な文庫版の歳時記を企画したところ、桂信子、金子兜太、草間時彦、廣瀬直人、古沢太穂の諸先生方が監修を引き受けてくださり、また多数の有力結社、有力俳人（巻末記載）のご協力を得ることができました。この「歳時記」は、企画より足掛け三年を経て完成しましたが、この間に故人となられた先生もおられます。ここでは企画発足当時のお名前を記し謝意といたしました。

この「新版・俳句歳時記」は、歳時記としては初めての試みとして、例句の一部を公募によって募集することにしました。この企画は当初賛否両論ありましたが、結果的に応募句約一万句（入選収録句約一千句）という大きな共感を得ることができました。

また、現代にふさわしい新季語の採用に努めました。その一部をあげれば、「リラ冷え」「花粉症」「ひとで」「冷し中華」「森林浴」「沖縄慰霊の日」「ラベンダー」「はまごう」「絹雲」「阪神淡路大震災忌」「クリオネ」などです。

さらに俳句の伝統を考慮しつつも、時代に即して季語の季節区分を改めました。それは「花火」（秋から夏）「蜻蛉」（秋から夏）「朝顔」（秋から夏）「西瓜」（秋から夏）「シクラメン」（春から冬）

などです。

この歳時記は、文庫版という制約から、いたずらに見出し季語の数を増やすよりも季語解説のやさしさと例句の充実に努め、俳句の実作の助けになることを目指しました。

さらに同じく歳時記として例句の理解を助けるため初めて「近現代俳人系統図」をつけました。

時代を反映する歳時記は、留まることなく進化することが求められます。この「新版・俳句歳時記」は、その名のとおり絶えず「新版」であることを目指し、数年ごとに改訂し、より正確で、より優れた例句の充実を行うものです。

俳人、俳句を愛する方、これから俳句を作り始めたいと思っている方の座右の書としてご愛用を切にお願いします。

二〇〇一年七月

雄山閣「新版・俳句歳時記」編纂委員会

「第六版刊行に際して」

『新版俳句歳時記』はおかげさまで、版を重ね二〇一六年に第五版を刊行することが出来ました。その後の季語の変遷、特に祝日法の改正による「山の日」などの新設を踏まえ、必要最小限の改定を加え、また若干の誤字・誤植などの訂正などを行い、ここに第六版を刊行することとしました。

これまでの版と大きく異なる点は、携帯利用の便も考慮して、合本でなく春・夏・秋・冬・新年の五分冊としたことです。引き続きご愛顧くださるようお願いします。

二〇二三年八月

雄山閣『新版俳句歳時記』編纂委員会

編集長　松田ひろむ

凡　例

1　季節区分は、春は立春から立夏の前日までとし、以下、夏は立夏から立秋の前日まで、秋は立秋から立冬の前日まで、冬は立冬から立春の前日までとした。新年は正月に関係のある季語を収めた。例外的に一連の行事となる「端午の節句」（夏）や「原爆忌」（夏）などは季節がまたがっても一つの季とした。

2　季語の配列は、時候・天文・地理・生活・行事・動物・植物の順とし、同一系統のものをまとめるように努めた。

3　季語は俳句の伝統を考慮しつつも時代に応じて季節区分などの見直しを行い、また新季語の採用に努めた。季語解説の末尾に↓で関連のある季語を示した。

4　見出し季語は原則として、現代仮名づかいとしたが、現代仮名づかいでは意味が不明瞭な場合は、旧仮名づかいとした。

5　見出し季語の漢字表記部分にはふり仮名を付した。右側に現代仮名づかいを付し、旧仮名づかいが現代仮名づかいと異なる場合は、左側に旧仮名づかいを付した。

6　見出し季語に関連のある傍題・異名・別名は見出し季語の下に示した。

7　季語の解説は、平易で簡潔な記述とした。解説は、現代仮名づかいとしたが、引用部分は原則的には原文のままとした。

8　誤読のおそれのある漢字、難読と思われる漢字には、原文・原句のふり仮名の有無にこだわらず、現代仮名づかいでふり仮名を付した。

9　例句は広く秀句の収録を期するとともに、公募による入選句を収めた。近世の例句は一部表記を改めた場合もある。明治以降の例句は原文どおりとした。

10　季語・解説・例句の漢字は、原文・原句などの字体にかかわらず、新字体を用いることを原則とした。ただし、旧字体の方が適当と思われる部分は例外的に旧字体を使用した。引用部分や、作者名など固有名詞の旧字体部分は、原則として旧字体のままとした。ただし、元が旧字体であっても、新字体が広く一般的に使用されている固有名詞などは、例外的に新字体を使用した。なお新字体漢字の中で、「略字」と指摘される場合があるものでも、すでに広く一般の印刷物で使用されているものについては、そのままその字体を使用した。

11　例句の配列は、作者の時代順となるように努めた。近世の俳人は号のみ、明治以降の俳人は姓号で示した。

12　索引は、見出し季語のほか、傍題・異名を現代仮名づかいで五十音順に収めた。見出し季語はゴシック体で示した。

13　新年巻には付録として、行事一覧、忌日一覧、二十四節気七十二候表を掲載するとともに、別に近現代俳人系統図をつけた。また巻末には、春から新年までの総索引を付した。

目次

秋

時候

天文

行事

動物

植物

秋

時候

秋（あき）　白秋　白帝　素秋（そしゅう）　金秋（きんしゅう）　三秋（さんしゅう）　九秋（きゅうしゅう）

立秋から立冬の前日までが秋で、現代の暦日では八月八日ごろから十一月七日ごろまでとなる。空が高く澄み夜空に月が輝き星座のきらめく季節。水が澄み穀物が実り収穫の季でもある。傍題の三秋は初秋・仲秋・晩秋の総称で、九秋は秋九十日のこと。

くろがねの秋の風鈴鳴りにけり　飯田蛇笏
秋の航一大紺円盤の中　中村草田男
真帆（まほ）白帆（しらほ）みるみる秋に従へり　飯田龍太
山国の秋迷ひなく木に空に　福田甲子雄
おい癌め酌みかはそらぜ秋の酒　江國滋
水を行く秋は命の数を書き　津根元潮
黒潮に秋がひろがりゐたりけり　柏禎
ころがってゆきし玩具の秋の窮　行方克巳
星はみな女性名詞や羅馬の秋　マブソン青眼
とめどなく秋の簾となってをり　岡崎るり子
三県を一景にして瀞（とろ）の秋　磯野充伯
三県を懐にして瀞の秋　磯野多希
巻貝にすめらみくにの秋の砂　木内彰志
分去（わかさ）れも貸蒲団屋の薔薇も秋　田口彌生
さびさびと竹賓の乾き風は秋　神谷美和
今朝からは本当に秋鼻濁音　小山いたる
一経木に一戒名のにじむ秋　吉原縫子
坐りても立ちても秋の水平線　岩淵喜代子
網小屋に飯噴いてをり島の秋　田沢公登
甕（かめ）の蓋とれば虚（うつろ）や秋の闇　高山洋子
逆立ちてをりたる秋の金魚かな　村中燈子
棒道（ぼうみち）にほとほとと秋置いてある　幸田昌子

白波も錆ゆくものか日は秋へ　橋本榮治
秋の樹の万朶(ばんだ)の小声青空へ　米山源雄
絹肌の塩あんびんの白き秋　中里晶子
あるがまゝ秋の宮居に額づきし　工藤隆子
入魂の梵鐘ひびく加賀の秋　名部五百子
秋の午後「正面麗子」に観られけり　今関幸代
玉櫛笥秋の光を吸ひにけり　中島陽華
くつがへる波とはならず鞆の秋　桜木俊晃
うつくしき秋を蘆山とよびにけり　平井照敏

身ほとりの風に躓(つま)づく素秋かな　八幡里洋
秋の手紙を郵便受が噛んだまま　中田敏樹
千手観音手がさわさわと秋掴む　室生幸太郎
廃船や奥能登秋のゆきどまり　岡本恭子
硝子戸から刃物研師が出でて秋　古田　海
愛されぬ秋の金魚の開放感　江まり江
秋の寺夕日のあとは何も来ず　斉藤史子
三秋や夫に数多(あまた)の医療器具　小野口正江
掃き寄せし魚鱗の乾く河岸の秋　帰山綾子

初秋(はつあき)　初秋(しょしゅう)　新秋　孟秋(もうしゅう)　秋初め　秋口(あきぐち)

秋のはじめで八月頃をさす。まだ日中は暑い日の続くことが多い。しかし、朝夕は涼しく秋に入ったことを肌で感じるようになる。特に夜はしみじみと秋のしのび寄って来ていることを知り、吹く風はひやりとし秋のひらめきがある。

鎌倉をぬけて海ある初秋かな　飯田龍太
新秋の遠見に白き牧の柵　倉橋弘躬
陶のいろ水にありけり秋はじめ　岩本明美
白樺に樹液一すぢ秋はじめ　大久保幸子

新秋や体内の水入れ換ふる　北村典子
母に抱かれて初秋の波の音　藤原満喜
初秋や飯粒を踏むあしのうら　中山純子
初秋や反古を燃やせる火の匂ひ　河合澄子

文月（ふみづき）　文月（ふづき）　七夕月（たなばたづき）

旧暦七月の異名で「ふづき」ともいう。七夕に詩文を作ったことから文月とも。また、草木の実の熟すふくみ月の略からきているという説もある。新暦では八月上旬から九月上旬となることが多い。↓七月（夏）

雲はやしあだかも文月七日の夜　飯田蛇笏
文月の六日の夕焼羨（とも）しかり　窪田英治
文月の牛のさびしいからだかな　飯島晴子
文月や吹かれて老いし馬の貌　船越淑子

八月（はちがつ）

新暦の月の名前で初旬に立秋がある。花火大会・盆踊り大会などが、夜の涼気のなかで催される月である。昼の暑さは衰えずときに激しい夕立や雷雨が多い。暑中休暇となるので人の移動の多い季節。↓葉月

八月や死なれし話死ぬる話　本井英
八月の大病院の迷路かな　中込誠子
八月のある日がらんと山の駅　勝又星津女
八月や野菜畑の疲れけり　清水静子
八月や巡礼という旅支度　久保砂潮
八月の血は鉄錆の匂ひせり　長山順子
深息をして八月の峠かな　中里結
八月四日アンネ捕われゆきたる日　小林照代

立秋（りっしゅう）

秋立つ　秋来る　秋に入る　今朝の秋　今日の秋

二十四節気の一つで、新暦の八月七、八日ごろに当る。まだまだ東北地方や山岳地域を除いては、

日中の暑さは衰えずむしろ最も厳しい時季。しかし、雲の漂い、水の輝き、葉ずれの風音などに、秋の進んでゆく気配がうかがえる。

秋たつや川瀬にまじる風の音　飯田蛇笏
牧場の柵しめりがち今朝の秋　槍　紀代
頤に刺傷一つ今朝の秋　千田一路
秋立つや砂をどりゐる水の底　瀧澤和治
今朝秋の鹿を寄せゐるホルンの音　寺崎美江女
今朝秋の人体という可燃物　西園寺明治
立秋の庭石ひそと青蜥蜴　川崎俊子
茶器の生む音のかすかに秋立てり　宮本径考
今朝の秋掌に粗塩(あらじお)のきらきらす　藤村登世
石に水びしびし打って今朝の秋　高井邦子

残暑(ざんしょ)　残る暑さ　秋暑し　秋の暑さ　秋暑(しゅうしょ)

秋に入ってからの暑さであるから、日陰や夜の涼しさを肌で知ってしまっているので、日中の暑さは耐えられないものがある。特に西日の暑さはその典型。秋の暑さは直射力は強いが、べとつくようなことは少ない。

仏壇の秋暑の扉開けてあり　齊藤美規
朴の葉の大いに裂けて残暑なり　神尾季羊
夕風に暑さ残りし石畳　小川濤美子
弔電を例文で打つ残暑かな　千田一路
学園を出でて巷(ちまた)の残暑かな　有泉七種
残暑日々写楽はとほと顎を出す　古田悦子
大残暑点滴ぽとりほとりかな　松田千佐代
ボトル・シップ出航は何時秋暑し　野原いくえ
ネクタイがベンチに一人づつ残暑　岩月星火
家並すぐ尽きて漁港の残暑かな　長谷川ヱミ
ごんずゐの木を行きすぎて秋暑かな　中谷五秋
少年が魚籠洗ひゐる秋暑かな　金森直治
秋暑し金剛神の土踏まず　鶴田こと
窓開けて残る暑さに壁を塗る　平問彌生

喪の家の秋暑ひそかに箒草　中村祐子
秋暑くついでのやうに哺く鴉　佐藤洋子
秋暑し廃車ころがる河川敷　杉山青風
大練塀どこまで続く秋暑し　森清千代
秋暑し鏡少なき工学部　市川結子
秋暑し小名木（おなぎ）運河のもやひ杭　福島壷春
義理ひとつ果たせる旅の残暑かな　高樋保子
露出せし背に垂る髪の残暑かな　寺田富子
したたかに働く臓器秋暑し　柳田昭子
五穀断つ意思の唇秋暑し　古橋成光

秋（あき）めく　秋づく　秋じむ

八月も下旬ごろになると周辺のたたずまいが秋らしくなってくることで、主観的に把握する要素が強い。秋づくは秋の状態になっていくさまを表わす言葉で、秋めくよりやや情感が濃い。

秋めくと日影ふまるる八重山路　飯田蛇笏
秋めくや巣箱を歩く鳥の音　横山利子
秋めくと猫に眉毛を描く女　飯田綾子
秋めくや白き炎（ほ）となる海猫（ごめ）の群　中村圭作

新涼（しんりょう）　初涼（しょりょう）　涼新た　秋涼し　秋涼（しゅうりょう）

初秋に感じる涼しさが新涼。「涼し」だけであると夏の季語となる。涼しさが秋に入って肌に感じられ、挨拶にも暑さを抜けた安堵（あんど）感がこめられる。新涼は初涼ともいって初秋の涼しさをさす新鮮なひびきをもっている。↓涼し（夏）

灯を明ふせよと新涼のみことのり　長谷川かな女
新涼の牛がつれ鳴く塩くれ場　松本　進
両脚のなかの川幅涼新た　井上康明
牧駈けし犬の荒息涼新た　杉山鶴子
新涼の畳になじむ肘枕　成田昭男
粛々と句座新涼の竹百幹　益田　清

新涼や茶山のファン機耶蘇墓へ　岩田みち子
新涼や歩幅も合ひし夜の街　蒲　みつる
秋涼し十二神将みな点し　坂本杜紀郎
新涼や莫産敷きにゆく村芝居　大野今朝子
新涼や骨董市は黙(もだ)ばかり　植木里水
新涼や飯噴く音のにぎはしき　武村幸子
新涼や吊つて楽しむ香り籠　堤多香子
新涼の杉の中より行者かな　小野一恵
鉾杉の競ひて涼の新たなり　森田里華
新涼の初心に帰るための旅　福田花仙
水切つて新涼の石とべりけり　森尻禮子
新涼や針と糸とを買ひにゆく　鈴木桜子
新涼の風吹き抜くる湖西線　成重昭女
独楽工房木の香のたちて涼新た　新井悠二

処暑(しょしょ)

二十四節気の一つ。立秋から一五日後で新暦八月二十二、三日となる。暑さがとまるの意。秋の感じがこの時期になるとみられるようになり、七十二候では綿の蕚(がく)がはじける季節に入る。

藤村の絶筆をふと思ふ処暑　雨宮更聞
白帆には別な風吹き処暑の海　勝又木風雨
日は燦と処暑の沖波昂(たか)ぶれる　小野恵美子
手をつきて処暑の机を離れけり　大森美恵

二百十日(にひゃくとおか／にひゃくとをか)　厄日　二百二十日

立春から数えて二一〇日目にあたり、新暦九月一、二日となる。それから一〇日後が二百二十日。この時季に暴風雨が多く発生して、稲の開花期とかさなるので、農家にとって厄日とされている。

老人の深寝してゐる厄日かな　浅井一志
田を責める二百十日の雨の束　福田甲子雄
吾を生めり二百十日の沢竈火(さわかまび)　山本嵯迷
二百十日米櫃干されゐたりけり　鈴木黎子

山襞の折目の二百十日かな　木内彰志　　ジーンズのごはと乾きし厄日かな　大原教恵

仲秋（ちゅうしゅう／ちゆうしう）　中秋（ちゅうしゅう）　秋半（なか）ば　仲（なか）の秋

三秋のなかの仲秋は、秋九〇日間の真ん中にあたる季節。旧暦八月十五日の名月を仲秋の月としている。芒は穂となり、農作物の収穫期が近く、仲秋は秋のなかでも最も充実を示す季節。

仲秋の白き花より傷みだす　神尾久美子　　仲秋の闇あふれゐる小学校　川井　淵
中秋や松にとびつく水陽炎　坂本　登　　仲秋の松に並びて楨の影　織田敦子

葉月（はづき）　月見月（つきみづき）　萩月（はぎづき）

旧暦八月の異称で、新暦九月上旬かち十月上旬にあたる。稲の穂がはる月とか、木の葉もいよいよ黄葉し、落ちてゆくはじめの月の意とかいわれるが定説はない。月の美しい、萩の花の咲く季節。

↓八月

葉月八月病名町名書いている　阿部完市　　補陀落（ふだらく）の旅への一歩葉月かな　杉浦範昌
馬ひいてゆく大学の葉月かな　針　呆介　　葉月尽大切なものふと離す　田口茉於
檜挽く匂ひの風も葉月かな　川井　淵　　藍染の釜に水張る葉月かな　大信田梢月

九月（くがつ／くぐわつ）

新暦の九月で台風上陸の多い月、秋の彼岸や、仲秋の名月と吉凶の入りまじった月である。九月という呼称のなかには、夏が完全に去り、めっきり秋らしくなり秋の七草が咲きそろうさわやかな、

めっきり秋らしくなった感じがする。→長月・九月尽

黒揚羽九月の樹間透きとほり　飯田龍太
九月ひとに火雲火の翳来て悼む　古沢太穂
動きだす雲のたちまち九月かな　桜井京子
確信の九月一気に動き出す　堀部寿子
蚕屋障子開きて九月の峠見ゆ　筒井恭子
わけもなくショートカットや九月なり　擢　水尾
九月一日十二時の花時計　大石きよ子
蹠の土しまりゆく九月かな　飯村周子

八朔

旧暦八月朔日の略。朔日はこもっていた月が出はじめる意味で、月のはじめの初旬とか、月の最初の一日をさす。かつて吉原の遊女全員が白無垢を着る風習がこの日にあり「八朔の雪」といった。農家では穀物の実るのを祈願し祝い、地方によっては松明に火をつけ稲田の周囲を巡る。その他にも古くは八朔の日に贈答をして祝うこともあった。

雲井なる富士八朔の紫紺かな　飯田蛇笏
声あげて八朔の夜の火が走る　福田甲子雄
八朔の大峰の山荒れ来たり　矢田部美幸
八朔や立てて峰なすにぎりめし　和田伊久子

白露

二十四節気の一つで、新暦九月七、八日ごろになる。風がなくよく晴れた夜に大地が冷えて朝に露があらわれ、草に降りた露が白く輝くの意。このころになると秋も本格的になる。天文の白露とは違うので用法に注意すること。

もろもろの音立ちあがる白露かな　廣瀬町子
朝刊を大きく開く白露かな　佐藤瑛子

糸尻の掌になじみたる白露の日　斉藤史子
糸枠を白露の壁に寄せて積む　川島喜由
白露かな石の貌（かお）掃く僧の居て　鈴木正治
ベランダに足跡光る白露かな　蒲　みつる

秋彼岸（あきひがん）　後の彼岸

秋分の日を中日とする前後七日間が秋彼岸となる。秋分の日は新暦九月二十二、三日ごろにあたり、太陽が真東から出て真西に沈み昼と夜の時間がほぼ同じとなる。春の彼岸は彼岸だけで春になるが、秋彼岸は秋をつけなくてはならないので作句の折は要注意。↓彼岸（春）

秋彼岸濯ぎ慣れたる川瀬あり　友岡子郷
うつし世は水買い置くよ秋彼岸　木曽シゲ子
水のなき甕（かめ）据ゑてあり秋彼岸　瀧澤宏司
湯あがりの母の坐しゐる秋彼岸　阪田昭風

晩秋（ばんしゅう）　晩秋（おそあき）　末の秋

三秋のなかの最後の季で、暮の秋・秋深しの感じであるが、晩秋の言葉の方が時間の幅が広くふくらみがある。初秋、仲秋に比べて晩秋には秋の終ってゆく寂しさがある。

晩秋や山いただきの電柱も　細見綾子
鳶の眼とあふ晩秋の早山　福田甲子雄
父在りし口の晩秋の桑畑　倉田紘文
立呑みの晩秋の脚二本づつ　内田美紗

長月（ながつき）　菊月（きくづき）　紅葉月　色どる月　寝覚月　稲刈月

旧暦九月の異称で、新暦十月上旬から十一月上旬となる。夜が長くなる月であるから夜長月を略しての意とも、稲刈月からきているともいわれる。また、菊も見ごろとなることから菊月ともいう。

↓九月

長月の残れる日数繭を煮て　神尾久美子

菊月のある夜の足のほてるかな　鈴木真砂女

十月（じゅうがつ・じふぐわつ）

新暦の十月で現在使用されている暦の月である。地方によって前半に秋雨が続くが、後半はよく晴れた紺碧の空で稲刈りが盛んになる。運動会も十月に行なわれる所が多いが、北国は初霜・初氷がはじまり急ピッチで冬へと進んでゆく。↓神無月（冬）

十月の雨の匂いがして受胎　対馬康子

固め植ゑして十月の苺苗　上原富子

十月が来てしばらくは山静か　石井　浩

十月の母の忌日や虹かかる　佐藤和子

十月や塀の外ゆく海女の群　針　呆介

十月の紺たつぷりと画布の上　福永耕二

秋の朝（あきのあさ）　秋暁（しゅうぎょう）

八月の盂蘭盆が終ると朝晩は急にさわやかな涼しさが増してくる。この季語は朝に秋を強く感じることを差し、日中でも涼しさのある秋になると、朝は寒さを感じる。朝も夜明けであるならば秋暁となる。

はげますや秋暁の胸ひきしぼり　草間時彦

秋暁の剃刀一枚づつ曇る　木村敏男

秋の昼（あきのひる）

立秋から秋に入ったといっても、しばらくの間は残暑が続くので、昼間は秋といった感じはしない。

それが、雨の降るごとに昼であっても涼しさを増し秋らしくなってくる。秋の昼には抜けるような透明感がなければならない。

深海の魚の進化図秋の昼　米山源雄
秋の昼やがて忘るる仏の顔　廣瀬直人
飛ぶもののみなはればれと秋の昼　長山順子
秋の昼振り向かざれば海が消ゆ　福井啓子

秋の暮　秋の夕暮　秋の夕べ

秋の暮と暮の秋とを混同してはいけない。秋の暮は夕暮れの情景で、昔から多くの詩歌の素材となってきた。暮の秋は秋の終りのことと理解しておきたい。日一日と日暮れが早くなり、淋しさが秋の暮のなかにも秘められている。↓暮の秋

秋の暮山脈いづこへか帰る　山口誓子
馭者の日が馬にきびしい秋の暮　宇多喜代子
あやまちはくりかへします秋の暮　三橋敏雄
能面に言葉就きゆく秋の暮　原　和子
美声少し子守に使ふ秋の暮　増山美島
塗椀の内の肉色秋の暮　金子青銅
魚の腸地中に埋め秋の暮　佐田　拷
木には木の人には人の秋の暮　原田　喬
なわとびの打擲つづく秋の暮　的野　雄
影伸びて人のかたちに秋の暮　水上孤城
駅を出て人散り散りに秋の暮　佐藤脩一
秋の暮甘納豆の指しゃぶる　田辺　花
秋夕べ子の待ちゐしは父ならず　古屋富雄
秋の夕二千年への児を負いて　須藤あきこ

秋の夜　秋の夜　秋夜　夜半の秋　秋の宵

夜がながくなり虫の声、月の光、灯火、雨音など秋の夜の情感を深くするものが多い。秋の夜には

しみじみとした感慨があり、もののあわれさがにじんでくる。夜の秋は晩夏の季語となっているので、秋の夜と間違えないようにすること。

秋の夜の人ごゑ橋の半ばにて　廣瀬直人
足尾山塊兄が秋夜を座すごとく　今井　勲
秋の夜のレッドワインとボサノバと　指澤紀子
秋の夜の山を母とも仏とも　廣瀬町子

夜長（よなが）　長き夜（よ）　夜長し（よるながし）　長夜（ちょうや）

最も夜が長いのは冬至のころであるが、短かかった夏の夜のあとなので、秋は夜が特に長く感じられる。あまり寒さもないので読書や夜なべ仕事など最適の時季。夜長は過去の思いをたぐり、感慨一しおのものがある。

長き夜や夫と異なる刻を待つ　小川濤美子
長き夜の母を温めて掛時計　服部ますみ
不慮の死に後釜の沙汰夜ながし　藤田三郎
長き夜の眠り薬の白湯さます　鈴木華子
長き夜の黒澤映画「まあだだよ」　佐藤知敏
長き夜の育てし遠野（とおの）物語　鱒澤行人
病めばこころ常に泣きゐて夜の長し　瀬川芹子
晩学の絵筆の進む夜長かな　高田里江
太りたき痩せたき夫婦の夜長かな　宮本美津江
俳論も尽きてしまへり夜長人　藤野艶子
言い訳の会話とぎれず夜の長き　平野みよ子
人形に言葉をかけて夜長かな　竹山美江子
戦争を語りし夫の亡き夜長　岡田佐久子
小人数になりて夜長を落着けず　市川婦美子
夜長かな蛍雪時代といふ雑誌　大槻和木
うたせ湯に病む肩預け夜の長き　内田安茂
はらわたの動く音聞く夜長かな　田中裕敏
落人の伝記繙（ひもと）く夜長かな　二村美伽
描きかけの油絵匂ふ夜長かな　矢野智司
長き夜や和紙のあかりに旅ごころ　田生正子

長き夜の指が覚えてゐる漢字　稲荷島人
子の王手凌ぎしのぎて夜の長き　福島　脾

秋澄む（あきすむ）

秋気澄む　澄む秋　空澄む

秋の大気の澄むことをいう。大陸からの高気圧によって、乾燥した空気が流れてくるために澄みわたり、遠く山々も鮮明に見えて、物音がよくひびく。あまりに空がブルーに澄んで、海底にいるような印象すらうけることがある。

秋澄める暁雲といふものの紅　飯田蛇笏
馬の尾の一振りに秋澄みにけり　黛　執
秋澄むや天平よりの機の音　宇咲冬男
野生馬の天や竜胆（りんどう）よりも澄む　神尾季羊
句心に過ぎし思い出秋澄めり　吉川明子
秋気澄む露天湯五体浮きたがる　三井静女
秋澄むや空映しては閼伽流る　島崎なぎさ
秋澄むや問診に亡き父母のこと　中原昭子

冷やか（ひややか）

冷ゆ（ひゆ）　下冷え（したびえ）　朝冷え　夕冷え　雨冷え（あまびえ）

秋になってくると朝夕は冷え冷えとしてくる。冷たしは冬であって冷やかは秋のもつ独特の感じ。石の上、畳の上、板の間などに触れたり座ったりするとき、ひんやりとする感じである。ことに雨の日などは強く感じられる。

冷やかに人住める地の起伏あり　飯田蛇笏
山碧く冷えてころりと死ぬ故郷　飯田龍太
ひややかに夜に入る富士の気骨かな　保住敬子
モロッコ皮に金の背文字や書庫の冷え　早川典江
冷やかや重しのやうな人とゐて　森田公司
冷え冷えと宇治の荒瀬の生みし風　関　木瓜

秋冷（しゅうれい・しうれい）

冷やかと秋冷は同じ感じをもつが、秋冷のは部分的な冷やかさではなく、秋の大気全体からうける冷やかさである。それに手紙などに秋冷の候などと認める一般的な言葉となっている。

秋冷の入（し）みとほりたるかたつむり　綾部仁喜
秋冷の黒牛に幹直立す　飯田龍太
下駄揃へある秋冷の山廬（さんろ）かな　森田公司
秋冷の風鈴ひびく肋かな　新田祐久
秋冷の少年紙の匂いする　鈴木映
秋冷の病舎に残る水枕　藤原美規男

爽やか（さわやか・さはやか）　爽気（そうき）　秋爽（しゅうそう）　爽涼（そうりょう）　さやけし　さやか

秋になると大気が澄み、両腕を大きく伸ばして晴れやかになる快適さが、爽やかである。一年中で最も健康的な感じのするときで、ピクニックなどしてみたくなる。すがすがしく快く、あざやかさが爽やかな意。

三十代静止の貨車の爽涼と　大井雅人
三黙の行了へ下山爽やかに　小林牧羊
爽涼の鵙姿より声荒し　須並一衛
はね返す妻の横槍爽やかに　内田安茂
爽やかやわが言立ての詩（うた）のとき　大西岩夫
棒の手の構えたる間の爽気かな　高橋冬竹
爽やかに大手門から下校の子　国府由子
爽やかに川の流れる万歩計　関千恵子

秋麗（あきうらら）　秋麗（しゅうれい）

麗かだけでは春の季語であるが、秋の晴れた日は春と同じような麗かさを感じる、それが秋麗である。春よりも湿気がなく、秋の方が麗かさに爽やかさが加わる。天は高く、光りに透明度があり澄みきった感じがする。↓麗か（春）

捨猫を見しまでは野の秋うらら　林　翔
自画像の被ひとつ消し秋うらら　桑原白帆
秋うらら家並隠りに城一つ　河野友人
秋麗やこの世短かき父なりし　折井眞琴
秋うららバス待つ女紅を引く　杉山青風
秋麗ら水辺に犬の戯れて　浜　喜久美
鳴動もなく秋麗の恐山　原　好郎
秋麗雲つめ込みし頭陀袋　山尾滋子

身に入む　身に沁む

秋も深まってくると、ひややかさをこえて冷たさを心身ともに感じてくる。ことに秋風が吹くと身に入みるものが一段と強く感じられる。目に見えるものではなく感覚的な言葉である。その底流には、秋のあわれさ、人生のさびしさがこめられている。

みにしみてつめたきまくらかへしけり　飯田蛇笏
墓碑銘の岳魂とあり身にぞ入む　平田青雲
身に沁みて肝胆照らす幹二つ　齊藤美規
身に入むやあかりともさぬ戸に帰り　平野みよ子

寒露

二十四節気の一つで、新暦の十月八、九日ごろとなる。露むすんで霜とならんとする故に寒露と名づけられた。最も過ごしやすい季節でもあるが、一雨ごとに北国では紅葉がはじまる。雁の渡ってくるのが見えるころとなる。

道傍の竹伐られたる寒露かな　星野麥丘人
汲み置きの水平らかに寒露の日　角川照子

そぞろ寒（さむ）　すずろ寒

冷やかよりも冷めたさをふくんだ寒さで、晩秋に肌へ感じる寒さのなかに、ぞっとするような感じもこめられている。それに思いがけなく感じる秋の身にしみるような寒さでもある。↓やや寒

蕎麦殻を枕に足すもそぞろ寒　土生重次
そぞろ寒脳動脈図藻のやうに　池上貴誉子
そぞろ寒刑（しおき）に耐ふるをみならも　丸山哲郎
そぞろ寒心ならずもつきし嘘　石川幸子

やや寒（さむ）　やや寒し　うそ寒　秋寒（あきさむ）

晩秋になると何となく感じられる寒さで、そぞろ寒の方が冬に近い感じで、やや寒はそれより淡い寒さとなる。「寒し」では冬の季語となるが、「そぞろ」「やや」「肌」「朝」「夜」が寒さにつくと秋の季語。それぞれ微妙な感覚の違いがある。↓そぞろ寒

やや寒く箸のせてある置手紙　友岡子郷
うそ寒や横むく貌（かお）の人体図　辻　文治
やや寒の凛と役者の素顔あり　横田欣子
やや寒の今日の始まるお味噌汁　外山智恵子
誕生日祝はれてゐてうそ寒し　片山依子
秋寒し一茶の句碑の屈みぐせ　西野敦子

肌（はだ）寒（さむ）　肌寒し

肌に直接に感じる寒さで具体的である。朝晩の寒さはもちろんだが、秋が深まる雨の日などは肌寒さで、一枚多く上着をつけるようになる。「やや寒」「そぞろ寒」「身に入む」は、抽象的に秋の寒

さを表わしているが、肌寒は体で感じた具体性のある秋の寒さ。

肌寒や肉紅くせる肉屋の灯　茨木和生　　肌寒の暇な手がまたポケットに　細井路子
肌寒し封閉づ医師の紹介状　平野冴子　　仁王にも背中ありけり肌寒し　マブソン青眼

朝寒（あささむ）　朝寒し

冬も近くなってくると、朝は格別に気温がさがり頬や手足に寒さを感じる。草木も紅葉や黄葉をはじめる。この朝寒がないと美しい紅葉をみることはできない。最低気温が一〇度より下がるころから紅葉がはじまり、朝寒を感じるようになる。

朝寒の笛がうながす里神楽　廣瀬直人　　朝寒や胸につかへし茹玉子　田中美沙
朝寒の蒸気をまとう連結子　林　　徹　　朝寒のあぎとちからをいただきぬ　新谷ひろし

夜寒（よさむ）　宵寒（よいさむ）　夜寒し

夜寒は朝寒と違って寂寥感があり、寒さに哀れさが感じられる。日が短くなり太陽が沈むとたちまち暗くなり、寒さもひたひたと寄ってくる。いつか虫の声も消えてしまい、物音が敏感にきこえる秋夜の寒さである。

子へ買ふ焼栗（マロン）夜寒は夜の女らも　中島斌雄　　仏壇に浄瑠璃本の夜寒かな　針　呆介
あはれ子の夜寒の床のひけば寄る　中村汀女　　まっすぐに星みて帰る夜寒かな　中村智子
大わだの夜寒の石をひくひびき　飯野燦雨　　そこばくの余生大事に夜寒かな　貝森ひで

霜降（そうこう）　霜降の節

二十四節気の一つ。新暦十月二十三、四日ごろとなる。露結んで霜となるゆえに霜降という。霜の降る平均日は札幌十月十四日、長野十月二十五日、東京都心十二月一日、大阪十一月二十七日、鹿児島十一月二十八日だそうだ。いよいよ露の季節から霜の季節に入る。

霜降の陶ものつくる翁かな　飯田蛇笏
霜降や鳥のねぐらを身に近く　手塚美佐

冷まじ（すさまじ）

冷やかや、秋の寒さをこえた凄まじい晩秋のつめたさで、何か初冬の枯れてゆくさまに近いような感じがする。「冷まじ」は「すさまじ」と読み、荒涼感や凄然（せいぜん）感をふくんでいる。

冷まじき潮壽永の音すなり　飯田龍太
冷まじや凭せ立てある納杖　宇和川喬子
すさまじや男が打ちし女面　和田知子
冷まじや化石の如くお蚕眠る　後藤千恵子
冷まじき百の照明（てらし）が頭上かな　田口彌生
冷まじや壁に張りつく納戸神　杉山加代
冷まじや一人に長き寺の塀　林　たかし
冷まじやものの継目に力あり　金子光利
硫気噴く岩冷まじや恐山　小笠原淳子
冷まじや回転寿司の逃げ易く　吉田裕志

秋深し（あきふかし）　深秋（しんしゅう）　秋さぶ　秋闌（あきたけなわ）　秋更（ふ）くる　秋深（ふか）む

秋も終りに近くなると、哀しさ、寂しさにもの思いにふける。ただ秋が深まって来たということだけでなく、万物が冬に入っていく前の寂寥（せきりょう）感をもつ季語である。水の流れに、雲の去来に、見るもの、聞くものに秋の深まるはかなさ感じる。

彼一語我一語秋深みかも　高濱虚子
秋果ての一夜にごりし千曲川　宇咲冬男
一滴の一音秋の深みゆく　金子青銅
秋深みゆく面打ちの膝頭　平松良子
秋闌(た)けて大樹の鼓動感じけり　高橋鋼乙
秋深む眉を描かねば祖母に似て　柏岡恵子
秋深き林芙美子の海の色　牛尾洋子
いつか子は近く遊べり秋深く　中沢一静
宗祇(そうぎ)水一杓に秋深みかも　衣川砂生
看護婦は教え子なりき秋深む　尾形思秋
連嶺の鋸立ちに秋深む　坂本山秀朗
秋深む簗場に置かる鳶口も　柳澤和子
化野は風の遊び場秋深む　石口　榮
郵便の来る日来ない日秋深む　武藤善尚
深秋や身にふるるもの皆いのち　原　コウ子
深秋や旅の終りのカフェオーレ　指澤紀子
深秋の川原に白き石拾ふ　大薮寿子
深む秋ピエロの顔のかたくなに　荻田千鶴子

暮(くれ)の秋(あき)　秋暮る　暮秋(ぼしゅう)　秋の末

秋が去っていくのが間近になった晩秋の終りの季節。木々の葉が紅葉に染まり落葉の始まる前の秋風が物寂しく吹き、冬が隣りに感じられるはかなさがこもる。「秋の暮」と違うので注意すること。→秋の暮・行く秋・秋惜しむ

建て急ぐとんとん葺(ぶ)きや暮の秋　石塚友二
暮の秋荒壁を日が歩くなり　田中冬子
大鐘の銘読んでゐる暮の秋　河野友人
羅漢さまの一人は父よ暮の秋　松永静雨

行く秋(ゆくあき)　去る秋　秋の別れ　秋の名残　秋の行方　秋去る　秋過ぐ

暮の秋より一段と秋を惜しむ気持ちが深まる秋のすぎてゆく季語。秋の名残りに後ろ髪をひかれる気持ちが強く表わされている季語で、単に秋が去る季節感だけではないことを認識して作句するよう心がけることが大切。↓暮の秋・秋惜しむ

行秋や長子おれども家継がず　長谷川零余子
ゆく秋の金網を咬む駝鳥かな　山尾郁代
逝く秋の深き緊りの般若(はんにゃ)面　栗林智代子
行く秋の滝の膕(ひかがみ)拝しけり　堤　保徳
逝く秋の皿山に干す皿の数　香下寿外
ゆく秋の遠い水より光りだす　吉岡満寿美
行く秋や加ふるものに齢一つ　鬼塚梵丹
顔師に向く否ゆく秋に向きゐたり　大類つとむ
行く秋のとある夜更けの鈴の音　中村苑子
行く秋や国友鍛冶の銃に触れ　美野節子

秋惜しむ(あきおしむ)　惜しむ秋

春惜しむの季語は俳句作品で多く目にするが、秋惜しむはそれより少ない。行く秋の季語が客観的であるのにたいし、秋惜しむは主観的である。作句例が少ないのは秋の名残りの情感が行く秋の季語に比べ強いためであろうか。↓春惜しむ（春）・暮の秋・行く秋

身を出でて離れざる影秋惜しむ　深谷雄大
秋を惜しんで湖の上の雲　金田咲子
秋惜む歩を仁清(にんせい)へ乾山(けんざん)へ　山田弘子
数珠買ひて伊予路の秋を惜しみけり　竹中しげる

冬隣（ふゆどなり）　冬近し　冬を待つ

冬が目と鼻の先に来ているときである。これから暗くきびしい長い冬に入る。冬を待つといった気持は希薄である。

鶏頭伐れば卒然として冬近し　島村　元
母となる吾母と居て冬隣　永島靖子
釣堀の顔のいづれも冬隣　飯田龍太
クロレラを夫婦で飲んで冬隣　達山丁字
子の頭うすらと匂ふ冬隣　宇多喜代子
北斎の波立ちあがる冬隣　笠井香芳里
鋸の目立てを頼む冬隣　松本正一
煎餅を焼く手くるくる冬隣　江原博子

九月尽（くがつじん・くぐわつじん）　秋尽く

注意して用いないと、この季語の本意を伝えることはできない。それは、九月尽はあくまで旧暦九月晦日で、現代の新暦だと十月下旬から十一月初旬となる。このことをまず認識すること。爽やかな気持ちよい秋の季節が去っていくのを惜しむ思いが、九月尽の底に流れていなくてはならない。春を惜しむのが三月尽で、九月尽と並ぶ季節を惜しむ心情のある季語。

まが雨の降りもつづきて九月尽　佐藤鬼房
かんがふる一机の光九月尽　森　澄雄

天　文

秋の日（あきのひ）

秋日（あきび）　秋日影　秋日差（ひざし）　秋の入日　秋没日（あきいりひ）

秋の太陽をさす場合と秋の一日をさす場合とに用いる。立秋から晩秋までを思うと、日ざしの強い日もあれば、秋びよりのおだやかな日もある。いずれも秋の日である。

飛鳥大仏秋日は死力尽しけり　鍵和田秞子
深き森出でて秋日の降る音す　宇咲冬男
釣糸を垂るる秋日を背に余し　邑上キヨノ
古りし碑の罅（ひび）に秋の陽やはらかし　飯島　明
秋の日に心の字浮けり写経石　三宅句生
二上（ふたかみ）の女山（めやま）男山（おやま）や秋入日　伊藤　徹
秋の日に母から軽き荷の届き　鈴木栄子
秋の日を束ねてゐたるふたりかな　吉野裕之

釣瓶落し（つるべおとし）

秋の落日（らくじつ）

秋は日暮れが早い。それを井戸の釣瓶がまっすぐに落ちることにたとえたのである。新しい季題で、山本健吉が提唱し、定着されたといわれている。

われはまだまだとも釣瓶落しかな　林　翔
真ッ向に釣瓶落しの表門　根本濤生
釣瓶落し馬上の翁鞭持たず　斎藤由美子
一本の木を得て釣瓶落しかな　星川木葛子
天地は釣瓶落しの遊びせる　中村尚子
四つ角で別るる釣瓶落しかな　吉木フミエ
釣瓶落しに人さらひ来る時刻　東浦津也子
ダム工事半ばの釣瓶落しかな　堀江爽青

灘翔(たち)て釣瓶落しを追ふ鳥か　松本幹雄
よく喋る女に釣瓶落の日　飯田綾子

秋晴(あきばれ)　秋の晴　秋日和(あきびより)　菊日和

空は青く澄んで、日はさんさんと野山に満ち、どこへ行くにも快適な日より、それが秋晴れである。近代になって生まれた季語であるが、語感もよい。

秋晴に馴れてしまへば空を見ず　神尾季羊
秋晴のわが影われを欺(あざむ)かず　保坂伸秋
秋晴を相(あい)わかちつつ別れかな　大木格次郎
秋晴や杖のさばきも身につきし　猪股南魚
秋晴や隼(はやぶさ)あがる妙義山　関野喜代子
縁側に母の居さうな秋日和　高石敏子

秋の声(あきのこえ/あきのこゑ)　秋声(しゅうせい)　秋の音

もののふれ合う音、風にそよぐ木の葉の音、虫の鳴く音などからうけるもの寂しい感じをいう。昔から和歌や漢詩に扱われてきた題だけに古風な季語と思われがちだが、心と耳をはたらかせて新しい感覚で詠むとよい。

波を追ふ波秋声をかきたつる　加古宗也
秋声を聴くや京間の竹台子　岡田つばな
秋の声振り向けば道暮れてをり　豊長みのる
秋の声母船のごとく帰る家　中山玲子
秋声や捨てられしごとある社　亀割　潔
鍬一打土より起こす秋の声　市川紫苑
秋声を聞けと放つて置かれけり　金田志津枝
白樫は直情の樹ぞ秋の声　池田弥寿
かづら橋渡る悲鳴も秋の声　松倉ゆずる
貝殻のうちがは白し秋のこゑ　小島　健

秋の空（あきのそら）

秋空（あきぞら）　秋の天　秋天（しゅうてん）

秋の空は変わりやすいというが、高気圧が張り出してきて澄み渡った青空はじつに美しい。その広々とした大空は秋ならではのものである。「秋天」の音もそれらしいひびきを感じさせる。

去るものは去りまた充ちて秋の空　飯田龍太
山頂のなお秋天の底の吾れ　宇咲冬男
秋天にクルスは白を色とせる　有働　亨
秋天を跳ぶ大道の曲芸師　林　えり子
秋天の果を浄土と疑はず　滝川名末
転んでもいいではないか秋の天　松浦　力
秋空にとどまる打球ありにけり　増田耿子
秋天に一蝶放ちモンブラン　大木さつき
秋天に風の形のちぎれ雲　狭川青史
鳥のみちすじ魚のみちすじ秋天下　岡本武三
秋天下耶馬台国（やまたいこく）の一古墳　大隈草生
秋空に音を投げ出しちんどん屋　石井龍生

秋高し（あきたかし）

秋高（しゅうこう）　天高し　空高し

大気が澄みわたり、空のひろがりの奥深く感じられるさまをいう。「秋高くして塞馬（さいば）肥ゆ」（杜審言（としんげん））の詩句から生まれた言葉だが、率直なひびきが、よく秋の季節感を伝えている。

痩馬のあはれ機嫌や秋高し　村上鬼城
秋高く日本海に足浸す　森松　清
天高し洗濯ばさみ好勝手　佐藤映二
秋高く乗っても見たき渡舟あり　太田光子
高跳びの棒弓なりに秋高し　大河原識
天高し蹄の音も蔵の町　杉山青風
天高し税なしフリーマーケット　田中美沙
天高し熱し易くて冷め易く　加藤早記子
天高し身長少し低くなる　田部黙蛙
幸せの真ん中あたり天高し　藤本悦子

天高し息子よ離れ住まふとも　伊藤俊二
天高し芒なびけばなほ高し　桑原視草
天高し組体操の旗あがる　柳瀬都津子
ドルに慣れ英語になれて天高し　河合公代

秋の雲（あきのくも）　秋雲（あきぐも）

空気の澄んだ空に現れるさわやかな雲には、秋意が感じられる。一片の雲にも、流れては消えてゆく雲の姿にも、また夜雲の白さにも、それぞれ秋の美しさがあるといってよかろう。

離れゆくもののひとつに秋の雲　木本徹男
秋の雲飛天のごとく流れゆく　野村美恵

鰯雲（いわしぐも）　鱗雲（うろこぐも）　鯖雲（さばぐも）　巻積雲（けんせきうん）

学名でいう巻積雲のことである。秋の空いちめんに現れる白いさざ波のような雲で、鰯が群れているように見えるのでかく言い、また鯖の背の斑紋のように見えるときもあり、これを鯖雲と呼んでいる。いずれも親しみのある呼称である。

やはらかく心耕せいわし雲　中嶋秀子
美しく老いたし峡の鰯雲　柴田白陽
搭乗前の電話は鰯雲のこと　横山房子
生涯のいま午後何時鰯雲　行方克巳
泣く人に泣くなと言へり鰯雲　今瀬剛一
旅了（お）えて男無口やいわし雲　倉橋羊村
鰯雲ひとりは水を持ちあるき　河村四響
病めるとも心病むまじ鰯雲　島田キヌエ
学問は滅びず鰯雲あれば　鳥谷部康之
ふる里は何時も日帰り鰯雲　博林米子
島猫の出でてひろごる鰯雲　古谷和子
鰯雲山は登りてこそよけれ　栗原稜歩
女教師の目と母の目と鰯雲　福島清恵
指切りの子が遠くなる鰯雲　相澤乙代

鯖雲や放牛数へては忘れ　高橋美都
夫に似し姿遠退き鰯雲　三宅鈴子
鰯雲からおはじきの貝の音　西川文子
銀ぶらも絶えて久しや鰯雲　吉田久子
鰯雲若き男を荼毘(だび)にふす　川手久男
精一杯生きて見やうか鰯雲　近衛節子
反古を焼く炎光冷たく鰯雲　鍛治本輝子
念珠を越え海へ出でゐる鰯雲　関塚康夫
鰯雲少年独り球を蹴り　浦　濤聲
この館に生きてゐるダリ鰯雲　唐橋秀子
鰯雲に歩み入るなり一人旅　石垣絢子
分身の眼鏡磨けば鰯雲　河津玲子
ひしめきて地に人住めり鰯雲　宇都木水晶花
百畳の寺千畳の鰯雲　吉内　健
鰯雲動かざるまま暮れにけり　時田悠々
漁継がぬ悔のまだあり鰯雲　橋本ミン
鱗雲時には鱗落したり　塩川雄三
びいどろを吹く坂の町鰯雲　山崎不二子
風紋は神の手遊びいわし雲　墓田いさを
いわし雲ロシアの船の来てをりぬ　中井一雄
楸邨の一句と問はれ鰯雲　森田公司
三歳のポケット重し鰯雲　長岡貝郎

絹雲(きぬぐも)　巻雲(けんうん)　絹雲(けんうん)

巻雲は学名。上層雲の一つで、俗にすじ雲ともいわれ、繊維状の白い美しい雲である。

絹雲や日は月山の天上に　鈴木いはほ
遠目して指巻きつけむ絹の雲　竹村　啓

月(つき)　初月(はつつき)　二日月(ふつかづき)　三日月(みかづき)　新月(しんげつ)　弦月(げんげつ)　夕月　宵月(よいづき)　夕月夜　有明月(ありあけづき)　昼の月　遅月(おそづき)
月白(つきしろ)　月夜　月の出　月光　月明り　月影

「雪月花」という言葉があるように、春の花に対して月は秋を代表する季の言葉となっている。

月の清澄さ、美しさは秋に極まるからである。俳諧の連句では、「花の定座」「月の定座」があって、月は花についで大事なものとされている。月の形は新月からはじまり上弦の月を経て満月となり、それより欠けて下弦の月となりやがて初めに戻る。旧暦が定められたのはこの月の満ち欠けによったのである。→春の月（春）・夏の月（夏）・冬の月（冬）

月幾世照らせし鴟尾（しび）に今日の月　水原秋櫻子
灯の下にゐて月かげをおぼえをり　日野草城
月光にとり出してや鯛の鯛　岡井省二
升（のぼ）さんは月清（きよ）さんは月の海　平井照敏
翻車魚（まんぼう）の揚がる港の月夜かな　宮坂静生
眠るまで月をいくつも見て眠る　千代田葛彦
黒部谿月光惹かれ入るごとし　岡田貞峰
階少し軋むも月の奈良ホテル　水田むつみ
母もまた大きな月を見てをりぬ　佐野晶子
月にやりすごす夫の女弟子　赤石明子
月の座をぬけ出て月と歩みけり　山田みづえ
月まつる傷あと多き机かな　椎名書子
月と寝て山を下り来る弱（よろ）法師　伊藤　格
幻月や逃げる狐がふり向きぬ　市場基巳
月は一つわが行く旅も一人なり　細木芒角星
神代より対馬の月よ漁火よ　岡本麻子
月を見て恋をしてゐぬこと気付く　後藤立夫
全集に月光容るる透間あり　林　朋子
しろじろと月光わたる木の芽道　山本智恵子
月光にずぶ濡れとなり干し忘れ　中野陽路
還暦といふ月白に似たる日々　湯浅康右
有線放送の声月明に家生る　吉田鴻司
われとわが寝姿知らず夜半の月　古賀典子
隠岐蝸牛（まいまい）眠る月夜の怒濤かな　仲田藤車
シャンパンの泡極小の月夜かな　天野小石
人も魚もさめざめ遊び月夜かな　飯田綾子
月白の少年牛を引き帰る　善積ひろし
満月の重力を着て老いてゆく　荒木洋子
満月にわが影もらう橋の上　田中みち代
火明りの井筒の女月に舞ふ　中島みちこ

山枯れて巨きな月を載せてをり　八木尋子
すすり泣く少年院に月昇る　服部はるを
遙かなる旅ははるかにも月の船　角川春樹
月光に近江の蔵の鎮もりぬ　村田規子
たましひの色見せにけり月の能　原　和子
篝守月の白洲に水を打つ　西尾りん三
真うしろや山の空気を昇る月　新谷ひろし
月仰ぐ人に目礼して通る　朝日勝子
前山は月下の古墳帰省せり　鈴木豊子
月の夜は走り根どこまでも走る　佐藤幸子
満月や黄櫨(はぜ)の葉紅くて眠られぬ　小川久美子
不意にドア開き月光に溶けて妻　真木紅人
ビール工場からあふれさうな満月　能城　檀
銀河鉄道めくよ月夜の一輌車　飯沼しほ女
月代やもちもちしたる鯛の皮　黒田咲子
月代や磨きあげたる自在鉤　荒木忠男
青月夜むかし父との湯屋帰り　斎藤由美
子の高き母低き声月の坂　工藤眞智子

盆(ぼん)の月(つき)

旧暦七月十五日の月をいう。「孟蘭盆(うらぼん)」の夜の月で、ようやく涼しさをおぼえるころでもあるが、現在では七月盆といって新暦の盆の月で作句することもあり、一と月遅れの八月で作句する場合もある。

やはらかく砂利を踏む音盆の月　柏原眠雨
故郷は捨てしにあらず盆の月　河本勝利
磯よりも沖のかがやく盆の月　石野冬青
故郷は谷間に眠り盆の月　大木さつき
餅つきの昔ばなしや盆の月　笹井寅雄
盆の月地唄に強き節廻し　小林迪子

待宵（まつよい・まつよひ）　小望月（こもちづき）

名月の前夜。またその夜の月のこと。「小望月」ともいう。名月を待つ宵という意であるが、春に「花」を待つ心があるように、待宵には名月をひたすらに待つ心がこもっているのである。

ときをりは鍋をゆすりて小望月　縦山　尋
待宵やひざに抱きたるペルシヤ猫　田宮真智子
待宵やカレーライスに薪の香　小口理市
待宵や堰越す水のなめらかに　田中俊尾

名月（めいげつ）　明月（めいげつ）　望月（もちづき）　満月　今日の月　月今宵（つきこよい）　三五の月（さんごのつき）　十五夜（じゅうごや）　芋名月（いもめいげつ）

旧暦八月十五日の仲秋の月。「明月」「望月」「満月」「今日の月」「月今宵」など、いろいろの呼称がある。一年のうちでもっとも月の美しい夜であり、芒を挿し、団子や芋、くだものなどさまざまな物を供えて月を祭る。日本では農耕行事とかさなった風習と思われるが、日本人の自然信仰がみられる。天候も定まり、夜露の中の秋草に鳴く虫の声をききながらの十五夜はめでたい。↓良夜

月今宵戯画の鳥獣出でて来よ　清水節子
満月を男が担ぎ来しごとく　和田耕三郎
雨雲のひまに仄（ほの）かに今日の月　福田千栄子
原爆のドームにかかる今日の月　永井敬子
十五夜の病室に妻よんであり　土橋石楠花
身のどこかゆるる思ひや今日の月　岡部いさむ
名月や静かに更くる身のほとり　高橋　梓
竹編むを天職として今日の月　天野北斗
望月の海を離るる櫂の音　野田口あや
名月やしばしこの世を透明に　高橋幸子
満月に子宮を一つくれてやる　鳥居真理子
満月の丘に眠れる古墳群　高田馴三

満月に心の鬼も踊り出し　塚本みや子
駅に見て庭にまた見て望の月　山川雅舟
補陀落（ふだらく）の海が育てて大満月　島谷全紀
望の夜のネクタイ一気に引き抜けり　高岡慧

良夜（りょうや／りやうや）　良宵（りょうしょう）　佳宵（かしょう）

晴れわたって月の良い夜のことで、十五夜のことに用いる。『徒然草』に、「八月十五日、九月十三日は婁宿なり。この宿、清明なるゆゑに月を弄ぶに良夜とす」とあり、十三夜にも用いることがある。↓名月・後の月

音楽が体を流れおり良夜　細井啓司
甲板に遍路が二人良夜かな　玉置ときわ
自鳴鐘（とけい）より侏儒（こびと）出てタクト振る良夜　三苫知夫
郵便の船の横たふ良夜かな　平松良子
ちりとりに何もなかりし良夜かな　串上青蓑
星形にべっかう飴を抜く良夜　延広禎一
三姉妹久に揃ひし良夜かな　丸山みどり
良夜かな金平糖を十粒ほど　木下野生
みほとりに幼な声ある良夜かな　佐々木会津
石臼を牛舐めてゐる良夜かな　澤本三乗
山の木にシテとワキある良夜かな　草深昌子
良夜かなさざえも岩をのぼるころ　岡部麗子
立てかけて箒がちぢみ行く良夜　中山玲子
豚の仔の重なり眠る良夜かな　後藤浩子

無月（むげつ）

旧暦八月十五日の夜、曇っていて名月が見えないことをいう。しかしそれでもどこか空はほの明るく、満月を感じさせるような空なのである。↓雨月

無月なり袈裟透く僧の白き帯　吉野義子
城門のひらかれてゐて無月かな　小澤初江

無月灯下亡母の着物解（ほど）きをり　岡崎光魚
首塚に清酒一本無月かな　中村　葉
大仏に花束抱かせたき無月　成田清子
無月とて三尊かくも美しく　梅本幸子
鯉跳ねる音や無月の坊泊り　伊藤いと子
皿割りし音の散らばる無月かな　大嶋洋子

雨月（うげつ）　雨名月（あめめいげつ）　雨の月　月の雨

雨が降って名月の見えないことをいう。無月もそうであるが、月は見えなくとも月にこだわる気持ちが誰にでもあるのである。↓無月

五六本雨月の傘の用意あり　日野草城
わが胸に雨月のほかの愁ひあり　福永みち子

十六夜（いざよい／いざよひ）　十六夜の月　いざよう月　既望（きぼう）

旧暦八月十六日の夜の月。またはその夜をいう。いざよい出る月の意だが、これは十五夜よりすこし時間を遅れて出ることからかくいうのである。「既望」というのは、望の月が過ぎたことを意味する。

甲斐にありいざよふ月を待ちにけり　榊原寿子
十六夜の母に枕を足しにけり　きちせ・あや
十六夜や母には私しか見えぬ　松本紀子
十六夜の妣（はは）の居さうな庭へ出づ　藤原たかを
十六夜の母亡きことに父慣れず　高村恵治
十六夜の大釜沸かす氏子たち　乙黒麦童
十六夜や兎の型に切る林檎　平林恵子
十六夜の子の眉を引く旅役者　内田純子

立待月（たちまちづき）　立待　十七夜（じゅうしちや）

十六夜の次の夜、即ち旧暦十七日の夜の月をいう。縁に立ったり、庭に出て待っているとすぐ上ってくることから、「立待月」という。少しずつ月の出が遅くなってくる。

古き沼立待月を上げにけり　富安風生

立待の微雨にほのめくすひかづら　村上光子

居待月（いまちづき・ゐまちづき）　座待月　居待　十八夜の月

旧暦八月十八日の夜の月。立待月にくらべるとさらに遅く出てくる月である。ゆっくりと坐って待っているうちに現れてくる。名月からすると一時間余の遅れである。

わが影の築地にひたと居待月　星野立子

居待月正座久しく忘れゐし　福永耕二

臥待月（ふしまちづき）　臥待　寝待月　寝待

旧暦八月十九日の夜の月。「寝待月」ともいう。名月から数えると四日目で、月の出はだいぶ遅くなる。現代はともかくとして昔の灯火をおもえば、臥して待つ時間なのである。寝て待っている月はやや痩せて上ってくるのである。

熊突の話果てたる寝待月　矢島渚男

夢と御座す臥待月は西の方　佐野左右也

更待月（ふけまちづき）　更待　二十日月（はつかづき）

旧暦八月二十日の夜の月。臥待月よりさらに遅くなって出てくるので、更けて待つというのである。

十六夜、立待、居待、臥待、と指を折ってくると、古人の月に対する思いの深さがわかるであろう。

姨捨は更待月後苔ほとけ　古沢太穂

天窓に更待月や休め機（ばた）　大宮広子

宵闇（よいやみ・よひやみ）

十五夜の後、月の出は次第に遅くなり、二十日すぎると夜更けになる。その間の月影のない闇をいうのである。当然ここにも月を待つ気持ちがあるのである。語感のよい季題といえよう。

宵闇の白々浮かむ棺ひとつ　平松　綾

宵闇の人間住める虚貝（うつろがい）　各務耐子

宵闇を片手おがみにとほりやんせ　松澤蕗子

宵闇の机にあらば随聞記　竹内悦子

後の月（のちのつき）　十三夜　名残（なごり）の月　後（のち）の今宵（こよい）　後の名月　豆名月（まめめいげつ）　栗名月

旧暦九月十三日の夜の月。十五夜と同じように月見をし、十五夜の芋名月に対して、枝豆や栗など供えるので、「豆名月」「栗名月」ともいう。夜は冷気が加わってきてものさびしくもあるが、それだけに月光は冴えて「名残の月」の感を深くする。

かくし持つ念珠一連後の月　角川照子

鶴眠る川面を照らす後の月　高岡秀行

わが影の真中がうすし十三夜　西山　睦

後の月東寺くろぐろ浮かびけり　今井圭子

縁先に酒とどきたる十三夜　池田義雄

靴音をビルより落とし後の月　富川三枝子

山よりも温泉（ゆ）宿の暗し十三夜　手塚金魚

木の香立つ部屋ぬちにあり後の月　守屋房子

暫（しばらく）は車窓に添いぬ後の月　丸田美年

はいと言ひまたはいとのみ十三夜　小林しづ子

ほろ酔ひて旅の小径の十三夜　安次富順子
このあたり木挽町かも十三夜　山岸治子
終航の汽笛尾を曳く十三夜　江口良子
庭裾を洗ふ潮や十三夜　大木さつき
面影の薄れ行くなり十三夜　藤野艶子
軒並に老人が居て十三夜　荒井とし子
浅草は風の中なる十三夜　高　篤三
川越えて見ても同じや十三夜　福島道子
吊り革を握って十三夜の嬰児　細井啓司
見納めが母の口癖十三夜　田邊えりな
吉野よりうれしき便り十三夜　中川文子
Aカップとて揺れていて十三夜　荒井まり子

星月夜（ほしづきよ）

星月夜（ほしづくよ）　星明り　秋の星

月のない晴れた夜空に、星の光りがばらまかれたように美しく、輝いているさまをいう。空気が澄んでいて、あたかも月夜のように地上を照らし出すのである。都会ではむりだが、山国の夜空はすばらしい。

梟時計鳴くこと忘れ星月夜　室生幸太郎
山霊に殺められたし星月夜　長山順子
縁台に在りし日の父星月夜　松田小恵子
あなたには素直になれる星月夜　柿内芳子
オアシスに汲む水蒼し星月夜　田中俊尾
星月夜鯨親子に旅のあり　上澤樹実人
星月夜竜飛（たっぴ）の風車眠らずに　白澤よし子
隠れ湯のかくれなかりし星月夜　滝野三枝子
子別れの北狐啼く星月夜　東　天紅
星月夜天動説に固執する　稲葉光音

天の川（あまのがわ／あまのがは）

銀河（ぎんが）　銀漢（ぎんかん）　星河（せいが）　雲漢（うんかん）　天漢（てんかん）

恒星の集合よりなっている天の川は、秋の夜空に光の川のように帯状に輝いて見える。天の川は七夕伝説と結びついて詩歌の題材とされ、『万葉集』以来数々の作品がみられる。しかし、山本健吉は「天の川の美しさを、七夕との連想なしに詠み出したのは、俳諧時代になってからと言ってよい」と、述べている。天の川は四季を通して見えるが、澄んだ仲秋の空に見るのがいちばん美しいとされている。↓七夕

荒海や佐渡に横たふ天の川　芭蕉
家毎に地球の人や天の川　三橋敏雄
天の川からさんさんと檜の香　宮坂静生
嬰(やや)生まるはるか銀河の端蹴つて　小澤克己
決断を迫る電話や天の川　五十嵐みい
天の川虚子に師事せし今もかな　五十嵐哲也
ベッドより子の落つる音天の川　山口友子
天の川煌煌として病舎の灯　小野竹葉
うすうすとしかもさだかに天の川　清崎敏郎
僧乗りて渡海舟めく天の川　小枝秀穂女
天の川礼節人にうすれつつ　松岡悠風
天の川野積み干草香をはなち　佐野五百子
入江すぐ木場へつづけり天の川　杉田淑子
女人にも戦の哀史天の川　石井道子
天の川銅の扉を引きにけり　各務耐子
寝袋に入りて銀河を近うせり　駒津菫子
沙漠銀河吾が待ち時間あと幾許(いくばく)　高須ちゑ
頂上は銀河に近し母に近し　西尾苑
灘荒れて濤が銀河の尾をのぼる　内山泉子
銀河濃し無数の意味が降って来る　赤松勝
銀河傾けいま渾身の授乳の刻　平井幸子
人麻呂の光芒の瀬か天の河　折野美恵子
やはらかき草を犬噛む天の川　大久保明
順番といふ死が見ゆる天の川　西川五郎
切り火打ち今宵銀河へ母還す　館さくら
かんばしく薪を焚く風呂天の川　中澤悠
はらからの集ひし宿の銀河濃し　渡部きん
銀河濃し佐渡は日蓮遠流の地　影山八郎

流星（りゅうせい）　流れ星　走り星　夜這星（よばいぼし）　星流る　星飛ぶ

流星というが本体は砂ほどの流星物質の固体で、これが群れをなして夜空に現れ、一瞬にして消えていくのを「星飛ぶ」とみたのである。秋は夜空が澄んでいるので特に見やすく、そのために秋季としている。

星流る街には風の辻楽師　秋尾　敏
星飛ぶや地震列島闇深き　松本津木雄
星飛んで船の灯ひとつ残りけり　柴田陽子
鯤棲める海の真北や星流る　岩坂満寿枝
ながれ星オホック海は只暗く　岩佐こん
流星や海底に殖ゆ鰈の目　大塚まや
この世あの世つないで切れて流れ星　堀切千代
獅子座流星群よく学びよく遊ぶ　山崎　聰
流れ星夫という人持つ間なく　本田恵美子
腥き風流星は獅子座より　甚上澤美
流星のあと想念を失える　和田悟朗
星飛んで星座の琴を鳴らしけり　河合　清

秋風（あきかぜ）　秋風（しゅうふう）　秋の風　金風（きんぷう）　爽籟（そうらい）　色なき風　律の風（りちのかぜ）

昔から秋風が詩歌に詠まれているのは、三秋にわたってそれなりの情趣があるからである。さわやかに花野をわたってくる風もあれば、野分にも似た激しい風もあり、また、天地粛殺（しゅくさつ）たる風もある。「金風」というのは五行（木火土金水）に当てた言い方であり、色に配しては白で、これを「色なき風」という。

秋風やみだれてうすき雲の端　飯田蛇笏
秋風や模様の違ふ皿二つ　原　石鼎
粥のせてやる秋風の妻の舌　中島斌雄
秋風やかかと大きく戦後の主婦　赤城さかえ

秋の風目に見えぬものすこし信ず　小檜山繁子
物音のかたりことりと秋の風　山田みづえ
秋風や外湯に浮きし鳥の羽　加古宗也
別れぎは手をひらひらと秋の風　奥田杏牛
おんおんと人の恋しき秋の風　岡田詩音
河口まで来て放心の秋の風　船越定幸
背伸びする骨を哭(な)かせて秋の風　片山依子
ババロアが匙の上なり秋の風　中島陽華
能登(のと)の子の浄瑠璃まなこ秋の風　折井眞琴
水の面の秋風見をり羊飼ひ　中西夕紀
古戦場秋風が背を吹きぬけし　木曽シゲ子
禅寺の石より生れし秋の風　原　礼子
秋風を馬の全身横切れる　笹尾照子
秋風の柩去りみな歩き出す　冨岡夜詩彦
槍山頂歩む不安の秋の風　沢　聰
連なりて国分つ山秋の風　井上康明
秋の風つねにひびける端山かな　雨宮北里
雷鳥の消えし岩の間秋の風　勝俣ひとし
かへり見て門標たかし秋の風　徳本映水

祈る手の胸の高さに秋の風　金子三起子
秋風が吹くそれだけの河原かな　平田節子
秋風や割れた煎餅から食べる　田中純子
秋風の真只中の鳥居かな　桜木俊晃
金風に提げて野のもの山のもの　馬見塚吾空
句碑の文字色なき風に瞬(また)ける　佐藤晴生
髪塚に色なき風の吹くばかり　杉山青風
馬老いて色なき風を食(は)みにけり　小島　健
喪服着て色なき風にふれてをり　大森理恵
丸窓に色なき風の通り抜け　田中康委子
ふるさとの城趾色なき風の中　後藤邦代
首塚に色なき風や昼の月　朝妻　力
野うさぎの耳に色なき英彦(ひこ)の風　矢野緑詩
観世音色なき風を紡ぎをり　田沢公登
源流に色なき風の生れけり　笹本カホル
欄干に寄れば色なき風のこゑ　深沢暁子
色なき風箸に崩るる骨拾ふ　鈴木芳子
秋風を捩ぢまげて山車曲がりけり　安孫子十字
噴煙を捲く秋風となりにけり　山田貞子

律の風砂に色あり波のあり　石関洋子
しばらくは秋の風きく子規墓前　細田恵子

初嵐（はつあらし）　秋の初風

秋のはじめにさっと吹く風。蕉門の俳人に「そよそよや藪の内なる初あらし」（日藁）の作がみられるが、秋の来たことを知らせる風といえよう。「秋の初風」ともいわれている。→野分・台風

初嵐菩薩は歩みたき瞳　中島畦雨
国道を猿のはしる初嵐　武村幸子
いと小さき孔雀の貌（かお）や初嵐　長崎玲子
初嵐いま開きたる花のあり　柴崎七重
ともづなの張りては弛み初嵐　松本光生
初嵐蟻はしづかに地を這へる　細木芒角星

野分（のわき）　野分（のわけ）　野分立つ　野分中（のわきなか）　野分後（のわきあと）　夕野分（ゆうのわき）　野分雲（のわきぐも）　野分晴（のわきばれ）

台風ほどではないが、野外の草木を吹き分ける強い風ということで「野分」という。「秋風」よりは強く吹き荒（すさ）ぶので、この風が吹いたあとは塀がこわれたり、草木が倒れたりすることがある。芭蕉の「吹きとばす石はあさまの野分かな」は、よくこの季題を言い得ている。→初嵐・台風

吹き飛ばす石は浅間の野分かな　芭蕉
ふらここに野分来ること教へけり　宇田川修一
野分してわれら俳諧浪曼派　大山雅由
野分来る手にあたたかき馬の頬　川村五子
野分あと一番星の置きみやげ　大西比呂
赤城より街に野分の余り風　星野魯仁光
色里の名残の小窓野分立つ　中村初枝
捨ボール野分の空へ投げ放つ　宮田和子
野分後禾（のぎ）あるものに手を合はす　井出和幸
野分あと夕日が村を癒しをり　為重大五

台風（たいふう）

颱風（たいふう）　台風圏　台風裡（り）　台風禍（か）　台風の眼

熱帯性低気圧の一種で、中心付近の最大風速が一七メートル以上のものをいう。南方洋上に発生し、八月下旬から九月にかけて日本に上陸することが多い。毎年、河川の決潰、田畑や人畜への害など、甚大な被害をもたらす。台風シーズンが過ぎると秋晴れとなる。↓初嵐・野分

台風の水禍ここまで壁の線　田中康雄
台風禍女人高野に及びけり　田中年枝
台風に一喜一憂林檎園　荻原達昭
台風の生るゝ眼下を渡る旅　池田太恒
台風の来るたび鼠太りけり　真山　尹
蒙古塚かの日の如き台風来　大島きんや
台風の街に自販機点しけり　高橋桃衣
台風の大き夕日を残しけり　塚原静枝
台風や無口なる人動き出す　笹本カホル
台風の前ぶれに涌く海つばめ　福永みち子
肉眼で見ることの無き台風眼　福田万紗子
台風過神も仏も手薄なり　新井智恵子
井戸水を濁し台風去りにけり　藤本安騎生
台風に唸り返してポプラの樹　斉藤和夫
台風の被害大木もてあそぶ　辻内代美子
落ちし巣に蜂飛びかひて台風禍　堀井美奈子

雁渡し（かりわたし）

青北風（あおぎた）

雁の渡ってくるころ吹く北風をいう。空も海もあおあおとして、この風に乗って雁が飛来してくるのである。『物類称呼（ぶつるいしょうこ）』にあるように、もともとは伊勢や伊豆国の漁師の言葉である。

草木より人翻る雁渡し　岸田稚魚
音たてて洗ふからだや雁渡し　宇多喜代子
たそがれの無縫の海を雁渡し　小檜山繁子
双塔の影を一つに雁渡し　加古宗也

雁渡し乳房が張るという感じ　坪内稔典
岩船の塔婆襖や雁渡し　落合水尾
雁渡し砂丘は生きて砂奔る　豊長みのる
雁渡し見送るに水速きこと　有田木の実
紬織る筬（おさ）のゆききや雁渡し　渡部照子
雁わたし琴に怒濤の木目かな　石川サト子
晩年は許してばかり雁渡し　貝塚せい子
不治退院の老婆見送る雁渡し　坂本童声子
雁渡し子に逆らふてみし過渡期　小関桂子
雁渡し淡海（おうみ）の水となる流れ　日比野里江

海のいろかすれた方へ雁渡し　塚越美子
灯台を芯に島伏す雁渡し　服部鹿頭矢
雁渡し木地師は木屑吹き払う　金子あきゑ
戸籍のみ残るふるさと雁渡し　江崎慶子
繋留（けいりゅう）の湖の釣舟雁渡し　松本悦子
やはらかく巡る血液雁渡し　小田かをり
雁わたし加賀の友禅流しかな　小原英湖
青北風や港気付の手紙束　工藤義夫
青北風や土塊荒き馬場の朝　上野草魚子
青北風や土偶三千年の黙　矢野忠男

黍嵐（きびあらし）　芋嵐（いもあらし）

黍畑を吹き抜く強い風である。黍は茎に対して穂が重いので、強い風が吹くと倒れやすいが、葉ずれの音、穂がふれ合ふ音に、秋らしい趣がある。「芋嵐」もこれと同趣で、この季語は阿波野青畝の「案山子翁あち見こち見や芋嵐」の句によって生まれたという。

案山子翁あち見こち見や芋嵐　阿波野青畝
芋嵐人呼び捨ての声太し　宇咲冬男
黍嵐何かと言へば鶏つぶす　細田伸子
芋嵐片耳ふさぎ電話せる　高道　章

芋嵐御陵の松を揺らしけり　東野淑子
けものから淋しき合図芋嵐　中井洋子
芋あらし産土（うぶすな）なべて沸騰す　千葉みちる
一と揺れの葉より起りし芋嵐　滝野三枝子

芋嵐輪中の軒に田舟吊り　服部佐多江
芋嵐駅に新郎新婦かな　本宮哲郎

秋の雨（あきのあめ）

秋雨（あきさめ）　秋霖（しゅうりん）　秋黴雨（あきついり）　後の村雨　秋の村雨

「秋の雨」は秋季に降る雨だが、「秋雨」というと、秋も中旬以降になってしとしとと降る感じが強い。これが梅雨のように降りつづくと、「秋霖」「秋黴雨」といわれる。低気圧の前線が日本付近に停滞するとおこる現象で、うっとうしい天気となる。

秋の雨もののかたちを流れ落つ　広川恵子
残肴（ざんこう）に火を通しけり秋の雨　細木芒角星
秋黴雨（あきついり）蓑虫ごつこしてをりぬ　辰野利彦
秋雨や魚開かれて目がふたつ　川井淵
湯畑にいきなり強き秋の雨　小林はるな
秋霖の裏にも出口屋敷森　松永浮堂
家深くゐて秋雨の音の中　石井美穂
秋森に霖屋根といふ重きもの　山本千春

秋時雨（あきしぐれ）

秋の時雨

時雨といえば冬季であるが、晩秋に降る時雨を「秋時雨」という。山路などで青空が見えているのに、ぱらぱらと通り雨が降ってきたりして、秋の深まりを感じさせられることがある。↓春時雨（春）・時雨（冬）

竹売て酒にかへばや秋しぐれ　北枝
筬音（おさおと）の間近に聞きし秋しぐれ　脇本良太郎

富士の初雪（ふじのはつゆき）

富士山の平年の初雪は九月六日とされているから、残暑の中で仰ぐ秀嶺ということになるが、そこに季節の推移を感じとることができる。初雪は新雪である。

富士初雪日向(ひなた)はどこも鉄くさし　加藤楸邨
都庁舎へ富士の初雪見にのぼる　幸喜美恵子

稲妻(いなずま／いなづま)　稲光(いなびかり)

秋になって、遠い夜空における閃光である。雨は降らず、空中放電による火花のことで、この光りが稲びかりである。稲びかりには稲を実らせるという信仰があって、そこから稲妻の語が生まれたといわれている。

いなびかり北よりすれば北を見る　橋本多佳子
稲妻の切っ先鈍る夜の河　河合凱夫
稲妻に千の目を剥くピラカンサ　秋尾　敏
いくたびも森あらわるるいなびかり　三橋孝子
いなびかり真南ありて混み合へる　小内春邑子
稲光一商人として旅へ　山中麦邨
稲光刹那刹那にダム見ゆる　寒川逸司
時に吾を許せざる日の稲光　徳田千鶴子
髪切られゐる鏡中にいなびかり　若山千恵子
決意促すごと一度きり遠稲妻　岡崎ゆき子
稲妻やにんげん還る土照らす　新谷ひろし
稲妻の海の真中を走りけり　大沢せい
田の静けさに住み旧(ふ)りぬ稲びかり　佐藤国夫
稲妻や童のごとき母の貌(かお)　黒田秀子
稲妻のはげしき山の草を見し　布川武男
稲妻や農衣滅法よごれをり　風間蕉美
いなづまや息をのむ間もなき山河　百瀬ひろし
稲妻の切つ先に落つ野面かな　中村洋子
稲光おびえる児らに又ひかり　吉田喜美子
稲妻の更けて山雨となり来る　佐々田まもる
稲びかり妻も陰画にしてしまふ　平瀬　元
稲妻や逃げも隠れも招き猫　姉崎蕗子
稲妻や音なく落ちる砂時計　島立保子
稲妻の煌めく海を漁船帰る　西谷正夫

秋の虹（あきのにじ）　秋虹（あきにじ）

ただ単に「虹」といえば夏季である。「秋の虹」は夏の虹ほどの鮮やかさはないが、それだけに淡く、消えやすいところに風情がある。↓虹（夏）

秋の虹消えたる後も仰がるる　山田弘子
色といふ村あり秋の虹たてり　小西与志
みなくぐる有為（うい）のおくやま秋の虹　新谷ひろし
活火山より起ち上がる秋の虹　小池万里子

秋の夕焼（あきのゆうやけ）　秋夕焼（あきゆふやけ）　秋の夕映（ゆうばえ）

四季を通して夕焼は見られるが、季節に変化のある秋の夕焼はそれなりに美しい。初秋の夕焼、晩秋の夕焼、それぞれに特色がある。単に「夕焼」といえば夏である。↓夕焼（夏）

校歌まだ歌えるふしぎ秋夕焼　渡邊禎子
海と言ふ器の中の秋夕焼　大木涼子
秋夕焼母攫（さら）はるるかも知れぬ　江中真弓
鉛筆を鋭く削り秋夕焼　能美澄江

霧（きり）　朝霧　夕霧　夜霧　山霧　川霧　狭霧（さぎり）　霧襖（きりぶすま）　霧雨（きりさめ）　濃霧（のうむ）　霧笛（むてき）

霧は空気が冷えて水蒸気が凝結し、空中にただよっている水滴で、ひろがると見通しがわるくなる。しかし、俳句では朝霧、夕霧、川霧、山霧など、いろいろに用いられる。冬の霧は「冬霧」というが、ただ「霧」といえば秋季である。↓海霧（夏）

有明や浅間の雰（きり）が膳をはふ　一茶
水筒のろろんと鳴りて霧の中　福田蓼汀
白樺を幽（かす）かに霧のゆく音か　水原秋櫻子
朝霧や吊橋わたる人の声　吉田冬葉

街灯は夜霧にぬれるためにある　渡辺白泉
霧の村石を投（ほ）うらば父母散らん　金子兜太
海彦のゐて答へゐる霧笛かな　橋本多佳子
捨てマッチ地に燃え青春は霧か　宮坂静生
霧の湾煙草を断ちて火を持たず　矢島房利
一堡より指呼の一堡を霧が消す　清崎敏郎
火の色に恥甦る霧の中　中嶋秀子
山鳩の声沁む霧の落し水　青木千秋
鰐口を打つに力を霧深し　今井真寿美
霧晴れて渋民村のありにけり　曽野綾
別れ際ふいに抱かれて霧になる　長浜聰子
霧浄土てふも岳人泣かせかな　平田青雲
追分を霧のニセコに聞く泊り　井上醇女
能面のごとき朝日や霧の中　長山あや
長城に女坂あり霧晴るる　横山昭作
霧の香の熊野詣となりにけり　西上晴久
凄まじき霧がこの山消してゆく　河合すま子
冥途でも主従か霧の墓十基　佐藤昌市
霧の旅神々はみな素足にて　石﨑多寿子

微笑（ほほえみ）て去り行く友も霧は消し　浅野京子
生き方も死に方もまた霧の中　東　智恵子
幾度びも宙に乗り出し霧のバス　安田春峰
目つぶればロミオ呼ぶ声霧ながら　本城佐和
廃坑の山消し櫓消して霧　井上蘇柳
山の霧池の霧降るゴルフ場　永川絢子
犬がゐて霧の別れを見てをりぬ　橋本美智代
野の岩は昔は礁霧すさぶ　工藤義夫
鳴兎霧来てこゑのやはらぐも　沼澤石次
白樺は白つらぬけり霧の中　西川五郎
山人の真顔が揃う霧の中　横地かをる
吾の眼も光りてをるか霧の中　海津篤子
霧の樅友をしずかにつらぬいて　北村美都子
武蔵野の霧のにほひにつつまるる　西村純吉
山の霧村に来てをり診察日　小池龍渓子
「英霊」はなぜ十五歳いまも霧　松田ひろむ
テームズの船の舫（もや）ひも霧襖　大林淳男
霧に暮れ霧に夜明けて畑仕事　前岡茂子
遍路鈴霧の中より聞こえくる　上田しずゑ

夫に和す舟唄や霧の別れ唄　外澤秀子
のけぞって撞く晩鐘に霧まとう　綾野道江

露（つゆ）　白露（しらつゆ）　朝露　夜露　露の玉　露けし　露葎（つゆむぐら）　芋の露　露時雨（つゆしぐれ）

早朝、また夜分に冷え込んでくると、地表や草木の葉、あるいは岩石などに、空気中の水蒸気が水滴となって付く。これが露である。露を秋の季とするのは、気温の差のはげしい秋にこの現象が多いからである。

露の世は露の世ながらさりながら　一　茶
芋の露連山影を正しうす　飯田蛇笏
蔓踏んで一山の露動きけり　原　石鼎
金剛の露ひとつぶや石の上　川端茅舎
白露や死んでゆく日も帯締めて　三橋鷹女
群山の秀（ほ）のはつかなり露の道　宮坂静生
露の玉こはれて水に戻りたる　塩川雄三
芋の露転ぶと見れば転びけり　西岡フサ子
露けさの手向の芙蓉切りにけり　石飛如翠
露の世の百歳（ももとせ）生きし骨拾ふ　橋本ふみ子
相逢うてことばいらざり万の露　原　ふじ広
こころ図面の家を歩けり露の音　安永千鶴
露の身の手足に同じ指の数　内山　生

今日生れし牛に露けき夕べ来ぬ　大木さつき
露燦々釈迦出山の道照りぬ　とよなが水木
露けしや遊行（ゆぎょう）を偲ぶ蓑と笠　荘所亀子
畑への細き吊橋露けしや　関根きみ子
赤道を越えて露けき旅給ふ　斉藤淑子
露けしや吉野町字吉野山　木村緑枝
露けしや祈りの長き母を見て　下坂速穂
天平を露けく残す甍（いらか）かな　高橋幸子
露けしや地震の創ある石灯籠　市川典子
宣長の朱筆露けし古事記伝　長谷川史郊
青空に帰りそびれし露の玉　谷口智行
太陽を一つに纏め芋の露　深沢暁子
露万朶（ばんだ）一番乗りの釣場得し　前田伸子

露けしや寺に線香販売機　渋谷光枝
露の世に座り直して食ひにけり　前田美智子
夜もすがら大地に露の生れたる　広瀬志都子
日の出待つ三角点の露しとど　島田夏楓
臍の緒をつけて糶らるる露の牛　坂本孝子
人声に機嫌よろしき芋の露　齋藤　都

露寒（つゆさむ）　露寒し

秋も深まって野外に露を結ぶころの寒さをいう。このころは早霜も降りてくる。

露寒の日のこぼれゐる利休の碑　大石登喜和
露寒や走者に金の首飾り　原田豊子

秋の霜（あきのしも）　秋霜（しゅうそう）　露霜（つゆじも）　水霜（みずしも）

霜は冬季であるが、晩秋に降りる霜をいう。「露霜」「水霜」ともいうが、これは露が半ば霜になっている状態で、冬が近くまできている感じである。↓春の霜（春）・別れ霜（春）・霜（冬）

老眼にもるる小貝や秋の霜　丈草
水霜や獺祭書屋主人考　藤田あけ烏

龍田姫（たつたひめ）

奈良県生駒郡龍田山に祭られている秋を支配する女神である。春の佐保姫に対して、野山の紅葉を宰領する神ともいえる。因（ちな）みに同地を流れる龍田川は昔から紅葉の名所とされている。↓佐保姫（春）

足音のひとつは竜田姫ならむ　吉田寿子
龍田姫竹生島には立寄らず　判治遼子

地理

秋の山（あきのやま）　秋山（あきやま）　秋嶺（しゅうれい）　秋の峰　山澄む　山の秋　山粧う（やまよそおう）

遠くまで空気の澄んでいる秋は、山々の襞（ひだ）までも鮮やかに見えて美しい。『万葉集』では、額田王（ぬかたのおおきみ）が「（略）秋山の木の葉を見ては黄葉をば取りてそしのふ青きをば置きてそ歎くそこし恨めし秋山われは」と、春の山に比べて、秋の山が優れていると判定している。九月に入ると北国や高い山々では紅葉をはじめ、時を経ながら中腹から山裾へと紅葉は下りて来る。山裾に紅葉がはじまるころ、高山には雪が来ている。紅葉といっても木々の種類によって色も異なり、その時期も前後するから紅葉狩りもさまざまに楽しめる。松茸山には容易く入れなくなったが、雑茸を求めて入るのも秋の山である。柴栗や椎の実、胡桃、橡の実などの木の実を拾いに入ったり、木の葉山女を釣りに秋山の渓流に入ったりと、人それぞれの楽しみがある。

秋の山人顕（あらわ）れて寒げなり　一茶

秋山に秋山の影倒れ凭る　山口誓子

首据わる赤子に秋の畝傍（うねび）山　宮坂静生

粧ひし山のどこかに忍釘　直江裕子

縄跳びの円にすっぽり秋の山　甘田正翠

秋山の上に二の丸三の丸　手塚金魚

粧へる山ふところの深さかな　成田昭男

芭蕉像置去りにして山粧ふ　齋藤　都

木につるす配電盤や山の秋　飯田悦子

ぶらり旅秋の山見て手相見て　杉浦一枝

秋の野（あきのの）　秋野　秋郊　秋の原

秋の七草は言うに及ばず、千草八千草が咲き乱れ、草紅葉をしている広い野原である。その野に花薄があれば、風に、日の光りに輝いて揺れている。そんな薄の根元を見ると思い草の花があったりする。虫の声がし、秋茜が飛び、風も日差しもさわやかな野である。「秋郊」は秋の郊外、秋の野辺のことである。

秋の野は藁屋一ッにくれにけり　二葉亭四迷

秋郊の葛の葉といふ小さき駅　川端茅舎

花野（はなの）　花野原　花野道

秋の野の草花の咲き満ちている野原である。女郎花や藤袴、撫子などの秋の七草をはじめ、吾亦紅、竜胆、松虫草などの咲いている野である。日差しもやわらかくなり、吹く風もすっかりと秋を思わせる野である。昼の虫なども鳴いていて、淋しさを誘う野である。背高泡立草の黄色が占めている休耕の田や放置された山畑を季語でいう「花野」とはしがたい。↓お花畑（夏）

広道へ出て日の高き花野かな　蕪　村

夢で見たような花野をいまあるく　向山文子

花野には岩あり窪あり花ありて　山口誓子

わがゆめのつづきの花野なりしかな　加藤三七子

夕づくや花野へ沈む鳥の声　戸辺ますみ

大花野ときどき雲の影に入り　加藤瑠璃子

陽の匂い水の匂いに湧く花野　文挾綾子

焦点を持たぬ花野の色であり　山下美典

縮まらぬ距離に妻いる大花野　池上拓哉

風に立ち汝も花野の花となる　大隅三虎

つなぐ手を吾子からほどく花野中　井上真実

花野より生れて真白きグライダー　窪田英治

振り向きて振り向かれけり花野中　赤木日出子
一輛車に慣れて花野の二三日　前田正治
踏み入りて花野の深さ感じをり　平林孝子
放馬離々柵は花野の中を縫ひ　太田光子
地獄谷隣合せの大花野　菅野一狼
花野ゆく白をもつとも美しく着て　森川　潔
名も知らぬ花野に子等の遊びをり　平川まゆみ
ほどでなけれど趣は花野かな　新井ひろし
見はるかす花野の果ての赤い屋根　鈴木文野
猫も鳩も出さぬ花野のバスケット　山本紫黄
銃口を花野へクレー射撃場　水田光雄
花野道やさしくなれるまでひとり　吉田三千子
風の絵師花野を縫ふて帰らざる　石橋　哲
両脇の子が跳ねてゐる花野道　小西久子

岐路あまた花野にありて愉しけれ　西野たけし
道問へばだんだん遠くなる花野　御崎敏江
小さき手の何か言ひたげ花野ゆく　中村ふみ
ショパン忌を花野に遊ぶ何も持たず　岡崎光魚
霧深き花野や声が命綱　黒坂紫陽子
名ばかりの花野ありけり恐山　石野冬青
秋月の町を花野としたりけり　津森延世
一すじの光り花野の忘れ水　橋口ふみ
召されなば花野このまままさまよひて　原　柯城
枝折戸や花野を自我として持てり　中村和弘
いつまでも花野に出口なくてよし　安田直子
大花野夕日とどまるところなし　鬼島雄司
大花野二十六聖人浮かぶ　廣瀬之扶子
大花野亡き父と行く風と行く　関澄ちとせ

秋の田（あきた）　秋田　田の色

稲が実って穂をたれ、黄金色に色づいた田のことである。「田の色」というのも、この黄金色の実りの色をいうが、同じ一枚の田でも日受けの悪いところでは、半ばしか熟れていず、黄緑色が交じっていたりする。鳥威しが日を風を受けてきらめき、威銃の鳴り響いている田である。

秋の田にものを落して晩鴉過ぐ　山口誓子
秋の田の大和を雷の鳴りわたる　下村槐太

刈田（かりた）

刈田道　刈田風

稲を刈り取った後の田で、乾燥しているところでは田にひび割れが走っていたりする。稲の刈り株だけが残っていて、藁塚（わらづか）が建っているものの、広々としてなんとなく寂しい感じがする。かつてはこんな刈田に入って、田螺を採る人もいたが、農薬で田螺（たにし）はいなくなった。現在では稲を刈り取ったコンバインが藁を刻み込んで田に撒いて行くので、風に藁の香が流れてくる。

去るほどにうちひらきたる刈田かな　鬼貫
刈田より阿武隈川（あぶくまがわ）となりにけり　阿波野青畝
刈田には刈田の色の雨が降り　成海静
一望の刈田の中に己が田も　米澤勝廣
夜の刈田来て家ふかく父に会ふ　武藤ともお
信濃路の牛の糴（せり）立つ刈田中　本田照子
田の神の山へかへりし刈田かな　原ふじ広
刈田風禽（とり）は高きへ吹かれけり　星影美紗
かたまってゐる臆病な刈田風　高畑浩平
刈田道ふりむくたびに父が老ゆ　太田鳧
大刈田下総上総ひといろに　斎藤節子
天皇へ旗振りにゆく刈田かな　神庸子

穭田（ひつじだ／ひつぢだ）

稲孫田（ひつじた）

稲刈りの済んだ刈り株から、新しく青々と伸びて来た稲が「ひつじ」で、そのひつじの萌え出た田を「穭田」という。早くに刈り取られた稲の穭は穂をつけて、小米程度のものが採れたりもするので、かつてはこれも刈り取って食料の足しにしていた。今でも鴨猟師など、鴨の呼び餌に穭穂を刈っていたりする。山田や山裾の田では、山鳩や雉が穭穂を啄み、湖や河べりの田には鴨などが来て、穭穂を啄んでいる。

ひつぢ田の案山子もあちらこちらむき　蕪村
穭田に二本のレール小浜線　高野素十
ひつぢ田となるたび雨のいくたびか　佐藤鬼房
穭田に今浦島の一人かな　湯沢千代子
穭田の涯まで枯れて鷺一羽　小川玉泉
穭田のあをあを上総（かずさ）日和かな　三上紗恵子
穭田の持ち堪えたる十坪ほど　小平　湖
穭田の枯れ見せ始む耳鳴りす　斎田史子

落し水（おとしみず）

水落す　田水落す　堰外す（せきはず）

稲穂が成熟して垂れはじめると、畦の水口（みなくち）を切って水を落とすことをいう。用水や川を塞いでためていた水も不用となるので、堰板を外して水を流すのが「堰外す」である。畦の水口に堰板をはめている田の水を落とすのを「堰外す」と呼んだりする。あまりに早く田水を落とすといもち病にかかったりすることがある。山の棚田などの落し水は音立てて畦畔を落ち、下の田溝を流れてゆく。かつてはそんな落し水の流れる溝にもんどりを受けて、泥鰌を捕ったりした。

阿武隈（あぶくま）や五十四郡のおとし水　蕪村
落し水溢れて道を清くゆく　平畑静塔
昨日今日白神（しらがみ）の水落しけり　桜庭梵子
落し水もぐらの穴に鳴りにけり　向久保貞文
落し水喜びの音ありにけり　浜渦美好
村中が音でつながる落し水　山本白雲
倒伏の稲をくぐれる落し水　岡安紀元
三輪山に音の消えゆく落し水　堀部克己

秋の水（あきのみず）

秋水（しゅうすい）　水の秋

秋に入って澄みはじめていた水が、秋も半ばに近づくとますます澄み切ってくる。湖沼や池など、とどまっている水だけでなく、澄み渡った川の流れも秋の水である。秋水は研ぎ澄まされた刀にも譬えられるように、澄み切った水である。「水の秋」は、水に重点が置かれたものである。

鯉飛んで後に音なし秋の水　蝶　夢
晒し葛秋水深く沈みおり　土田桂子
魚の眼のするどくなりぬ秋の水　佐藤紅緑
水の秋松ぽっくりの浮いてをる　延広禎一

水澄む（みずすむ）

台風も来なくなり、秋霖と呼ばれる秋の長雨も終わると、空の澄みよりも一層に、河川をはじめ、湖沼や池、庭の泉水、清水や井戸水、果ては厨（くりや）の水甕の水に至るまで澄んだ感じがする。山の渓流は一際澄みを増し、日ごろはその濁りが気になっている池や小川や溝川の流れまでもが澄んで見え、背を、腹を返す小魚のきらめきも見えるようになる。

水澄みて金閣の金さしにけり　阿波野青畝
水澄むや言葉すくなく馬を飼ふ　水野爽径
水澄みて四方（よも）に関ある甲斐の国　飯田龍太
打ち明くるごとくに水の澄めりけり　鳥越久美子
水澄めり伊豆殿堀の名を今に　平賀扶人
水澄むや廻して洗ふ飼葉桶　木村仔羊
摩周湖の澄みゆるがざる島一つ　村上悦美
空澄みて水澄みて比良遙かなり　成宮紫水
水澄みて外輪船の港絵図　杉山青風
敏感な病後の手足水澄めり　藤田信子
あざやかな鯉は食べずよ水澄めり　藤勢津子
学び舎に鼓笛の調べ水澄めり　深澤碧水
水澄みて遊びごころの失せし川　谷口稠子
牧牛に澄む水溜り草千里　大津希水

秋の川（あきのかは／あきのかわ）　秋川（あきかわ）　秋江（しゅうこう）

遠くまで澄み渡った秋空のもとを流れる、清らかに澄み切った川である。土手の薄は穂を靡かせ、草も紅葉している。鰯雲の流れる日は川面に白い鰯雲が漂って流れる川である。さわやかな風に乗り、澄んだ日の光をとらえて赤とんぼが流れの上を飛ぶ川である。

見るかぎり同じ速さの秋の川　山口誓子
秋の川首伸べて鳴く夕べの牛　廣瀬直人

秋出水（あきでみづ／あきでみず）　秋の出水　秋洪水

秋は台風による集中豪雨や秋雨前線の活発な動きによって多量の雨が降り、河川の水嵩が増して、大きな洪水をもたらすことがある。とくに山岳地帯では、土石流を伴うことがあり、出水の恐ろしさは筆舌に尽くしがたいものがある。風に荒らされ、出水に荒らされた惨状は見るに堪えない状況を呈することがある。河口から高潮が入り込み、洪水を引き起こすのも台風のときである。↓出水（夏）

秋出水家を榎につなぎけり　西山泊雲
大台の水あつまりし秋出水　藤本安騎生
門灯の低く灯りぬ秋出水　日野草城
富士川も木曽川も秋出水あと　児島倫子
大渦をなしたる国栖（くず）の秋出水　山中弘通
決潰（けっかい）は空にはあらず秋出水　品川寛子

秋の海（あきのうみ）　秋の波　秋の浜

台風も近づかなくなり、秋の長雨も終わってどこまでも澄み渡った秋晴れのもと、潮の色も真夏と違い、紺碧の色が薄れて、透き通ってくる。空の澄みに呼応するように、潮の色も美しくなる。やや波の高いこともあるが、清澄感のあるのが秋の海である。沖に秋刀魚が寄せ、秋鯖や烏賊などがよく獲れるころである。これらの魚を漁る夜の漁火が美しいのも秋の海ならではである。

秋の海深きところを覗き過ぐ　山口誓子
秋の波の一線眼の端より崩る　川崎展宏
果しなきひとかたまりや秋の海　和田耕三郎
靴跡のまつすぐにあり秋の浜　安原楢子
銀鱗に秋がきてゐる志摩の海　田村英一
校章が散らばつてゐる秋の濤　小田島亮悦

秋の潮（あきのしお）　秋潮（しゅうちょう）

はまぼうの花が咲きはじめると、熊野の海士（あま）は潮が秋になったねぇとしみじみという。干満の差が激しいだけでなく、潮の澄みが夏の明るさとちがって深くなり、なんとなく寂しさが感じられるようになるからである。夕暮れ、沖合にまで赤く染まった潮を浜に立って眺める時、夏の賑わいの去った秋の海の潮の淋しさを感じるものである。

早鞆の瀬を駈け抜けし秋の潮　後藤比奈夫
薄く寄せうすうすと引き秋の潮　鷹羽狩行
くるぶしにじわじわ秋の潮満つ　中村朋代
秋の潮遺品の画帖鋭きまま　長良扶沙

初潮（はつしお）　葉月潮（はづきしお）　望の潮（もちのしお）

旧暦八月十五日、満月の日の大潮の満潮のときをいう。月が満ちるとき、潮もまた満ちるが、二月とともに八月の満月のときは最もよく潮が満ちる。なかでも八月の満月の夜に潮は大きく満ちる。

月が明るく出た夜など、沖から潮が輝きながら浜に、河口に満ちて来るのがわかる。八月の満月の夜の潮なので、「葉月潮」といい、「望の潮」ともいう。

初潮や鳴門の波の飛脚舟　凡兆
葉月潮伊雑の宮をさしてゆく　山口誓子

不知火（しらぬい・しらぬひ）　竜灯（りゅうとう）

旧暦七月の晦日か八月朔日の真夜中、九州の有明海や八代海の沖合に見られる光である。古来、「千燈万火明滅離合」と形容されているように、明るい火が明滅しながらゆらめき、離合して、一直線上に現れる現象である。この現象は、夜光虫、燐火、漁火（いさりび）によるという説があるが、風雨の夜は、漁船が出ないので、この火が現れないところをみると、漁火がもとで、光の異常屈折によっておきる蜃気楼のような現象である。景行天皇が火の国（肥の国）を巡幸されたのは、『日本書紀』によると五月朔日（ついたち）のことである。日が暮れて暗くなったとき、遥かに見えた火の光によって岸に着くことができた。しかし、その火は人の火でないことを知って、その国を「火の国」と名付けたという記述がある。この火を「竜灯」ともいうが、これは、有明海や八代海だけでなく、海上に点々と見られる不思議な火を、竜神が神仏に捧げる灯火で、竜灯だという、各地に残る伝説によっている。

不知火の見えぬ芒にうづくまり　杉田久女
不知火や名さへ残さず一揆人　髙田自然
不知火を見る丑三つの露を踏み　野見山朱鳥
不知火の語り部として禰宜（ねぎ）老いぬ　柴田田鶴江
不知火や指す方にまた飛火生れ　岡部六弥太
不知火のいつしか胸の火に移る　柴野みちゑ

生　活

休暇明け（きゅうかあけ）

休暇果つ　二学期

学生生徒たちの夏休みが終って二学期に入ったことを言う。新しい気分で夏休みの思い出などを語りあう教室の光景を想像するといかにも楽しい。最近では一般企業などでも夏休みをさせるところも多いが、その休暇明けを対象としてもよいと思う。↓夏休み（夏）

屈託なき茶髪の子等や休暇果つ　安達孝子

さらさらとおかつぱ頭休暇明け　中内さとこ

運動会（うんどうかい）

秋季運動会

春にもあるが、やはり秋の行事として最適のものである。最近では小学校・中学校などにかぎらず、一般企業や地域社会でも親睦をかねてよく行われる。爽快な秋空の下で繰りひろげられる、いかにも庶民感覚に溢れた習慣で大変好ましい。

運動会子の手握れば走りたし　加藤憲曠

青空をみんな連れきて運動会　坂部新蔵

三世代リレーで終る運動会　新井塘水

自販機の品切れランプ運動会　前川千可子

残暑見舞（ざんしょみまい）

立秋を過ぎても暑い日は続く。はがきなどの暑中見舞も立秋以後は「残暑見舞」となる。

残暑見舞杉のにおいの男来る　井出哲郎

五助より残暑見舞の西瓜かな　渡辺香墨

夜学（やがく）　夜学生　夜学子（し）　夜学校

秋は勉学をするのに最も適して「灯下親しむべし」の諺もある。夜学と聞くと、すぐ定時制高校で学ぶ若者達のことが思われるが、昼は懸命に働いて夜は通学して知識を身につけようとする。この真摯な生活態度は、いかにも勤勉な日本人らしいところである。また秋こそ、その実効の上がるシーズンである。

夜学子の別れはすぐに闇に消ゆ　市川愁子

呉れて共によろこぶ夜学かな　依田穂積

校門の開きふくらむ夜学の灯　杉山加代

教師出て夜学の門を開きけり　中瀬喜陽

仕事着のまま教室へ夜学の子　岡安仁義

そこだけが灯の生き生きと夜学生　加藤静江

秋袷（あきあわせ）　秋の袷　後（のち）の袷（あわせ）

最近では和服離れがすすんで秋袷など着用する姿を見うけることは滅多にないが、いかにも季節推移のデリカシーにうまく合わせた衣料の一つで、中々に情緒のあるものであった。夏の単物から袷の長着に切りかえてゆく気分には、また別の趣向があって悪くないものである。↓春袷（春）・袷（夏）

ちかぢかと富士の暮れゆく秋袷　綾部仁喜

ヒロインの台詞にたたむ秋袷　仲丸くら

新酒（しんしゅ）　今年酒（ことしざけ）　早稲酒（わせざけ）　新走（あらばしり）　利酒（ききざけ）　聞酒（もんしゅ）

酒の醸造は、現在では初冬になってから盛んに行われるが、江戸期初頭ごろは秋になると仕込んだらしく、それを新酒として呼ばれたものである。今年酒・早稲酒・新走はそんな新酒の別称であろう。利酒・聞酒は仕上りの具合を鑑定することで、醸造試験所などで行われる。濁酒もそうだが、かつてはどこの農家でも自家用の飲料として仕込んだもので、新米を待つ喜びの一つでもあったし、そんなところからも秋のものとして扱われるようになったのであろう。↓古酒・寒造（冬）

風に名のついてより吹く新酒かな　園　女
男とは佳けれ出雲のあらばしり　鈴木鷹夫
美しき猿臂のばせり新走り　的野　雄
神饌に産地さまざま今年酒　佐々木久子
新酒利く杜氏の櫛目乱れなし　多田照江
直会（なおらい）といふは新酒と鯣（するめ）なり　猿渡青雨
ワイン新酒ひとはきらきら才こぼす　紅露ゆき子
ひんがしに校舎二つの新走　平橋昌子
笑ひ皺ふかめし翁新走　長谷川和子
遠山は雨か飲み干す新走　服部一彦
槽上げの玉ほとばしる新走　慶徳健吾
南国の猪口はおほぶり新走　高橋ツトミ
元酒蔵の食事処や今年酒　熊倉愛子
新酒愛づ立ち香ふくみ香残り香と　清水教子

濁り酒（にごりざけ）　どぶろく　濁酒（だくしゅ）

濁り酒醸造のルーツは大変古く原始の頃からでごく素朴なものであったが、麹を用いるようになったのは天正時代で手法としてはごく粗末なものであった。やがて上質の醪ができて発酵させるようになったが、その滓が残って白濁したままのものを言う。さらに、濁り酒を圧搾などして精製したものが清酒である。最近ではどこでも上質の酒類が簡単に手に入るので濁り酒を作る風習は失われつつあるようだが、酒好きにとってその癖のある味と香りは捨てがたい。

喇叭（ラッパ）手でありし口皺濁り酒　遠山陽子　白山に雲こそかかれ濁り酒　石野冬青

写楽似が顎撫でてゐる濁り酒　野田勇泉　酸つぱくて突き返したる濁り酒　高松早基子

猿酒（さるざけ）　ましら酒

江戸期の『俚言集覧』中の記事より生れた季語であるが、実在するものかどうかは分からない。しかし、猿の生態から思うと、木の実を木の洞などに蓄えておき、それが自然醗酵して酒になったと言うのは、いかにも魍魎（もうりょう）がかった面白さもあって俳諧味がある。

直会（なおらい）として猿酒を賜りぬ　前川菁道　猿酒は月下に醸す慣ひなり　浜崎良彦

古酒（こしゅ）　古酒（ふるさけ）

新酒が仕上がっても、前年に作った酒が残っていることがある。実際に古くなると酒は酸化して不味くなってしまう。そんな対比から生れた季語であるが、飯田蛇笏の「牛曳いて四山の秋や古酒の酔」のように、その古酒の酔はいささか佗びしい。↓新酒

飛騨の古酒もてひととせの禁酒解く　大屋達治　古酒の酔ひ山の坐るは父に似て　福島勲

新米（しんまい）　今年米（ことしまい）　早稲（わせ）の飯（めし）　古米（こまい）

日本人は農耕民族として生成発展してきたが、その食文化の中心に米があったことは言うまでも

ない。そのルーツは中国長江地域あるいは東南アジアとされている。新米とは、むろん今年収穫した米のことだが、生活実感としては白くほかほかと炊き上った飯の旨さをイメージするであろう。新米の対語として古米がある。↓稲刈・稲

新米といふよろこびのかすかなり　飯田龍太
新米の袋の口をのぞきけり　綾部仁喜
新米のひかり纏（まと）いて炊きあがる　青木規子
灯の土間に積む新米のほてりかな　西村梛子
新米の粒々青味わたりけり　福永耕二
新米の立ち上りたる袋かな　落合美佐子
新米の匂ふ帰国の機内食　内藤康子
安否問ふごと新米の届きけり　成田清子
今年米食らわで子規の逝きたるか　鈴木敬治
新米の仏飯高く盛りにけり　廣瀬凡石
すくい見る粒々うれし今年米　細木芒角星
新米を大きく握り少年に　文挾綾子
銀シャリてふ眩しき死語や今年米　岡田飛鳥子
新米に一升枡の罷り出る　渡辺ユキ子
新米や父母すでに耕さず　広瀬邦弘
新米を食べて胸中あかるくなる　梶原美邦

夜食（やしょく）

秋になると、農村などでは特に多忙となり昼間の作業を夜に持ちこしたり、他の副業に精を出したりするようになる。農家にかぎらず都会の会社工場などでも超過勤務に従って夜を更かすこともあるが、その中途や終った後で軽い食事を摂取したりするのである。最近では嗜好として夜食を楽しむことも多い。

ネオンさす狭き事務所や夜食とる　小田道知
八階の風の荒れたる夜食かな　中西夕紀
道化師が鼻外しをる夜食かな　延広禎一
道化師の化粧のままの夜食かな　奥田弦鬼

幸薄きことには触れず夜食とる　田中延幸　機械油の両手に匂ふ夜食かな　榎本城生

枝豆（えだまめ）　月見豆

枝豆はビールのつまみとして最適なものだが、月見豆との別称もあるから江戸期以降では、やはり中秋の名月などに出ざかりしたものであろう。大豆の未熟なものを枝ごとに茹でて食するが、高浜虚子の「枝豆を食へば雨月の情あり」などからすれば、やはり秋にふさわしい嗜好品である。

枝豆や十枚そろふ手塩皿　山口たま子　枝豆とコップ二つを出しておこ　関澄ちとせ
枝豆を茹でる匂ひでありにけり　菅井たみよ　枝豆を夫に背きて硬茹でに　柿本妙子
枝豆や夜空に近く座りをり　金子秀子　枝豆の弾けてみっつ里ごこち　増田萌子

零余子飯（むかごめし）　ぬかご飯

ヤマノイモやナガイモなどの珠芽をむかごと言うが、それを炊きこんだのが零余子飯である。いかにも山家ならではの素朴な食品である。少々粘りけのある独特な味わいで中々に好ましい。加藤知世子に「黙々と夫が喰ひをりぬかご飯」がある。

亡き父母へ湯気ほろほろと零余子飯　新井英子　むかご飯炊くには足らず五六つぶ　神坂光生
山姥（やまうば）の話のつづき零余子飯　可児素子　むかご飯二人子ふたり嫁がせて　手島靖一

栗飯（くりめし）　栗おこわ

栗の実は秋の果実の代表格で古今さまざまに食品として利用されてきたが、渋皮をとり少々塩味にして炊きこんだもので、やはり山家の素朴な味わいである。栗の実のほこほことした甘みが口中にひろがって中々に楽しいものである。強飯に炊きこむのもよろしい。

遺父母には甘すぎる湯気栗の飯　香西照雄

栗飯や木曽の小石を箸枕　山崎竹堂

松茸飯(まつたけめし)　茸飯

松茸は茸類の中でも最高級で中々に高値である。焼松茸が最もうまいが、薄く刻んで他の素材と共に味をつけておき、炊きたての飯にまぜあわせるものである。その味覚の良さは格別で、さすがに炊きこみご飯の中では抜群である。もっとも、最近では外国産の松茸が入ってきて少しは安値になっているが、やはり国内産のものの方が風味に優れている。

取敢(とりあ)へず松茸飯を焚くとせん　高浜虚子

松茸飯美濃路の別れ明るうす　鍵和田柚子

柚味噌(ゆみそ)　柚子味噌(ゆずみそ)　柚子釜(ゆずがま)　柚釜(ゆがま)

酒席の肴として絶好なもの。柚子の実の中身をえぐりとって、その中に柚子のしぼり汁と味噌を入れて火で炙(あぶ)ったものや、柚子を充分にすりつぶして味噌・砂糖を加えたものなど、その他にも柚子を素材にした加工品が多くある。いずれも、品格のある風味の良さは酒食を一層楽しくさせてくれる。

あみだ仏ぶつ〳〵と泣く柚味噌かな　松瀬青々

旅びとに斎(とき)の柚味噌や高山寺　水原秋櫻子

干柿（ほしがき）　吊し柿（つるしがき）　烏柿　甘干（あまぼし）　枯露柿（ころがき）　柿干す　柿簾（かきすだれ）

晩秋になると、よく農家の軒先など渋柿が干されて中々の風物詩であるが、干柿の栄養分は、むしろ甘柿より高いと言われ、日本人の食文化としては高度のものである。渋柿の皮をむき竿や紐で吊し天日にさらして一ヵ月ほど乾かすと白い粉をふいて大変甘くなるが、それを枯露（ころ）柿と言う。生干しは烏柿とも言う。東北地方ではあんぽ柿とも呼ぶが、火で干したものはふすべ柿などと言ってさまざまである。いずれにせよ農村では、干柿は冬場を健康にすごすための保存食として貴重なものである。↓柿

干柿に闇たつぷりと甲斐の国　橋本榮治
吊し柿山窪の日は翳りがち　松村昌弘
知らぬまに雨降つてゐる吊し柿　諏訪部草童子
裏山の日ざしが縮む吊し柿　藤井寿江子
吊るし柿貧しき寺の極楽図　渋谷光枝
柿吊りて福相となるわが家かな　白石妙子
干柿の手入れ乳房を揉む如く　宮入河童
柿干して晩年のなほ無策なり　小島照子
あたたかい障りの長女柿簾　松田ひろむ
この地にはこの地の匂い吊るし柿　山口智子

菊膾（きくなます）　もってのほか

食用菊は観賞用の菊とは違い甘菊と言われる。その花を三杯酢に和えたもの。苦みは少なく品の良い香気に溢れて喜ばれる。食用菊は多く東北方面で栽培され、菊膾のほかに調理の方法は菊海苔にしたり、また天ぷらにしたりして楽しむ。↓菊

菊膾菊大胆にほぐされて　小林正恵
羽黒山より闇おりて来し菊膾　蟇目良雨

思い出てふ厄介なもの菊膾　栗林ひろゑ
父に子のやさしき夜なり菊膾　細川恵子

衣被（きぬかつぎ）　黒いもむし

里芋を表皮とともに茹でたもの。塩を少々振って食べるが、酒肴としても喜ばれる。その呼名は、平安朝の女性が外出時に被った衣装の姿をもじったものというが、なんともユーモラスに聞こえて、いかにも俳句向きの語彙（ごい）の一つである。

子にうつす故里なまり衣被　石橋秀野
山住みに馴れし夕餉の衣被　平岡保人
衣被くらき厨で食べしこと　柏木志浪
婚の膳通夜の夜食に衣被　甘田正翠

とろろ汁（じる）　薯蕷汁（とろろじる）　とろろ　いも汁　麦とろ　蕎麦とろ　とろろ飯

山野に自生する自然薯（じねんじょ）が最も美味で喜ばれるが、栽培種の長芋や大和芋もよく使われる。表皮をむき卸し金ですり、さらに擂鉢ですりつぶし煮出し汁でうすめて啜り食べる。海苔や葱を薬味とする。麦をまぜたご飯にかけて食べるのが古来からの習わし。栄養価充分で、ことずて汁との異名もある。石原八束の「筆一本箸は二本のとろろ汁」など、いかにも文人らしいとろろ汁の佳句である。

麦とろや肥後もつこすの泣ぼくろ　野村尚子
文芸に遊び過ぎたりとろろ汁　岡島礁雨
とろろ汁何かと齢（とし）のせゐにして　中村菊一郎
末の子に眼のない父やとろろ汁　高岡いつ

新蕎麦（しんそば）　走り蕎麦　秋蕎麦　初蕎麦

蕎麦栽培の記録は奈良朝期にあるが、その頃は練り物としたり焼いたりして食べたらしい。蕎麦切りの麺状になったのは室町期以降と言う。夏蒔きの九月十月頃に熟しきらないものを蕎麦粉にしたのを新蕎麦とか走り蕎麦とか呼ぶ。山間地の痩せた地によく栽培されるが、日本人の食生活の素材としては重要なもので、現今でもその需要はすこぶる多く国外よりの輸入蕎麦も盛んになっている。新蕎麦の手打を啜るのは、いかにも秋らしい風趣と言えよう。↓蕎麦刈

新蕎麦やむぐらの宿の根来椀（ねごろ）　蕪村
新蕎麦や暖簾（のれん）のそとの山の雨　吉田冬葉
笊（ざる）干して日が当りだす走り蕎麦　松本千鶴子
新蕎麦のせいろ高々運ばるる　田中幸雪
新蕎麦や月日の回る水車　小川一路
真四角の信玄箸や走り蕎麦　塩畑たき子
新蕎麦の氏素性あるうまさかな　福原貴子
住み馴れし峡に贅あり走り蕎麦　外山智恵子

新豆腐（しんどうふ）

収穫されたばかりの大豆で作った豆腐のこと。豆腐は日本人の食生活の中で、室町期から一般に普及したが、その調理方法もさまざまである。その製法は簡単で大豆をすりつぶして豆乳を煮て、漉したあとで苦塩で固めたもので、いたって淡白な味だが栄養価はすこぶる高い。最近では国内産では足りず輸入大豆に頼っているのが実状。いつもどこでも市販されているので、新豆腐なる語彙（ごい）からうける季節感は薄いようである。

はからずも雨の蘇州の新豆腐　加藤楸邨
大きめの会津汁椀新豆腐　斉藤　仁

水音の包める宿や新豆腐　山田弘子
万屋のよろづの中の新豆腐　岡島礁雨

秋の灯(あきのひ)　秋灯(しゅうとう)　秋ともし

秋の夜は長いせいか、空が澄んでいるせいか、家屋内外の灯火がいかにも澄明な感じとなって輝いてくるようである。何やら物思いに誘われるようである。思索の秋の感を強くする。なお山本健吉は、「灯」と「燈」は本来別の字であると指摘しているが、この場合は「秋の燈」とすべきなのかもしれない。

秋ともし密度のちがふ人とをり　中村正幸
秋の灯の一つが流れ来て電車　江川虹村
秋灯下もはやなげかぬ一茶像　河野友人
卓袱の円卓は朱に秋灯下　野中貴倶子
東京タワー総身秋の灯となれり　多摩　茜
嫋嫋(じょうじょう)の女形の仕種秋灯　片山暁子
秋灯下長崎港の古図赤し　筒井珥兎子
秋灯の一つが頼り帰り来る　工藤隆子

灯火親しむ(とうかしたしむ)　灯火親し　灯下親し

韓愈(かんゆ)の「燈下稍可レ親」の詩句から出た季語だが、一般の市民生活にもよく浸透した言葉で馴染みぶかいもの。家庭での団欒(だんらん)やひとり読書を楽しんだり、秋の深まりの実感をしみじみと過ごすのも悪くはない。いかにも季節推移のデリカシーを伝えてくれる言葉だ。

灯火親し声かけて子の部屋に入る　細川加賀
灯親し雨降りつつ書肆(しょし)にあり　大木さつき
筆硯に一人親しむ灯火かな　増田月苑
灯下親しくシャム猫のひげただよふ　神谷節子
夫留守の机に灯下親しみぬ　五十嵐八重子
灯下親し亡母は一書だに持たず　平松鉦重

灯下親しおくの細道たどり読み　廣田節子
鬼婆の住むにはあらじ灯火親し　原澤ふみ

秋の蚊帳（あきのかや）

秋蚊帳　幮の果　幮の別れ　九月蚊帳（くがつがや）　蚊帳の名残（なごり）

最近では夏でも蚊帳を吊る家庭が少なくなったから、秋蚊帳の感触はほとんど失われてしまったと言えるであろう。それでも地方によっては、そんな実感を知ることもあろうか。真夏とは違って、哀愁の感に誘われるものであろう。実感の乏しくなった季語の一つである。↓蚊帳（夏）

秋の幮主斗りになりにけり　蕪村
看取り（みとり）より解かれし蚊帳の別れかな　手塚金魚
頼りなく垂れし重さに別れ蚊帳　御堂御名子
喪の家の二階に見える秋の蚊帳　南雲夏

秋扇（あきおうぎ／あきあふぎ）

秋扇（しゅうせん）　秋の団扇（うちわ）　扇置く　捨扇（すておうぎ）　捨団扇（すてうちわ）

秋になっても外出時には鞄やハンドバッグの底に扇を入れておいたりする。また、家の中では団扇などしまわずに置いておく。そのうち涼しさが増して扇を忘れたり、団扇を捨ててしまう。些細なことだが、何がし秋らしい侘しさを感じさせるものだ。↓扇（夏）

生業（なりわい）のいつか身につき秋扇　山田桂梧
譲りうけたる秋扇の置きどころ　松本鶴枝
湖上より投げて追慕（ついぼ）の秋扇　春山花郷
秋団扇たまたまあれば使ひけり　成瀬櫻桃子
山水のたたまれてゆく秋扇　西宮陽子
船宿に骨むきだしの捨団扇　市橋進

菊枕（きくまくら）

菊の枕　菊枕（きくちん）　幽人枕（ゆうじんちん）

菊の花を干し、枕につめたものだが、中国の伝説では不老不死の願いに叶うとされるとか。たしかに、香気もある柔かい枕で安眠できるかもしれない。しかし、今では生活実感としては乏しいし、やはり失われゆく季語の一つではなかろうか。

白妙の菊の枕を縫ひ上げし　杉田久女
戦死には枕無かりし菊枕　吉田汀史
ささくれの沁みる今宵の菊枕　高木喬一
菊枕夢に続きといふことなし　藤谷令子

灯籠（とうろう）

盆灯籠（ぼんどうろう）　切子灯籠（きりこどうろう）　絵灯籠　高灯籠　花灯籠

灯籠は盆の魂（たま）祭りに使用されるものだが、その歴史は大変古くて奈良朝以前に遡る。はじめは朝廷や仏閣などで使用され、一般家庭で使用されるようになったのは鎌倉時代以降である。その種類と形態は実にさまざまで、魂祭りばかりではなくて、庭園や盛り場などでの観賞用として使用されるようになった。主なものは釣り灯籠や置き灯籠が古く、地方の特色を生かした九州の山鹿灯籠、東京吉原の玉菊灯籠などがあった。青森のねぶた人形も灯籠の意匠を凝らしたものである。飯田蛇笏の「かりそめに灯籠おくや草の中」は、民間行事の一場面を見事に描写した名句である。しかし、最近では習俗として灯籠を使用する光景は、特に都会では薄れつつあるようだ。

灯籠の火で飯をくふ裸かな　一茶
川へ行く灯籠を持ち亡父を持ち　藤原美規男
かりそめに灯籠おくや草の中　飯田蛇笏
ふろしきを解きて切籠（きりこ）の灯を入るる　小西久子
灯籠を吊つてさみしくなりにけり　池田和子
盆提灯揺るるは亡母の来たるらむ　笹目翠風

秋簾（あきすだれ）　簾納む　簾名残　簾外す　簾の別れ　秋簾（あきす）

最近ではマンションで生活する家庭が増えるなどして簾を使用する習慣は薄れつつあるようだが、かつてはほとんどの家庭で夏場の涼を求めてよく使用したもの。その簾を吊したまま秋になり、やがて冷気を覚えるようになった頃の光景で、中々の風物詩でもあったし、なにやら佗しさも感じさせるものであった。↓青簾（夏）

大いなる秋の簾も風のまま　波多野爽波
秋簾平家は序章より哀し　阿部正調
秋簾拒みいるもの何ならむ　中村まゆみ
月の透く秋の簾となりにけり　小川玉泉
秋簾湯治暮しを隔てたる　谷口忠男
山の音取り込み秋のすだれ巻く　渡邊岳人

障子洗う（しょうじあらう／しやうじあらふ）　障子干す　障子貼る　障子の貼替

この習俗も、最近では少なくなりつつあるようだが、かつてはどこの家庭でも冬を迎える用意として欠かせぬものであった。古障子の紙をはがして新しい紙で貼りかえたり、破れ障子に切り貼りしたりする前に庭先や井戸端などで古紙を水で洗い落す光景で、中々に情趣に富んだものであった。↓障子（冬）

吉野川洗ひ障子の赤はだか　平畑静塔
親鸞（しんらん）の話障子を貼りながら　関戸靖子
みづうみに四五枚洗ふ障子かな　大峯あきら
障子貼り替へたる夢の明るさは　岡部名保子
ささやかな幸逃さじと障子貼る　朝倉和江
溜息の染みたる障子洗ひけり　宮内克樹
障子貼る障了の家に死にたくて　大越　晶
障子貼つて中仙道と紙一重　泉田秋硯

松手入（まつていれ）

松は日本を代表する樹木として古くより自然種も栽培種も大切にされ庭園や町家の庭前などを飾ってきたが、手入れは中々に難しいとされる。秋も深まると古葉を取り除き新葉の生育を促進して、さらに樹形全体を美しくするための作業である。むろん、本職の庭師が行うが、その作業光景じたいも一幅の風物詩であると言ってよい。

三輪山へかかげし梯子松手入　木村蕪城
高きより淡海（おうみ）節や松手入　八田俊一
松手入バケツの水に松葉浮く　桂　信子
沖波のたまゆら赤し松手入　山本　源
金閣に尻炙（あぶ）られて松手入　辰巳比呂史
声かけて松の手入れの下を抜け　鈴木とおる

風炉の名残（ふろのなごり）

風炉（ふろ）名残（なごり）　名残の茶

茶道の風習から出た季語だが、冬の炉開きを前にして十月半ばごろに風炉と別れを惜しむ茶会が催される。その情趣は、いかにも日本人好みの閑寂さにあるが、生活実感としては乏しく、ごく一部の粋人たちの間に見られるものである。↓風炉茶（夏）

一杓に湯気の白さよ風炉名残　井沢正江
雨も良き風炉の名残りの刻迎ふ　駒井えつ子

冬支度（ふゆじたく）

冬用意　雪支度

冬を迎えるに当って用意をすることだが、全国の地方によってさまざまだし都市部とか農村部とか、職業とかによっても違ってくる。山国などでは雪囲や藪巻など。都会では暖房具の点検など。

サラリーマンの衣服の入れ替えなどで、家庭の主婦は大わらわとなる。この季語は、今でも中々にリアリティーのあるもので生活実感も強く俳句表現としては恰好な材料である。

病むわれが核の家族や冬仕度　今村俊三
身をいとふことも一つの冬支度　寺井満穂
省るひと日を持ちぬ冬支度　宇咲冬男
箪笥（たんす）のなか掻き回したる冬支度　油井和子

秋耕（しゅうこう）　秋越し

収穫のあと、続くように畑土に鍬を入れて耕すことを言う。冬や早春の収穫はもとより翌年の農作業の準備ということもある。晩秋の日射しの中で精を出す農夫の姿は、いかにも働き者の日本人らしいところで句材としても適切である。↓耕（春）・冬耕（冬）

秋耕の畝が入りくる家の中　宮坂静生
秋耕のときに顔あげ火炭（よね）曇り　宇都宮豊子
秋耕は鍬の気偲に鳶の笛　松浦　釉
海荒れる日は秋耕の島ぐらし　山本圭子
風葬の山脈遠く秋耕す　目貫るり子
秋耕や山が目覚めてゐるうちに　堀川旦州

添水（そうず）　僧都（そうず）　ばったんこ　鹿威し（ししおどし）

室町期の古書に僧都のことが記述されているし、平安期以来和歌にもしばしば出てきており農村部の習俗としてはかなり古い。その仕掛は簡単だが中々に飄逸（ひょういつ）で面白い。谷水や田水を太い竹筒にそそぎこませ、溜った水の重みの反動を利用して筒の一端を台石に打たせ、その強い響きで鳥獣を驚かせ追いかえすのである。『古事記』にも「曽有騰（そほど）」としての記述があって、それがやがて添水に変化したものと言う。最近では都会の喫茶店などに装置してアクセサリーとして楽しんだりしているのも面白い。

添水闇小石が石に育つとき　丸山海道
添水よりも薪割る音の詩仙堂　米澤吾亦紅
涼し音のあとしのび音をししおどし　石塚真樹
ばつたんこ水の重さを響かせる　山下美典
松籟（しょうらい）に視線移りしとき添水　木下千鶴子
朝雲の後かたもなき添水かな　晏梛みや子
水垢の厚くなりたるばつたんこ　藤勢津子
猪威し烽（とぶひ）の山に響きけり　栗原稜歩

案山子（かがし）　かかし　捨案山子

添水と同じで、その習俗としての歴史は古い。その仕掛はいくつかあるが、ここでは一本足の棒に竹藁などで作った人形を括りつけて、いかにも人間らしく見せて鳥獣を驚かす仕掛をさす。その扮装はさまざまだが、中々にユーモラスなものがあって面白い。悪臭のするものを注連に下げて鳥獣を避けたが、それを「かがし」と呼んだのが語源とも言う。しかし、最近では一本足のかかしと歌われたユーモラスな光景はあまり見られなくなった。捨案山子とは、用がなくなって田畑の隅に抛り出されたもの。そんな佗びしげな光景をかつてはよく見かけたものである。

倒れたる案山子の顔の上に天　西東三鬼
黄熟の波に溺れてゐる案山子　三須虹秋
達観の案山子の襤褸は見ずにおく　衣川次郎
見張るもの無き田に立てり遠案山子　竹内いち子
善人にあらず善人めく案山子　早川和男
応援の案山子並びぬ残る田に　新田幸江
両手拡げて闇より案山子出て来たり　清水　仁
一の矢があつて二の矢のなき案山子　宇都木水晶花
野の遺賢（いけん）めきて用なき捨案山子　清水基吉
百姓の顔で案山子の帰りけり　吉田さかえ
十ほども学校田の案山子かな　太田秋峰
ごくろうさん一声かけて案山子抜く　和田南星

鳴子（なるこ）　引板（ひた）　ひきいた　鳴竿　鳴子縄　鳴子綱

収穫前の穀物を鳥類たちから守る仕掛はさまざまだが、鳴子はその一つ。四角の小さめの板の片側に竹管を数本括りつけた何枚かを縄などで張っておく。遠くから縄を引っ張るとカラカラ音をたてる。その音で雀などを追い払う仕掛である。別名は引板など。いかにも日本の農村風景の一齣として親しまれたものだが、最近ではあまり見ることはない。

山里や水に引かせておく鳴子　一茶
引板（ひた）鳴るや己貫く険しさに　小林貴子

鳥威し（とりおどし）　威銃（おどしづつ）

案山子や鳴子と同じく鳥害を防ぐ仕掛で方法はさまざまである。田畑の上に綱を張りカラフルな布切やテープなどを結びつけておいたり、鴉の死骸をぶらさげたりして、鳥の視覚を混乱させる。威銃はそれと違って、鳥の聴覚を混乱させるもので、空砲や特製の鉄筒で爆発音を響かせたりする。

山川を光らせてをり威し銃　小島　健
福耳の貧乏暮らし威し銃　中村初枝
威し銃にしては間遠の音や何　酒井土子
威銃大きな人にぶつかりぬ　知久芳子
収穫の終はりても鳴り威銃　桜井筑蛙
鳥威あらたに土佐の二番稲　西川雅文
鳥威しわれも威されゐるひとり　平本微笑子
鳥威す笘の黄紐鴨遊ぶ　東野昭子
遺伝子を学ぶうしろの鳥威し　小山三壺
金銀の風や往き来や鳥威　浅賀君女
隧道を出でていきなり威銃　五十嵐直子
威銃もう鳴るころの胸騒ぎ　野村仙水

鹿火屋（かびや）　鹿火屋守（かびやもり）

山間部での習俗の一つ。猪や鹿などの害から田畑を守るために悪臭のするものを焚く、それを鹿火と言い、そのための小屋が鹿火屋、その鹿火の番をするのが鹿火屋守である。この季語を聞くとすぐ原石鼎の「淋しさに又銅鑼（どら）うつや鹿火屋守」を思いだす。いかにも、山国の晩秋のたたずまいを感じさせる名句である。

淋しさに又銅鑼（どら）打つや鹿火屋守　原　石鼎
ましら酒酌みしは昔鹿火を守る　尾亀清四郎
谷へだつ一火は妻の上ぐる鹿火　安田春峰
鹿火屋守おもむろに立ち体操す　南　美智子

鹿垣（ししがき）　犬垣　猪垣（ししがき）

これも山国での習俗で鹿や野犬・猪などから田畑を守るために設けられた垣のこと。枝つきの木や竹で組んだ簡単なものから、小屋を作って番人を置いたり、堅牢な石垣を築いたりさまざまである。最近では野生化したペットが田畑を荒らして話題になっているが、農家では対策に苦労する。

↓鹿火屋

しののめの色に鹿垣のびにけり　加藤三七子
猪垣の一ケ所に向け投光器　林　周作

稲刈（いねかり）　稲刈る　田刈　刈稲　稲束（いなたば）　稲車（いなぐるま）　稲舟（いなぶね）

稲は早稲・中稲・晩稲と成熟の時期が分かれるが、普通は十月に入ってから刈入れの最盛期で農作業のクライマックスである。その方法は地方によってさまざまだが、特に最近は急激に機械化が進んで刈り取りから脱穀などすべてが様変りしつつあって、鎌で刈り取ったり稲架に干したりする光景はあまり見られなくなった。稲馬とか稲車・稲舟なども懐かしい光景となってしまった。

稲刈つて鳥入れかはる甲斐の空　福田甲子雄
稲刈つてにはかに夕日遠くなる　永峰久比古
鎌一丁身一つ老の稲を刈る　鈴木定代
時忠の墓守稲を刈りゐたり　井上玉枝

稲架(はざ)　はさ　稲掛(いねかけ)　掛稲(かけいね)　稲架(いなか)　稲木(いなぎ)　稲城(いなき)　田母木(たもぎ)　稲棒(ぼっち)　稲干す

稲を刈ると乾燥させるために天日に干すが、その方法は地方によってさまざまである。杭を立てたり樹木を支え木としたり、竹や木で横木をわたしたりして稲を干すのである。一本の柱に稲架を寄せて積み上げたりするところもある。稲架襖とは稲束の立ち並ぶさまを形容した言葉だが、いかにも日本の農村の秋を物語る懐かしいものである。

稲架の道朝夕きよくなりにけり　大野林火
信濃路や雲の影さす稲架幾重　石橋典子
高稲架に冷えし山影倒れ来し　中島真沙
奥伊勢の御饌(みけ)田短き稲架を組む　岡村紀洋
今日刈りし稲のつぶやく月の稲架　吉野トシ子
稲架幾重めぐりて風の寂びにけり　斎藤節子
濡れそぼつ棒稲架に闇深みたる　平賀扶人
棒稲架の何を合議ぞ伊達郡(だてごおり)　草浦しづ子
稲架解いて湖のひかりが戸口まで　鈴木かよ
稲架解いて夕日を海に落しけり　磯野利秀
稲架解いて亀石に日のあたりけり　宇陀草子
稲架を解き海の広がる誕生日　松浦　釉
迂回して潮香に気づく群稲棒　川端庸子
一度では曲れず稲架竹積む車　関　幸子

稲扱き（いねこき）　稲打ち　脱穀（だっこく）　稲埃（いねぼこり）　脱穀機　稲扱筵

古くは稲束を竹や棒で叩いて籾を落したり千把扱き機を使ったりしたが、足踏み式の脱穀機の頃から今では電動脱穀機を使うのがほとんどとなっている。かつて農家の庭先で稲打ちすると朦々と埃が立つので稲埃と言った。そんな光景はほとんど見ることができない。

稲扱機踏むや西透き中空透き　榎本冬一郎

稲挨まとひて独り石地蔵　小池龍渓子

籾（もみ）　籾干（もみほし）　籾摺（もみすり）　籾莚（もみむしろ）　籾臼（もみうす）　籾摺歌

稲扱きの後、脱穀をしていないものを籾と言う。籾はさらに莚にひろげて天日に干して、籾摺りの作業となる。中々の重労働であったが、今では電動籾摺機の普及で随分楽になった。かつては籾摺歌などを歌って農作業に励みをつけていたという。また古くは臼で籾摺りをしたが今ではほとんど見られない。籾摺りが終ると玄米と籾殻とに分かれ、さらに精米機にかけて白米とするのである。

日かげよりたゝみじはじめぬ籾むしろ　高浜虚子

籾干すや熱くゆつくりローラー車　田口彌生

一回で済む隠し田の籾運び　野村仙水

すくも焼く煙三方ヶ原あたり　江川虹村

籾干すや語部（かたりべ）のごとさゞ波は　山本　源

籾莚百枚渡り往診医　小池つと夢

豊年（ほうねん）　出来秋（できあき）　豊作（ほうさく）　豊の秋（とよのあき）

夏の旱魃（かんばつ）や秋の台風による被害もなく、五穀、特に稲が豊かにできた秋をいう。近年は品種改良、農耕技術の改善、農薬の発達などにより豊凶の差がなくなった。また、日本人の食生活の変化や外国米の輸入により減反政策がとられ、豊年を祝う風習もすたれて、喜びの実感が薄れている。

人声や豊年の臼裏庭に　桂　信子
空へ棚田豊の秋なり嫁に来い　出原博明
すぐそこと言はれて一里豊の秋　八染藍子
豊年や旅二日目も富士見えて　西村良子
豊の秋流人の島と思はれず　近藤朝子
色づきて豊年らしくなりて来し　友水　清
豊の秋巌の間より湯の噴けり　田口彌生
鐘楼にもどる鐘の音豊の秋　柳澤和子

凶作（きょうさく）　不作　凶年　旱魃田（かんばつだ）

気候不順や旱越、夏の冷害、秋の風水害や病虫害によって稲の収穫が平年より著しく減ること。一般穀類も同様だが、主に稲作について使われた。凶作による飢饉、娘の身売りなどの現象を伴い悲惨であった。不作は、平均的収穫があがらないという語感で用いる。

草のごと凶作の稲つかみ刈る　山口青邨
混浴の隅に不作の男たち　三本渓泉
凶作のただ立ってゐるだけの棒　竹貫示虹
ロックコンサート稲の実らぬ田の見えて　田口彌生

新藁（しんわら）　今年藁（ことしわら）

今年とれた稲を干した茎葉である。根元に少々青味が残り、干すと独特の香りがある。稲扱きののち、納屋や屋根裏に詰め他は田圃に積み上げ藁塚とした。藁を藁打ち石の上で槌を打という。藁砧をして柔らかくして草履、俵、莚、蓑、縄などを作る。寒い地方では、家の外側に並べたり、寝床に敷くなど防寒に用いた。収穫後の安らぎと共に季感の豊かさがある。

新藁やこの頃出来し鼠の巣　正岡子規
新藁ぞ宝蔵門の大草鮭　長屋せい子

新藁や永劫太き納屋の梁　芝不器男
新藁を的に剣士の一気合　河本沙美子
新藁を積上げ匂ふ農具小屋　石上幸子
新藁の上にでんでん太鼓かな　延広禎一
新藁の匂ひ吹き入る夕べかな　三浦美知子
新藁の干されて矮鶏の通り道　加藤　紅

藁塚（わらづか）　藁にお　藁ぐろ　藁こづみ

稲扱のすんだ新藁を、貯蔵するために刈り田のあとに積み上げたもの。中心に棒を立てて積み上げたものと、棒を用いないものがある。積み上げる形は、円形や四角形、藁塚の大小や高低など地方によりさまざまである。明治以前は、刈った稲をそのまま積み上げる、稲にお、稲積み、稲こづみであった。

藁塚に一つの強き棒挿さる　平畑静塔
藁塚の並ぶあたりに邪馬台国　広戸英二
てつぺんを軽く結んで藁ぼつち　鈴木とき乃
傷つきし雀を藁塚の中に飼ふ　松本ヤチヨ
藁塚を叩き己を励ませり　西川雅文
周囲みな刈りとられたり藁人よ　松浦　力
傾いてゐる藁塚の倒れざる　本居三太
遺画像は青き唇まげ藁ぼっち　岡崎万寿

蕎麦刈（そばかり）　刈蕎麦　蕎麦干す

蕎麦は春または夏に蒔かれ、二、三ヵ月で成熟する。春蒔きの夏蕎麦と夏蒔きの秋蕎麦があるが、秋蕎麦は粒が大きく粉もたくさん取れるので、通常はこれを示す。十一月頃刈り取られ、山間地の蕎麦畑などでは刈らずに引くこともある。→新蕎麦

蕎麦の茎紅あたたかくにぎり刈る　佐藤雀仙人
群れ雀蕎麦刈り時を知らせけり　日向白山

ひそひそとひそひそひそと蕎麦を刈る　辻　男行
里の子のたどたどしき手蕎麦を刈る　橋本允子

夜なべ（よなべ）　夜仕事（よしごと）　夜業（やぎょう）

秋の夜長の時期に、農家や職人、町家などが昼の仕事の続きを行うのが夜なべである。農村では秋彼岸から春彼岸頃まで、夜なべの時間が長い。台所や土間で男は俵編み、莚編み、草履作りなどの藁仕事。女は糸紡ぎ、砧（きぬた）打ちや着物の繕いをした。各家だけでなく、共同で行う習慣もあったが、現在では生活様式が変り、季感が薄れている。夜業は、工場などでの残業の感が強い。

お六櫛つくる夜なべや月もよく　山口青邨
夜業の灯消す鉄粉の暈（かさ）の中　中島畦雨
夜なべ村猪の寝息の間近かな　久保厚夫
佐多稲子逝きて夜業の世も遠し　藤田柊車

砧（きぬた）　碪（きぬた）　砧打つ　衣（ころも）打つ

昔は、麻、楮、葛、藤などの植物の繊維で織った布や着物は洗濯すると硬くなる。これを柔かくするために木の打ち台に載せて槌で打つのが砧である。女の夜なべ仕事として、古来より中国や日本の詩歌によく詠まれた。砧の音はしみじみとした趣と夜寒の侘しさが漂う。

碪（きぬた）打ちて我にきかせよや坊が妻　芭　蕉
寺へ嫁ぎし姉の砧がきこゆなり　吉田冬葉

渋（しぶ）取（とり）

渋取る　柿渋（かきしぶ）取る　渋搗（しぶつ）く　渋粕　柿搗歌　新渋　生渋（きしぶ）　一番渋　二番渋

青いうちの渋柿を採り、蒂を取り石臼で良く搗いた後水を加え、一夜放置したものを麻袋に入れ圧縮する。この濾過された液が新渋（一番渋）である。一番渋の搾粕に水を入れて搗き直した渋を二番渋という。山野に自生する山柿、小渋柿、信濃柿、琉球豆柿は渋が強く渋取りに適している。広島県中庄地区は生産地として有名である。伝統的に防水合羽防腐紙などに使われたが、現在ではほとんど見られない。

新渋を買ひに年寄連れて来し　森　ゆきお
鼻曲るにほひなりけり渋を搗く　波出石品女

綿取（わたとり）　綿摘　綿取る　綿干す　綿繰　綿弓

五月に播かれた綿は、九月に成熟して裂け白い毛状繊維を吹き出す。この綿毛を摘み取るのが綿取である。殻を取ると白い綿に包まれて黒い楕円形の種がある。種についている綿を綿繰り車にかけて分離する、その繰綿を綿弓、綿打弓で打ちながら不純物を除き、繊維をほぐして柔らかな綿を作る。かつては綿買いの商人もいた。

棉の実を摘みひてうたふこともなし　加藤楸邨
棉摘むと人びと漂ひはじめけり　熊谷愛子

竹伐る（たけきる）

秋も深まると竹の葉は緑が深くなり、幹もすくすくと伸び、最も質が良くなる。いわゆる「竹の春」と言われるこの時期に伐って、いろいろな用途に使う。十月頃が最適期とされるが、実際は一月頃まで竹伐りが行われる。

一本の竹さわがせて伐りにけり　加藤三七子
竹を伐る音らし余呉（よご）の村に入る　野田節子
竹取のわれも翁ぞ竹を伐る　永峰久比古
竹伐って天の一劃（かく）掃き崩す　村上桂月
いま伐りし竹のひかりを担ぎきぬ　津川昇子
竹伐りの空を広げるひびきかな　小出精州

若煙草（わかたばこ）　新煙草　懸（かけ）煙草　煙草刈る　煙草干す

その年の秋に採集された新煙草をいう。六月下旬から八月中旬までに収穫し、採集した葉を屋内に懸けて乾燥する。これを「懸煙草」という。現在は、陰干しの後熱気乾燥をする。乾燥させた葉のままのものも、細かく刻んだものも共に若煙草という。秋の風景の一つであったが、今では季感があまりない。

若煙草那須の一つ家かくしけり　長谷川かな女

掛たばこびっしり山下清の図　平畑静塔

櫨（はぜ）ちぎり　櫨採（はぜとり）　櫨買

十一月、美しい櫨紅葉が終ると櫨の実を採集する。これが櫨ちぎりである。櫨の実からは蝋を採り、木蝋や蝋燭の原料に利用された。江戸時代に九州諸藩や松江藩では、殖産政策として、財源のために櫨の栽培を領民に奨励した。↓櫨の実

櫨採唄なぜ櫨採りの子となりしか　橋本多佳子

櫨採りの真顔すなはち口とがる　布施伊夜子

種（たね）採（とり）

晩秋、花の終った草花の種を採取することである。垣根や花壇などに咲いていた、朝顔、夕顔、鳳仙花、鶏頭などの種を、枯れた茎や蔓を引いて取る。種は種類によってそれぞれの袋に分け大切にとっておき、次の年の春蒔の時まで保存する。

この土に生きると決めて種を採る　久保砂潮

種採るや一人娘を嫁がせて　渡辺育子

秋蒔（あきまき）　菜種蒔く　大根蒔く　芥菜（からしな）蒔く　蚕豆（そらまめ）蒔く　豌豆（えんどう）蒔く　罌粟（けし）蒔く　紫雲英（げんげ）蒔く

豌豆や蚕豆など秋蒔いた野菜の多くは、次の年の春から初夏にかけて、それぞれの収穫期を迎える。八月下旬から九月初めまで播種の適期がある。草花の秋蒔きは、春に咲く一年草の多くが秋彼岸頃から十月中旬にかけて播種される。罌粟（けし）、紫雲英、パンジーなどは寒い冬を挟み半年も待って開花する。↓種蒔（春）

芥子蒔くや颪に乾きし洗ひ髪　杉田久女
買ひ過ぎし秋蒔の種子羅須地人（らすちじん）　菊地乙猪子
隻腕に大根蒔いてをられけり　佐久間慧子
菜種蒔く朝日へ行きつ戻りつし　田島和生

牡丹根分（ぼたんねわけ）　牡丹接木（つぎき）　牡丹植う

牡丹は、九月中旬から十月にかけての時季に、接木して増やすのが普通である。接木には花の悪いものを台木にして、優秀な花の枝をつぐ切り接ぎ法を用いる。鉢植えのほとんどは繁殖力の強い芍薬の根に、直接牡丹の枝や蘖を接ぎ木している。また、牡丹の台木を養成する目的で根分とすることもある。根分には生育の旺盛な種類の、紫色八重咲き、淡色八重咲きが主である。↓根分（春）

分る根に船頭待たす牡丹かな　春　鴻
さびしくて牡丹根分を思ひ立つ　草間時彦

薬掘る（くすりほる）　薬採る　薬草掘る　千振引く（せんぶりひく）　茜掘る（あかねほる）

山野に自生する薬草を採取すること。茜、苦参（くらら）、柴胡（さいこ）、千振、竜胆などを掘ることを総称していう。秋になり枝葉が枯れ始めると、薬用成分が一気に根茎に集まるという漢方医学の説に基づく。

茜の根は利尿止血、解熱強壮剤として、また染料にも使われた。竜胆は根に苦味があり、健胃剤に用いられた。

薬掘蝮も提げてもどりけり　太　祇

鎌の匁にてりかへす日や薬堀　桜木俊晃

薬掘りに狐狸に軽重問はれけり　高田自然

むらさきの寝釈迦の前に薬掘る　池田世津子

薬掘り茂れるほどには根の穫れず　肱岡恵子

薬掘るふもとは恋の歌枕　津森延世

葛掘る

葛引く　葛根掘る

晩秋、十一月頃にかけて葛の根を掘り葛粉を取ること。葛は野生のマメ科多年草で、花が終わると肥大した根を採取するのである。葛根は大きなもので一・五メートルの長さにも達する。葛粉は良質の澱粉を多量に含み、和菓子の原料や料理に用いられる。解熱や発汗をうながす風邪薬、葛根湯としても知られる。葛は全国いたる処に自生するが、奈良の吉野葛は非常にねばりが強く、最も著名である。

うごめいてゐて葛堀の影となる　鷲谷七菜子

葛根掘雪の戻りとなりにけり　上村佳与

牛蒡引く

牛蒡掘る

牛蒡は春秋の二回蒔くことができるが、春蒔いたものを晩秋に収穫する。ヨーロッパが原産だが、日本人のみが食用として嗜好する。直根は五〇センチから一・五メートルにも育ち、簡単には引き抜けない。牛蒡取り用の長い鍬でまわりを深く掘り、細い棒などを牛蒡の脇に差し込んで抜き取る。

しののめのしの字に引きし牛蒡かな　一　茶

牛蒡掘るかく深々と鍬をいれ　今本まり

不覚にも落す十字架(クルス)や牛蒡引　朝倉和江

青芒もて括りたる新牛蒡　長沼利恵子

萩刈(はぎか)る

萩の花は七月頃から始まり九月に終るが、そのまま放置すると伸びる傾向がある。晩秋に根元から刈り取り、切口を揃えて土を薄くかけておく。根を強くし翌年の発芽を良くするためである。刈り込まれた根株だけの景色も、秋の終わりのしみじみとした風情である。

北国の一日日和萩を刈る　高野素十

さきがけて一切経寺萩刈れり　安住　敦

木賊刈(とくさか)る　砥草(とくさ)刈る

木賊はトクサ科に属する常緑羊歯植物である。主として北海道、本州中部以北の山野、湿地に自生するが、普通は観賞用に庭園に植えられているのを見ることが多い。高さは六〇センチから一メートル、直径五、六ミリ。円筒形の茎は表面に多く縦溝があり、多量の珪酸を含んで堅いので、昔は木材や角、骨その他器物の研磨に用いられた。そのため「砥草」の字も当てられる。刈り採りは、茎の最も充実した秋がよく、刈った茎を塩湯で煮て干して使う。

話しかけいるは木地師や木賊刈　山田節子

遠景に煙のあまた木賊刈る　柳澤和子

萱刈(かやか)る

萱は芒の別称であり、イネ科の芒、菅、茅などの総称でもある。晩秋、茎や葉が枯れてくると刈り取り、葉をそぎ落とし乾燥して保存する。主に屋根に葺いたり炭俵などの材料とした。昔は農山村の家屋の屋根はすべて、萱や麦藁に依存していたため、萱刈りは必要不可欠な作業であった。今は建築様式の変化と共に、萱葺屋根には大変な費用がかかり、不便さも伴うので少なくなった。

落ち切らぬ入日を沖に萱刈女　塩谷はつ枝

萱刈って露こぼしけり萱の上　青木重行

蘆刈（あしかり）　蘆刈る　刈蘆　蘆舟　蘆火

晩秋から初冬にかけて水辺の蘆を刈る。屋根を葺いたり、葭簀を作るためのものである。蘆刈の仕事も夕暮になると寒いので、刈り取った蘆を焚いて暖をとるのが「蘆火」である。昔から女性もこの仕事にかかわっていたので「蘆刈女」の言葉もある。古くから詩歌・謡曲などの日本文学の題材として愛され、「難波の蘆」は殊に有名である。

蘆を刈る音を違へて夫婦なり　森田公司

きのふより今日また遠き芦火かな　寺井満穂

夕日まで刈つてしまひし芦刈女　龍神悠紀子

たっぷりと日のある芦を刈りにけり　西村純吉

刈蘆の束より蘆を抜きにけり　高橋将夫

芦刈るや逃げるひかりを取りおさへ　小室善弘

秋繭（あきまゆ）

養蚕は本来は夏のもので、年に三、四回が普通である。初秋から晩秋までに飼う蚕が秋蚕で、秋蚕のつくる繭を秋繭という。春蚕、夏蚕のように忙しい仕事ではなく、出来る繭の品質も劣り、収量も少ない。やや寂しい感じのする繭である。↓繭（夏）↓秋蚕

秋繭に水流る、や家の前　長谷川かな女

秋の繭深谷に風ふえにけり　田村義和

秋の繭しろじろ枯れてもがれけり　飯田蛇笏

秋繭となるにかすかな音を出す　滝沢伊代次

小鳥狩（ことりがり）　小鳥網　霞網　鳥屋（とや）　鳥屋師（とやし）　ひるてん　高（たか）鋏

秋、北から大群をなして渡ってくる小鳥を獲るために、山の高い木立に霞網（「ひるてん」ともいう）を張って捕らえる狩猟法である。霞網を張ったかたわらには鳥屋（とや）が設けられ、鳥屋師がまだ暗いうちから囮を網の下に配って置く。囮の声に呼び寄せられた渡り鳥の群れは、一網打尽に網にかかってしまうのである。捕獲方法が残酷なので、戦後狩猟法の改正により、この猟法は禁止された。

袂より鶫とり出す鳥屋師かな　大橋櫻坡子
高鋏や油浮きたる潦　一志貴美子

囮（おとり）（をとり）　囮番（ばん）　囮守（もり）　囮籠

小鳥狩で、その姿や鳴き声で仲間の鳥をおびき寄せるために用いる鳥のこと。霞網による小鳥猟と張り網、銃猟による猟との二つの捕獲法がある。囮には猟鳥と同じ種類の鳥が用いられ、良く囀るように仕立てられた。鳥の木型を用いる場合もある。

囮鳴く囮になりしこと知らず　宇咲冬男
日と風のはざまに沈む囮籠　永島理江子

鳩吹（はとふき）　鳩吹く　鳩笛（はとぶえ）

両掌を合わせ、これを口に当てて吹くと山鳩の鳴き声に似た音を発する。鳩を獲えるために使うともいうし、山鳩がしきりに鳴くので、人間がそれを真似て吹き鳴らしたともいう。また、鹿狩の狩人が鹿を発見した時、他の人に鹿がいるのを知らせる合図にも使われる。古歌にも詠まれ、和歌の用語であったものが連歌俳諧に入ってきたのである。

鳩吹く風リフトにひとりぼっちかな　鈴木寿美子

鳩吹いて島を離るゝ島育ち　大本正貴

下り簗（くだりやな）　秋の簗

秋、河口に向って下る魚を獲る簗である。春に産卵のために河川を遡上する魚を獲るのが「上り簗」。単に「簗」といえば夏の簗をいう。下り簗にかかる魚は、落鮎、落鰻、落鮒、落鯉など土地によってさまざまである。簗の簀に銀鱗のはねるさまは見事なものである。↓上り簗（春）・簗（夏）

またしても狐見舞ひぬ下り簗　召　波

下り簗山の木の実を溜めてをり　中根美保

崩れ簗（くずれやな・くづれやな）

季節を過ぎた下り簗が、使われぬままに古くなり河川の中に放置された簗をいう。晩秋から初冬にかけて、簗にかかる魚も少なくなり、破損した所も繕わぬので簗は次第に崩れてゆく。落葉や紅葉が崩れ簗にひっかかっている様は、もの淋しく哀れな姿である。

崩れ簗乾きしままの川日和　鈴鹿野風呂

山里のかかる所にくづれ簗　岡田佐久子

髪冷ゆと女が言へり崩れ簗　西宮正雄

崩れ簗芥（あくた）よせつつ水清し　山田八重椿

鰯引く（いわしひく）　鰯干す　鰯網　鰯船

鰯の旬の時季は秋。地引き網を仕掛けて鰯を獲る漁法である。漁村の老若男女、子供まで加わり、総出で声をかけあって網を引く。日本近海にいる鰯の種類は、マイワシ・カタクチイワシ・ウルメ

イワシなどであり、豊かな海の幸の恵みを思わせる。↓鰯

鰯引く親船子船夕やけぬ　石田波郷

国引きし神神の裔鰯引く　丸山　遥

根釣（ねづり）　岸釣

根は海底の岩礁のこと。根に棲みつく魚が根魚である。カサゴ・メバル・セイゴ・ベラメジナ・アイナメなど、比較的小形の根魚は磯釣りの獲物で、なかでもカサゴやメジナが代表的なものである。釣果は少ないが、穏やかな秋晴れの一日を、悠然として釣るのが根釣の味わいである。

根釣翁海金剛をまのあたり　阿波野青畝

月の出の根釣の一人かへるなり　波多野爽波

鯊釣（はぜつり）　鯊舟　鯊の竿

秋の最も代表的な釣の一つで、津々浦々どこでも釣れる。簡単な仕掛けで、女性や子供にもたやすく釣れるので人気がある。初秋の頃、海水の溯上する河口や岸壁、あるいは遠浅の海で釣れる。その典型が東京湾で、隅田川の河口や岸壁、また乗合船を仕立てたりする。往時の江戸前を彷彿とさせる釣である。↓鯊

鯊釣りの水に光のあるばかり　有角正巳

鯊釣の陸に背中を並べをり　森野　稔

踊（おどり）　盆踊（ぼんおどり）　踊子（おどりこ）　踊笠（おどりがさ）　踊太鼓（おどりだいこ）　踊唄（おどりうた）　踊櫓（おどりやぐら）

俳句では踊は盆踊、踊子といえば盆踊りの踊子を指す。通常は盆の十三日から十六日にかけて、寺の境内や町村の広場などに大勢集まって踊る。盆に招かれてくる祖先の霊を慰め、これを送るため

に踊り唄うと考えられている。新盆の家を歴訪することもある。盆踊は、楽しみの乏しかった農山村での娯楽の一つであって、地方によってさまざまの特色を持っている。近年では年中行事の一つとして催されるようにもなっている。

足もとに波のきてゐる踊かな　五十嵐播水
づかづかと来て踊子にさゝやける　高野素十
いくたびも月にのけぞる踊かな　加藤三七子
踊太鼓家庭教師はさみしきよ　宮坂静生
あと戻り多き踊にして進む　中原道夫
踊子の子鹿のやうな鼻持てる　高柳克弘
盆踊暗きところに父がをり　森田公司
月蝕の奥へ奥へと踊りゆく　白澤良子
おどり死ぬべし踊りうたやまざれば　竹内弘子

雨に日延べの踊を今日や木曾山中　島谷征良
振り向きて我の居らざる踊の輪　横山千夏
手のひらを返せば退る盆踊　持永ひろし
踊り果て谷川の音するばかり　佐々田まもる
うす暗く踊櫓(やぐら)の仕上がれる　吉井幸子
ひらひらとてのひら流れゆく踊　金田志津枝
いくたびも締め直したる踊下駄　庄山章信
ふるさとの川の匂へる盆踊　瀧　積子
かの人のうなじ追ひゆく盆踊　武田貞太

相撲(すもう・すまふ)　角力(すもう)　宮相撲(みやずもう)　草相撲(くさずもう)　秋場所　九月場所

本来は年の豊凶を占う神事である。昔は宮中で旧暦七月に相撲節会(すまいのせちえ)があったため秋の季語とされた。現在、大相撲は年六場所の興行で行なわれていて、季節感が伴わない点がある。宮相撲、草相撲、辻相撲、素人相撲など神社や祭礼の秋祭の頃に催されることが多い。

合弟子は佐渡へかへりし角力かな　久保田万太郎
山里は巌を祀りて相撲かな　矢島渚男

地芝居（じしばい・ぢしばゐ）　地狂言（じきょうげん）　村芝居

秋の収穫のあと、秋祭などで行われる素人芝居で、歌舞伎や狂言などが演じられる。地芝居とは村芝居のことだが、この地は素人のことである。農山村の楽しみな行事の一つであり、日本全国百カ所ほどで伝統を守り代々継承されている。素人芝居だけでなく、地方廻りの一座を雇うこともある。

地芝居のお軽に用や楽屋口　富安風生
段取りの狂ひ地芝居面白し　高倉和子
綱元の湿布が匂ふ村芝居　水野李村
地芝居の見せ場は安寿（あんず）母娘の場　太田英友

盆狂言（ぼんきょうげん・ぼんきやうげん）　盆芝居　秋狂言　盆替り（ぼんがわり）

七、八月に行なわれる歌舞伎興行で、秋狂言、盆替りともいう。秋とはいいながら残暑のきびしい折であり、夏狂言の時と同じように座組みで行なわれた。口上看板を掲げたり客席や廊下に灯籠を吊した。納涼芝居のように、人情噺や怪談劇といった盆にふさわしい趣向の演目が多い。

盆芝居婆の投げたる米袋　沢木欣一
出しものは船幽霊や盆芝居　平谷破葉

月見（つきみ）　観月（かんげつ）　月祭る（つきまつる）　月の宴　月を待つ　月見酒　月見団子（だんご）

旧暦八月十五日及び九月十三夜の月を愛でること。薄を供え、月見団子に季節の初物を添えて月を祭る。地方によってさまざまに特色があるが、全国的に流布されている風習である。中国伝来の農耕儀礼であり、豊作と健康を祈った。近江の石山寺、信州姨捨（うばすて）山の田毎の月、遠江の小夜の中山など、古来より月の名所として知られる所が各地にある。

岩鼻やここにもひとり月の客　去来

傷多き勉強机月祀る　岩崎源一郎

月祀るための白足袋替へにけり　青木まさ子

月の宴背中合せに上司ゐて　西田安子

海嬴廻し（ばいまわし）

海嬴打ち（ばいうち）　ばい独楽（ごま）　べいごま

海嬴は海産の巻貝。貝殻は長卵形で殻高は七センチほど。表面は黄褐色の殻皮でおおわれている。江戸時代頃から、この殻の中に蝋や鉛を詰めて独楽を作り、九月九日の重陽の日前後に遊ぶ風習があった。各々の海嬴に紐を巻き、空箱や盥の上に敷いた茣蓙の上で廻す。二つ三つの海嬴がぶつかりはじけあって優劣を競うものである。現在は重陽の日の遊びとは限らない。また、貝の代わりに鋳物製のものが、べい独楽として売られている。↓独楽（新年）

海嬴打にすぐゆふがたが終ふなり　竹下しづの女

海嬴打つてかくしことばのやりとりも　軽部烏頭子

菊人形（きくにんぎょう）

菊師（きくし）

菊の葉や花をちりばめて衣装を作った人形。昔の物語や歌舞伎、狂言などの名場面を再現してみせる。明治時代から大正初期にかけて本郷の団子坂で興業があり、東京の名物の一つであった。後に両国の国技館で開催されたが、現在では廃止されている。往時の規模ではないが今でも各地で行なわれ、さまざまな色彩と香りを放つ人形見物で賑わう。この人形を作る人を菊師という。

菊人形月の光に眠られぬ　高橋栄子

音楽に袖を通せば菊人形　細井啓司

小袖いま盛りでありし菊人形　田中祥子

燦々と菊泰衡（やすひら）の首一つ　宮慶一郎

人形の世界と別にゐて菊師　山下美典

科（とが）重き菊人形の首傾ぐ　藤井智恵子

できあがるほどに哀しき菊人形　奥山源丘
千姫の脱ぎたるあとの菊の嵩（かさ）　吉田寿子
悪きかぬ菊人形の斬られ与三（よさ）　細見しゆこう
幕裏に非常口あり菊人形　鎌田眞弘
菊ひらき太り気味なる菊人形　成岡踏青
菊人形袖の下より水貫ふ　石口　榮

虫売（むしうり）　虫屋（むしや）

昔は、秋ともなれば街道や橋のたもとに虫売の姿が見られた。現在でも夜の縁日ではなくてはならぬ景物である。虫の種類は、鈴虫、松虫、轡虫（くつわ）、螽蟖など美しい虫籠で売られた。今では虫籠はプラスチックとなり、虫の人気も甲虫や、鍬形虫へと変っている。↓虫

虫売や宵寝のあとの雨あがり　富田木歩
手相見の隣りいつもの虫売屋　高橋春灯

茸狩（たけがり）　茸狩（きのこがり）　茸とり（きのこ）　菌狩（きのこがり）　茸籠（きのこかご）　茸莚（たけむしろ）　茸山（たけやま）

山に入って食用の茸を採ることだが、代表的なものは松茸狩である。赤松林や落葉松林の中で、大きな松茸を見つけた時は格別な喜びがある。家族連れやグループで楽しむことが多く、採集したきのこを河原などで食する。朝露の落葉を踏みしめ、鳥の囀の中で自然の恵みを満喫できる。↓茸

体操の時間切りかへ菌狩　山中弘通
茸籠を負ひ垂直に立ち上がる　神田秀子
小学校横切つて来し茸狩　森井美知代
三度行き三度迷ひし茸山　吉田健一

紅葉狩（もみじがり／もみぢがり）　紅葉見　観楓（かんぷう）　紅葉酒　紅葉茶屋

美しい紅葉を求めて、山野や深谷に分け入ること。紅葉は楓に限らず、さまざまな木々の紅葉や黄

葉を指す。寒い候なので酒を用意する人も多い。紅葉茶屋は紅葉見物の客が休むために設けられた茶店をいう。

紅葉見や用意かしこき傘二本　蕪村
汽車はひく余生のけむり紅葉狩　百合山羽公

芋煮会（いもにかい）　芋煮

山形県、宮城県など東北地方南部の秋の行楽の一つである。芋煮の芋は里芋を使う。河原に大鍋や燃料を用意し、里芋、牛肉（豚肉）、蒟蒻（こんにゃく）、茸、葱などを煮る。家族や友人同士で鍋をつつき、酒を酌み交す。近年ことに盛んで大がかりに開催する所もある。

月山の見ゆと芋煮てあそびけり　水原秋櫻子
芋煮会風にさからふかまど口　青柳志解樹
縁切れぬ顔ばかりなる芋煮会　鈴木節子
またの世を芋煮て鍋を焦がさむや　河合孝子

秋思（しゅうし）　秋あわれ　秋さびし　秋意（しゅうい）

古来、「もののあはれは秋こそまされ」と言い、「心づくしの秋」ともいわれる。事に寄せて、物を見て秋の物悲しさに誘われるのである。人間存在の哀れさ、人生のはかなさ淋しさの物思い。人間心理の陰翳を深めることの多い季節である。

秋愁や踏めばつぶやく貝の殻　宇咲冬男
雲秋意琴を売らんと横抱きに　中島斌雄
綿飴にたどり着きたる秋思かな　長峰竹芳
並木座を出でて並木の秋思かな　斎藤一也
銘薬師鉈もて我の秋思断て　西田誠
騎馬俑の眉目と秋思同じうす　山岸治子
秋思濃きロンドン塔の雀たち　大木さつき
まなうらの山河に寄する秋思かな　内藤さき

すうと引く秋思ありけり雨の後　佐藤篤子

眉根寄せ賜ひ秋思の阿修羅像　来栖三代子

秋思とは霧笛か水尾（みお）か梳（くしけず）る　長野澄恵

うろくづの鰓より生れし秋思かな　田中幸雪

千手仏一手は胸に秋思の手　日暮ほうし

葉隠れに秋意を燃やす能篝　堀　無沙詩

行事

重陽（ちょうよう）

重九（ちょうきゅう）　菊の節句　菊の日　今日の菊　菊酒（きくざけ）　重陽の宴（えん）　菊の宴

旧暦九月九日。九という陽数が月にも日にもつくので、重陽といい、重九ともいう。この時季は菊の盛りの頃で、雛祭が桃の節句、端午が菖蒲の節句といわれるように、重陽は菊の節句と呼ばれる。昔この日には宮中においては宴を催し、数々の雅事が行われた。現在では、餅を搗き栗飯を炊いて祝う地方もあるが、都会ではほとんど忘れられている。

菊の香にくらがり登る節句かな　芭　蕉
重陽の酒贈るべき人減りて　きくちつねこ
菊酒の酔ひ少しあり能を待つ　西宮正雄
立砂の鋭く尖り今日の菊　阪本早苗
重陽や天日変はりなく廻り　福島清恵
重陽や眠ったままの着物出す　土生依子
重陽の穴ある三角定規かな　栗栖恵通子
重陽や出逢ひ約せし日の遥か　蒲　みつる
手折りもす五色の香の今日の菊　石口りんご
重陽の改札口にもたもたす　伊規須富夫

山の日

八月十一日。国民の祝日の一つ。二〇一四年（平成二十六年）に制定された。「山に親しむ機会を得て、山の恩恵に感謝する」ことを趣旨としている。八月十一日とした由来は明らかになっていない。

山の日という祝日の木が二本　松田ひろむ
女人禁制なくて山の日山ガール　宮　沢子

山の日やリュックに指輪しのばせて　川崎　果連
山の日や信号ばかりの街に住み　杉浦一枝
山の日や田子の浦から目指す富士　安藤草太
山の日やスクワットなら五回まで　石口　榮
山の日の五岳菩薩の色をなす　牧野桂一
山の日やダーク・ダックスこだまして　荒井　類
山の日は山梨県がいいですね　小高沙羅
身の丈のケルン山の日山の声　栗原かつ代
山の日や都こんぶを忘れずに　石口りんご
山の日や塩を忘れし塩むすび　高矢実來

終戦記念日（しゅうせんきねんび）　終戦日　敗戦日　敗戦忌　八月十五日

八月十五日。日本は昭和二十年八月十四日に無条件降伏に関するポツダム宣言を受諾し、「大東亜戦争終結ノ詔書」が発せられた。翌十五日、昭和天皇のいわゆる玉音放送が行われた。敗戦という苦い体験をとおして、二度と同じあやまちを繰返さないために設けられた記念日で、この戦争で亡くなられた方々の追悼の催しが全国各地で行われる。

少女の胸と揺れをともにし敗戦日　古沢太穂
いつまでもいつも八月十五日　綾部仁喜
湾に浮く朝の黒富士敗戦忌　益田　清
わたつみの声なお耳朶（じだ）に終戦日　掛　花城
終戦日ノモンハン耳鳴りけふも診る　佐竹　泰
抱き地蔵軽き八月十五日　犬塚南川
身ほとりの軽くなりゆく敗戦日　樅山　茂
終戦日夕餉（ゆうげ）の椀に貝の砂　今村妙子
糠床に荒塩を足す終戦日　丸山美奈子
鳩に横顔見せて男の敗戦忌　堀部節子
雲間より烈日出でて敗戦忌　竹田摠一郎
敗戦忌檻を信じて虎の前　大塚まや
この空を奈落より見き敗戦日　岡田貞峰
片爪の蟹這ふ八月十五日　木内彰志
終戦忌切れ電球を透かし見る　川村三千夫
腕組んで眠る女や敗戦忌　渡辺夏紀

水のんで顔のゆるみし終戦忌　小林鹿郎
遠い木の雲を見てをり終戦日　西林　始
終戦日母の祈りの海に向く　植木緑愁
また一つ歯を失へり終戦日　矢野滴水
省略の多き生き方終戦忌　御崎敏江
流す汗今若からず終戦日　手島靖一
敗戦忌都庁茜の空にあり　成島淑子
靴はくと痛む指あり終戦日　佐藤静峰子
ひとつづつ玉子にシール終戦日　小高沙羅
終戦の夜汽車「愛と死」立ちて読む　能美澄江
この暑さ記憶の底の終戦日　山本静子
敗戦を語らぬ夫や敗戦忌　松原みき
隔靴掻痒（かっかそうよう）とは子に伝ふ敗戦忌　折原あきの
敗戦日味噌汁熱く熱くする　風間みどり
終戦日いただく時は手を合はせ　杉山加代
少年の日の我が裸身終戦日　真鍋つとむ

震災記念日（しんさいきねんび）　震災忌　防災の日

九月一日。大正十二年九月一日午前十一時五十八分、相模湾を震源とする大地震が東京を中心に関東地方とその近辺を襲った。一府八県の死者九万人、負傷者十万人、破壊焼失家屋六十九万戸という大災害であった。ことに東京都墨田区横網の陸軍被服廠（ひふくしょう）に死者が多く出た。その跡に震災記念堂が建てられ、この日に慰霊祭が行われる。

江東にまた帰り住み震災忌　大橋越央子
箸深くさすふかし藷震災忌　石飛如翠

敬老の日（けいろうのひ／けいらうのひ）　老人の日　としよりの日

九月第三月曜日。国民の祝日の一つ。昭和四十一年から国民の祝日。九月十五日だったが、平成十三年の祝日法改正によって平成十五年より九月の第三月曜日とされた。「多年にわたり社会につくしてきた老人を敬愛し、長寿を祝う」とされている。老人福祉法の改正により「としよりの日」は従来どおり九月十五日。同日より一週間が老人週間とされている。

敬老の日とはせんなき日なりけり　手塚深志城
敬老の日のこともなく暮れにけり　太田蔵之助
敬老の一と日ざはざはして居たり　広谷春彦
敬老の日や句敵はみな鬼籍　小路紫峡
どしやぶりの牧の真中や敬老日　折井眞琴
母に手を合はせされてをり敬老の日　内田安茂
敬老日つねは忘れてゐし齢　長屋せい子
敬老日長寿の象が愛でらるる　塩路五郎
健やかさ確め合ふも敬老日　波多野惇子
戦経て生きる達人敬老日　佐藤正一
敬老の日のどの席に座らうか　吉田松籟
毎日が老人の日の飯こぼす　清水基吉

秋分の日（しゅうぶんのひ・しうぶんのひ）

二十四節気の一つである秋分は、太陽暦では九月二十三日頃に当る。秋の彼岸の中日で昼夜の長さがほぼ等しくなる。明治二年に春分・秋分はそれぞれ春季皇霊祭・秋季皇霊祭と定められ、歴代天皇のみたまを祭る宮中大祭の一つであった。祖先を敬い、亡くなった人々を偲（しの）ぶ日として、昭和二十三年、秋分の日が国民の祝日に制定された。↓秋彼岸

山かがし秋分の日の草に浮く　松村蒼石
秋分の日の音立てて甲斐（かい）の川　廣瀬町子

赤い羽根（あかいはね）　愛の羽根

十月一日から末日までの一か月間、共同募金会が社会福祉事業・厚生保護事業の資金を街頭などで募集する運動で、寄付をした人の胸に赤い羽根がつけられる。一九一三年に米国で始まったといわ

れ、日本では昭和二十二年「少年の町」のフラナガン神父の提唱ですすめられたものである。

赤い羽根つけてどこにも行かぬ母　加倉井秋を
赤い羽根小さき両手が来てつける　伊東慶子
校章に重ねて愛の羽根を挿す　加古宗也
赤い羽根ダークスーツを華やがす　波多野惇子
善男が少女に呼ばる赤い羽根　松田ひろむ
赤い羽根つけてシネマの列に入る　肥后潤子

スポーツの日　体育の日

十月の第二日曜日。国民の祝日の一つ。「スポーツを楽しみ、他者を尊重する精神を培うとともに、健康で活力ある社会の実現を願う。」ことが趣旨とされている。一九六四年（昭和三十九年）東京オリンピックの開会式が行われた十月十日を一九六六年（昭和四十一年）から「体育の日」として国民の祝日となった。二〇〇一年（平成十三年）いわゆるハッピーマンデー法により二〇〇三年より十月の第二日曜日となった。二〇二〇年（令和二年）より「スポーツの日」と名称が変更された。

体育の日の裏門を開け放つ　倉本岬
スポーツの日のにはとりや宙を飛ぶ　荒井類
スポーツの口脱脂粉乳世代の日　近田吉幸
スポーツの日歩け歩けの西武線　小高沙羅
スポーツの日のプレゼント万歩計　川崎果連
スポーツの日の階段を踏みはずす　杉浦一枝
スポーツの日やぶるまーのなふたりん　磯部薫子
スポーツの日や異教徒に弥撒の鐘　牧野桂一

文化の日（ぶんかのひ／ぶんくわのひ）　明治節（めいじせつ）

十一月三日。明治天皇の誕生日で、在世中は天長節といった。昭和二年に明治節として制定され、明治天皇の威徳を偲ぶ祭日であった。昭和二十三年に文化・芸術をすすめる日として、国民の祝日に制定された。この日は科学・芸術他各分野の功労者に文化勲章が授与され、各地で文化・芸術に関する行事が催される。

古語に舌まろめて読書文化の日　井沢正江
いのち綱つけて鉄接ぐ文化の日　近藤静輔
盗まれし自転車どこへ文化の日　渡部ツマ子
文化の日水平線のあなたまで　佐々木千代恵
父さんの卵焼きだよ文化の日　伊藤昌子
文化の日九官鳥のコンニチハ　宮地英子
相撲部屋何処も密と文化の日　長屋せい子
文化の日人集まれば序列あり　延平いくと
賞もなく罰もなく老ゆ文化の日　神坂光生
子の部屋に女生徒の声文化の日　三田村弘子
杣（そま）達の家宝持ち寄る文化祭　野原春醪
校長室に猫の来てをり文化祭　柴田シゲ子
焼けこげの鍋を惜しみて文化の日　篠原朱美江
畳屋の名刺出てくる文化の日　小平湖

硯洗（すずりあらい／すずりあらひ）　机洗（つくえあらい）

七夕の前夜、常用の硯や机を洗い清めることをいう。これは硯に梶（かじ）の葉を添えて北野天満宮に手向ける神事から一般に行われるようになったものである。手跡の上達を願って、清めた硯を用い、芋の葉の露で墨を磨って、七夕竹の色紙を書くのである。これは七夕がもともと水にちなむ祓え（七夕流し）の祭であったことに由来するものであろう。

今年より吾子の硯のありて洗ふ　能村登四郎
硯洗ひ肉声もたぬ父の文字　水鳥ますみ
洗硯の雲にかがやき戻りたり　矢野典子
天に河地に川硯洗ひけり　飯沼三千古

七夕（たなばた）

七夕祭　星祭　星合（ほしあい）　星迎（ほしむかえ）　星今宵（ほしこよい）　二星（にせい）　牽牛（けんぎゅう）　織女（しょくじょ）　七夕竹　七夕流し
願いの糸　洗車雨（せんしゃう）

旧暦七月七日の夜、天の川の両岸にある牽牛星と織女星とが鵲（かささぎ）の橋を渡って年に一度相合するという伝説による星を祭る行事。中国伝来の乞巧奠（きこうでん）の風習とわが国固有の「たなばたつめ」の信仰とが習合したものであろう。奈良時代から行われ、江戸時代には民間にも広がった。庭先に葉竹を立て、五色の短冊に歌や字を書いて吊り、書道や裁縫の上達を祈るものである。洗車雨は七月六日に降る雨。牽牛と織女が逢うことのできない恨みの雨。

七夕竹惜命（しゃくみょう）の文字隠れなし　石田波郷
七夕の願驕（おご）りし昔かな　山田みづえ
山垣のかなた雲垣星まつり　福永耕二
子育て期の活気七夕笹に風　伊丹公子
七夕竹畳の上に出来上る　千葉皓史
前（さき）の世も女なりしよ星祀る　加藤三七子
何もかもこの手放れて星祭　八木　實
色ならば次男は黄色星祭　黒沢孝子
老懶の胸をかするる星の恋　福島清恵
七夕や子は逢ひに行く雨の中　高橋良子

転がして替へる襁褓（むつき）や星祭　中村栄子
七夕や送られて来し金平糖　安藤和子
七夕の夜の沖から定期船　浜野英子
七夕の雨にピエロのふくれ靴　飯野弥生
七夕の夜はくろぐろと広瀬川　石垣絢子
片親の不憫（ふびん）は胸に星迎　土田桃花
ゆふがたは子が川へ出る星祭　酒井裕子
切ってすぐ電話が鳴るも星合ふ日　白水風子
洗車雨といふ雨男浄めたる　行方克巳
洗車雨の短冊の色滲みけり　村地八千穂

梶の葉（かじのは）　梶の七葉

七夕の夜に、七枚の梶の葉に歌を書きつけて星に手向ける風習があり、六日の日に梶の葉売りが梶の葉を売り歩いた。七夕を詠じた歌には、天の川を渡る舟がよまれ、舟の楫（かじ）からの連想で梶の葉を七夕に用いるようになったことが想像される。茶道でも七夕近くになると、水差しの蓋として梶の葉を載せ、「葉蓋」という風情のある点前をする。

梶の葉を朗詠集の栞（しおり）かな　蕪村

梶の葉やあはれに若き後の妻　日野草城

真菰の馬（まこものうま）　七夕馬（たなばたうま）　迎馬（むかえうま）

七夕の日に真菰の葉で馬を作り、七夕の笹に吊るしたり、七夕の竹に渡した横木の両端に乗せておく習慣が関東から東北地方の南部にかけて多い。七夕馬と呼ぶ。房総半島の東部ではこれを草刈馬といい、七月七日の早朝に子供たちが小車に乗せて草刈りに行き、帰ってからこの馬を箕の中に立てて赤飯を供えて祭る風習がある。農馬安全の祈願だとされる。埼玉県入間郡の七夕馬は真菰の葉を干したもので作り、七夕様の乗る馬といっている。

ころびゐる星のあしたの真菰馬　百合山羽公

真菰馬真菰のしとねしきにけり　鵜沢旋風

佞武多（ねぶた）　ねぷた　ねぶた祭　跳人（はねと）　眠り流し

青森県津軽地方の行事。八月一日から七日まで、一種の灯籠に火をともして町を練り歩く。青森で「ねぶた」、弘前では「ねぷた」という。いずれも睡魔を意味し、収穫期を控えて睡魔を流す「眠り流し」に由来する。青森では金魚ねぶたという紙製の金魚の中に火を点じ、弘前では扇灯籠(おんどろ)という扇形の灯籠を喧嘩ねぶたともいって、子供が持ち歩く。組みねぶたは、歴史上の人物、ことに武者奮戦の図などを竹の骨組で張り子に造り、中に灯がともるように仕組んである。七日間、夕刻になると五、六十台列をつくって運行するが、一台のねぶたを中心に、担い手・大太鼓・跳ね人など百余人が一団となって踊り楽しむ。七日の夜は最後の行事として海上運漕がある。ねぶたが、波にもまれる沖の闇を大船に積まれて渡るのは勇壮、華麗である。笛・太鼓の囃子は、北国の秋の訪れを感じさせる。

混沌の夜の底ぢから佞武多引く　成田千空
情(じょ)ッ張(ば)りは津軽のいのち佞武多曳く　加藤射水
金魚ねぶた片目瞑ってゐたりけり　千葉みちる
武者ねぶたビル押し分けて罷り出づ　阿久津凍河
火の色の夜の街来てネブタ行く　竹内てる子
大佞武多つかみかからんばかりかな　森尻禮子
剣の先まで灯の入りし佞武多かな　升本栄子
攻めねぶた老後の備えなどあらず　石口りんご

竿灯(かんとう)

秋田で毎年八月六日に行われる月遅れの七夕の行事。各町内から重さ数十キロもある長い竹竿に四十八個または四十六個の提灯を米俵を積み重ねたように九段に分けて吊るし、はっぴに鉢巻姿の若者たちが肩や額、腰などの上に乗せて町中を練り歩く。竿灯の数は二百本を超える。夜にはその提灯を点し、千秋公園で町内の名人たちが太鼓の音に合わせて掛け声をかけ、曲技を競い合う。もとは、ねぶた同様、七夕に睡魔を払うための「眠り流し」の行事であった。

竿灯の提灯四十六しなふ　猿山木魂
竿灯担ぐ下駄の歯一本男意気　岡本喜美

竿灯の撓(しな)ふにつれて身を反らす　中村苑子

大橈ふ竿灯支ふ四肢しかと　北村香朗

草市(くさいち)　草の市　盆市　盆の市　手向(たむけ)の市

江戸時代前期から上方でも江戸でも、七月十二日の夜から十三日の朝にかけて、町では切子灯籠・台灯籠・提灯・溝萩(みそはぎ)・蓮の葉・真菰莚・真菰の馬・茄子・鬼灯・苧殻(おがら)・土器など盆支度の品物を売る市が立つ。現在は月遅れや旧暦によるところもあり、この市を草の市と呼ぶ。地方によっては花市ともいい、野山へ盆花をとりに行く代わりに市へ出て買うのである。東京の銀座にも露天禁止になるまでは草市が立っていた。花は精霊の依代(よりしろ)であり、精霊は市の辻から家々を訪れると考えられ、市へ買物に行くことを精霊迎えというところもある。

先づ匂ふ真菰むしろや艸(くさ)の市　白　雄

自転車の荷は草市のものばかり　関根照子

草市のばらつく雨となつて来し　田井野ケイ

草市に買ひたるものが胸濡らす　金久美智子

盆用意(ぼんようい)　盆支度

盆を迎えるためのさまざまな支度のことである。盆は、かつては七月の満月の夜を中心とした家々の祭りで、七月十三日から十六日を主としているが、七日を七日盆とか盆始めなどと呼び、七日から始まると考えていた伝承が多い。特に新盆の家は一日から高灯籠を吊るしたりして盆行事に入るのは、全国的に見られる風習である。盆用意の一つは、仏壇をはじめ家内外、墓場、道などの掃除、草刈りである。盆は麦の収穫後であるため、新しい麦粉でうどん、そうめん等を作って供えたり、季節の野菜・なり物などの食物を用意する。盆の贈答も、親のある人は刺鯖(さしさば)などのなまぐさを供する習慣があったが、これも大切な盆用意の一つであろう。霊棚のしつらえ、盆花の準備等、盆の用意はいろいろである。

妻連れて友の盆供の買ひあつめ　杉山岳陽
盆用意とはあまた紐ほどくかな　福井隆子
桐の木にいちにち風の盆用意　岡田詩音
ひごたいを竹の筒（ささえ）に阿蘇の盆　首藤基澄

盂蘭盆会（うらぼんえ）

盂蘭盆　盆　新盆（にいぼん）　魂祭（たままつり）　精霊祭（しょうりょうさい）　盆棚　魂棚（たまだな）　霊棚（たまだな）　盆供（ぼんく）　瓜の牛
瓜の馬　茄子の牛　茄子の馬　棚経

七月十三日の夕刻から十五日（または十六日）までに行う祖先の仏事供養である。地方によっては、ひと月遅れて行うところもある。家々では盆棚を座敷や庭先に飾り、十六ささげを下げ、供物や瓜・茄子の牛・馬を載せ、位牌を置いて供養する。僧が檀家を訪れて盆棚に誦経するのを棚経という。

一燭が尽き盆の妣寝かしけり　蔦　悦子
茶も辞して今日忙しげに盆僧の　鈴木豊子
祖父として寝不足の盆過ごしけり　山下年和
ねんごろに遺影と話す盆の客　木村宣子
地獄の蓋あいて小芋の煮つころがし　吉澤利枝
盂蘭盆具売場一角青世界　鈴木昭一
還り来る遺品のひとつ盆迎ふ　八幡里洋
新盆のはなやかなれど淋しかり　岩下謐子
エスカレーター旅の盆僧すれちがふ　山岸治子
色のある夢みつくして瓜の馬　鳥飼美穂
盆提灯妣（はは）抱くかに吊しけり　藤原たかを
宙に足上げて堰越ゆ茄子の馬　鈴木木鳥
水腹をさすりてゐたる盆の僧　白井爽風
三界の枷や父母乗る茄子の馬　大塚亜木良
合歓の葉の川瀬づたひに盆が来る　恩沢草生
折山の傷む過去帳魂まつり　山﨑禎子

煮浸しの骨やはらかき盂蘭盆会　渡辺久子
戒名のみな美しき盆供養　外川玲子
雨に来て足袋はきかへて盆の僧　小倉恵都子
迎へざる盆の守宮（やもり）の来てをりぬ　西宮陽子
一軒のための橋あり盆の来る　村岡　悠

盆すぎの風は脱皮を繰り返す　伊原咲子
砲兵の兄に大きな茄子の馬　笠　政人
盆僧の姉の子ばかり褒めしかな　菅　章江
旅人の顔で降り立つ盆の駅　前岡茂子
抽斗（ひきだし）の奥に臍の緒魂祭　村田緑星子

生身魂（いきみたま）

生御魂（いきみたま）　生見玉　生盆（いきぼん）

盆の間に父母・主人・親方などに目下の者が物品を贈ったり、食物を供したりすることをいう。生きている御魂（両親など）を拝し、その威力を頒ち与えてもらうというのが生御魂の本来であった。中元などの贈答もここからおこっているのである。

生御魂ちちははの父忘れがち　肥田埜勝美
耳しいとなられ佳き顔生身魂　鈴木寿美子
生盆やわあわあ囲む涎（よだれ）姫　伊藤希眸
生身魂信夫郡（しのぶごおり）は父が国　村松　堅
寅さんの映画に行けり生身魂　蟇目良雨
花柄のパジャマの似合ふ生身魂　裏木里美

生御魂縄文杉を称へけり　石河義介
正座して月を見るふり生身魂　百瀬ひろし
生身魂日向あるいてきたりけり　木下野生
百年の皺のかんばせ生身魂　稲松錦江
生身魂袱紗さばきの衰へず　三木夏雄
死ぬといふ嘘を重ねて生身魂　石垣幸子

門火（かどび）

迎火（むかえび）　送火（おくりび）　魂迎（たまむか）え　魂待つ　精霊迎え　魂送（たまおくり）　苧殻焚く　苧殻火（おがらび）

盆の十三日の夜、精霊を迎えるために門前で焚く迎え火と、十五日または十六日に焚く送り火をいう。柳田国男の説によると、盆の火は火を頼りにしていた古代の習慣の名残で、灯火なしの夜道は精霊も辛いであろうとの思いから、門火が焚かれたそうである。一般には苧殻(おがら)を焚くが、地方によっては藁・麦桿・豆殻などを用いる。火を消すときには、蓮の葉に満たした水を溝萩(みそはぎ)の穂でうちしめらせる。

かくつよき門火われにも焚き呉れよ　飯島晴子
迎火や北にすぐれし京の峰　今井　勲
迎火を焚く三代の親子して　小林牧羊
敷石に日のぬくもりや魂迎え　北村昭子
もてなしの足らぬ思ひに魂送る　岡田和子
粒選りの星を見つけし門火かな　布施キヨ子
門火焚く後ろ姿の仏に似　長尾　雄
母焚きしところに母の門火焚く　吉田亜司
ダム底となる峡村の門火かな　三宅句生
よき夫たりしか妻に門火焚く　石山佇牛
火の山へつながる闇の門火かな　小菅白藤
門火焚く妻に秘めたる仏あり　竹中弘明
送り火の夜空がらんと残りけり　本杉勢都子
送火を終へたる遠きネオンかな　石川経子

墓参(はかまいり／はかまゐり)

墓詣(はかもうで)　墓参(ぼさん)　展墓(てんぼ)　掃苔(そうたい)　墓洗う

盂蘭盆に先祖の墓へ詣でることをいう。他の季語が伴えば各季語共通になるが、墓参が主題になると、盆すなわち秋の季語となる。墓地の清掃をし、墓を洗い、花筒や線香立てを清める。古刹には墓守の開いている花屋などがあって、線香なども売られており、盆中は賑わう。

ざぶりと水かけて三鬼の墓洗ふ　戸恒東人
抱きしめるやうにも墓を洗ひけり　遠藤睦子
ジーンズの相乗りでくる墓参り　石黒裕運
阿武隈(あぶくま)の見ゆる吾が墓洗ふなり　宇田零雨
いちばんの笑顔を見せて墓洗ふ　郡山とし子
水ゆたかなる天領の墓洗ふ　光成えみ

ふるさとや墓洗ふことのみに来て　杉山岳陽
立志伝なき一族の墓参り　吉田健一
墓洗ふきれいな風に吹かれつつ　下川初秋
この山の彩見えますか墓洗ふ　前岡茂子
墓の胸あたりに浮きし染み洗ふ　森田清司
墓参り指さき熱き石の文字　大谷美入

施餓鬼（せがき）　施餓鬼会（せがきえ）　施餓鬼寺　施餓鬼幡（せがきばた）　川施餓鬼　船施餓鬼（ふなせがき）

盆またはその前後に寺で無縁仏を供養し、飢えや渇きに苦しんでいる亡者に飲食を施す法会。釈尊在世の時、焔口餓鬼の請（いわれ）によって阿難が行ったのに始まるという。施餓鬼棚を設け、如来の名を書いた五色の施餓鬼幡を立て、供物を供えて読経供養する。水死人を弔うため川岸や船中で行う川施餓鬼・船施餓鬼もある。

四五人は野良着のままや施餓鬼寺　藤原香雲
背のびして太柱拭く施餓鬼寺　鈴土郁子

灯籠流し（とうろうながし）　流灯（りゅうとう）　流灯会（りゅうとうえ）　精霊流し（しょうりょうながし）　精霊舟

盆の十五日または十六日に、灯籠に灯を点じて川や海に流す精霊送りの行事。地方によって、小板に蝋燭を立てた簡単なものから、精霊棚に敷いておいた真菰蓆（まこもむしろ）を舟型に作り、供物や茄子・胡瓜の牛馬を乗せ、花を飾った華やかなものまでさまざまである。たくさんの流灯が漂うさまは壮観だが、次第に消えてゆくのを見送るのは哀れを覚える。

流灯や一つにはかにさかのぼる　飯田蛇笏
流灯の見えざる手と手つなぎあふ　関　冬彦
水中に流灯の尾のごときもの　宮坂静生
よべの流灯からゆき瀬戸を出でゆけり　柴田保人
流燈となりても母の躓けり　中嶋秀子
流灯会そびらに闇のまはりけり　栗栖恵通子

流灯の明日なき燭のまたたける　手塚金魚
流燈のことにも嬰を照らし行く　井上弘美
鉄橋を夜汽車の過ぐる流灯会　竹本白飛
流灯のかたまりゐるは腥（なまぐさ）し　井上青穂
流灯を積みある中の童女の名　伊東　肇
流灯の手放してより遙かな灯　岩城美津子
連なれる流灯消ゆるまた一つ　堀江多真樹
みちのくの夜や流灯の果ててより　梅園芳郎
流灯会明けて紫雲の海ありぬ　麻生大樹
帽深く被る夫婦の精霊会　古川塔子

苧殻（おがら・をがら）　麻殻（あさがら）

草市で商う盆のものの一つである。麻の皮を剥ぎとったあとの茎を乾燥したもので、白く中空で軽い。江戸時代の中期まではほとんどの農家が麻を植えていたが、盆の魂祭りは麻の収穫に続いて行われたため、この真新しい麻殻を魂祭りの供物に添えて箸とし、また、迎え火、送り火の燃料や精霊棚の敷物とするのは全国にわたる風習である。苧殻が広く用いられるのは、手に入りやすかった時代からのならわしにもよるが、その白々とした美しさが盆の仏祭りにふさわしさを感じさせたからとも考えられる。

悲しさやをがらの箸も大人なみ　惟然
若死の父のあはれや苧殻折る　橋本鶏二

阿波踊（あわおどり・あはおどり）

徳島市で八月十二日から十五日まで行われる全国最大規模の盆踊り。俳諧では、踊というと盆踊りを意味する。盆踊りは念仏踊りから出た奉納踊りで、通常盆の十三日から十六日にかけて寺の境内や地域の広場などに櫓を組み、大勢の老若男女が集まって踊る形式が主だが、地方によってそれぞれの特色がある。踊り子や囃子方の集団が揃いの衣装で連を組み、昼夜をとおして町中を流して歩く徳島の阿波踊は殊に有名である。振りが簡単で誰にでも踊れるところが盛んになった所以であろう。

棒のごとし石のごとし夫の阿波踊り　加藤知世子
小雨なる今宵かぎりの阿波踊　上崎暮潮
阿波踊裏町さらにさみしくす　浜名礼次郎
写楽の顔背中で踊る阿波踊　二橋満璃

風の盆　おわら祭　八尾の廻り盆

富山県富山市八尾町で九月一日から三日まで行われる盆の行事。農作物、特に稲の実る時に台風の災厄を踊りに巻き込んで払おうとする信仰から、風祭りと盆の納めの行事が習合したものと考えられる。現在では、老若男女が編み笠や手拭いをかぶり、三味線・胡弓・尺八・太鼓の哀調あふれる囃子で、八尾の町筋をゆっくりと踊ってゆく。町の辻々では群がる人々が哀愁をこめて「越中おわら節」を歌い、三日間を踊り明かすのである。

踊りの手ひらひら進み風の盆　福田蓼汀
父早く逝きしあと母風の盆　古沢太穂
おはら盆唄胡弓ひとつは荒踊り　諸角せつ子
四五人のひよいと輪になり風の盆　前田まこと
この橋を渡れば過客風の盆　鈴木渥志
あるだけの故郷となり風の盆　安田直子
風ばかりなぜ褒めらるる風の盆　上野英一
風の盆踊衣装の早稲のいろ　皆川盤水
少年の薄化粧して風の盆　木田千女
背合せの法被の息も風の盆　佐々木らん
差す足に紅緒くい込む風の盆　波多野寿子
灯を消して二階に風の盆の客　久保ともを
風の盆女はいつも俯いて　池田琴線女
うなじ迄地酒に染めて風の盆　二村美伽

胡弓弾く男腰やおわら浮き沈み　松田ひろむ

風の盆うつし世の灯は皆消して　菅原章風

どこからとなく暮れにけり風の盆　高岸まなぶ

眼差しを隠し八尾の踊笠　清水節子

夜明かしの袖を返して風の盆　栗原あい子

風の盆雨後の灯影をつなぎあひ　大森三保子

風の盆男踊りが好きで蹤く　片桐久恵

風の盆腰で胡弓を弾く男　三浦薫子

ひたひたと風の盆唄浪となり　新村富代

絞り出す声に始まる風の盆　廣田裕代

せせらぎに和する恋唄風の盆　猪瀬幸子

貝殻の真の闇くる風の盆　田中勇詩

中元（ちゅうげん）　お中元　中元贈答　盆礼　盆見舞

中国で古く三元といい、一月十五日を上元、七月十五日を中元、十月十五日を下元と称した。太乙（たいいつ）（天の神）を祀ったが、日本に伝わり盂蘭盆会と混じた。すなわち祖先へ捧げ物をし、人とも分かち合う習俗だが、今ではお中元と称して、盆の贈答習俗として発達し、盆歳暮・盆供（ぼんく）・盆礼・盆見舞ともいい、親や親方筋にあたる家を訪問することもいう。このため、中元が近づくとデパートや商店では中元売出しが盛んに行われる。新盆の家には提灯や灯籠を贈る。もともと盆は盆正月ともいわれ、正月と同様、親戚・知己への回礼をする風習があり、取引先などでも贈答し合い、団扇や手拭いなどを得意先へ配ることもある。盆は元来祝うべき日として、生身魂に刺鯖（さしさば）を始め鰤（ぶり）・鮪（しび）・鰶（このしろ）などの塩漬や干物を贈る地方もある。

中元やわれにこよなき水団扇　河原白朝

盆礼や薄荷（はっか）畑に日の照つて　岡本高明

八朔（はっさく）の祝（いわい）

八朔とは旧暦八月朔日の略で、田の実すなわち稲の穂出しと台風被害の重なる時期であることから、「たのみの祝」「たのむの節（せち）」などと呼んで、豊作をたのむ祈願と稔りの祝いが行われた。また、主従の間や庇護を受けている人、つまり頼むところの人との結びつきを強めるため、贈り物を交わすことも行われた。↓八朔

八朔に酢のきき過ぎる膾かな　許六

名主先づ謡うて田面（たのも）祝ひけり　佐々木北涯

おくんち

竜踊（たつおどり）　くんち　おくにち

旧暦九月九日のこと。陽数の九が重なるので、めでたい日とされ、北関東から信州にかけて御九日といっている所が多い。氏神を祭るので、九日に供日（くにち）・宮日（くにち）などの意味が重なっている。最近は新暦の九月九日をおくんちとする所が多く、秋祭が全国的に行われ、特に九州地方で盛んである。最も盛大なのは長崎の諏訪神社のおくんちで、月遅れの十月七、八、九日を中心に行われる。七十カ町の氏子が十カ町ずつ輪番で笠鉾と踊りを奉納するが、唐人舟、竜踊といった異国風のものや、鯨の潮吹き、山伏行列、コッコデショ等が有名である。唐津市の明神社では十月二十八日から三十日まで、神輿の渡御を先頭にして、山笠と呼ばれる十四の山車が出る。

おくんち舟よそゆき顔に過ぎゆけり　文挟夫佐恵

おくんちのすっぽんの甲小突きをり　小林喜一郎

高きに登る　登高

中国の古俗から来ている。旧暦九月九日、重陽の日に行われた行事。この日、茱萸を入れた赤い袋を持って高い丘などに登り、その実を菊酒に浸して飲むと災厄が払われ、不老長寿がもたらされるとされた。俳句では、近くの山や丘にハイキング等に行くことを指して用いられる。

砂利山を高きへ登るこころかな　草間時彦

高きに登り有らぬ声して吼えてみる　大口公恵

登高すヘッセの一書ふところに　安立公彦

存命を謝して高きに登りけり　和田春雷

温め酒　温め酒

旧暦九月九日の重陽の日から酒を温めて飲むと、病気にかからないといわれた。この日は寒温の境とされ、これより寒さに向うころであるから、酒を温めて飲むのに適している。古詩の一行「紅葉を焚いて林間に酒を温む」の季節でもある。

火美し酒美しやあたためむ　山口青邨

一杯は夫にも強ひる温め酒　関澄ちとせ

女房に六分の利ありぬくめ酒　塩路隆子

ひとくさり医者の悪口温め酒　荒巻大愚

ぬくめ酒吐息のかかる距離にゐて　葉狩淳子

銀河系のはづれにをりてぬくめ酒　加藤正尚

鹿の角伐　角切　春日の角切　鹿寄せ　鹿釣り

奈良の春日神社では十月に入ると、神鹿を囲って角切りを行う。鹿は十月から十一月にかけて交尾期となり、牡鹿は気が荒くなって傷つけ合う。また観光客に危害を加えたり樹木を荒らしたりするので、角切りの行事が行われるのである。柵の中に一頭ずつ追い込み、数人の勢子が投げ縄で捕え、神官の鋸により切り取られる。切った角は春日神社の神前に供えられる。勇壮ではあるが、哀切感のただよう行事である。

角切や鹿と組み合ふ奈良法師　由　平
ひと振りに男鹿の角の落ちにけり　大野今朝子
角切の小さき枕を草の上　小野淳子
角切られ大きくなりし鹿の貌（かお）　中島畦雨

べったら市（いち）　べったら漬　浅漬市

十月十九日と二十日、東京日本橋の大伝馬町あたりに開かれる浅漬大根を売る市のことである。もとは十月二十日の恵比寿講に用いる土焼きのえびす大黒や雑器、塩鮭などを売る市であった。この浅漬沢庵には麹がべったりついているところから、べったら市というようになった。

べったら市青女房の髪匂ふ　村山古郷
べつたら市麹（こうじ）のいろの雨が降る　鈴木貞雄
べつたら市出て界隈の暗さかな　長尾　雄
べったら漬下戸（げこ）の父今どのあたり　鈴木智子

秋祭（あきまつり）　里祭　村祭　浦祭　在祭

鎮守の杜の秋季の祭をいう。単に祭といえば夏祭であって、大きな杜の華やかな祭であるが、これは小規模なさびしい祭である。夏祭が禊（みそぎ）・祓（はらえ）の行事から出発しているのと趣を異にし、農村が中心の春祭は豊作の祈願、秋祭は収穫への謝恩の意を表するために行われる。→春祭（春）・祭（夏）

豆腐屋が寄附を集めに秋祭　阿部みどり女
福耳の後ろから見る秋祭　甲斐多津雄

余所(よそ)者も御酒(みき)に和みて秋祭　杉山青風
秋祭社の床に舟を入れ　谷口智行
他所者にかかはりうすき秋祭　源　一朝
侍が煙草銜(くわ)へて秋祭　大倉祥男
秋祭了えて旧家の通し土間　久保山正雄
田へひびく秋の祭の笛合せ　古市枯声
秋祭くちびる厚き鯉の長(おさ)　川村悠太
石あれば石に坐りて秋祭　落合好雄
秋祭木曽馬の尾も梳かれたる　石河義介
面売りのおどけ顔もて秋祭　稲生正子
踏んばれる百の地下足袋秋祭　松本洋子
秋祭果て木曽馬の足に灸　垂見菊江
笛方に徹する家系秋祭　内田三三子
秋祭終の鮨つけ母逝けり　鈴木早通甲

吉田火祭(よしだひまつり)　吉田浅間祭(せんげんまつり)　芒祭(すすきまつり)　火伏祭(ひぶせまつり)

八月二十六日、二十七日に行われる、山梨県富士吉田市にある浅間神社及び諏訪神社の祭礼である。二十六日夕刻から神輿渡御がはじまるが、富士山に模した朱塗りの富士御影（おやまさん）という神輿は独特のものである。御旅所に安置されると、市内から山麓一合目まで用意された大松明と、御師や氏子の戸毎の松明にいっせいに火が焚かれ、一面は火の海と化す。登山道の各山小屋でも大火が燃やされ、一条の赤い火は夜空を焦がして神秘的である。翌日は、すすきの穂をつけて神輿が還御する「すすき祭」として賑わう。この火祭りは、富士山の噴火を鎮めるために始まった鎮火祭であり、また祭神木花開耶姫(このはなさくやひめ)が炎の中で三人の御子を出産したという神話に基づき、火防・安産を願うものともされる。日本三大奇祭の一つに数えられ、富士山の山じまいの風物詩として有名である。

火祭の夜空に富士の大いさよ　伊藤柏翠
火祭や絶頂の火の棒立ちに　須賀一恵

芝神明祭(しばしんめいまつり)　生姜市(しょうがいち)　だらだら祭　目くされ市　千木箱売る

九月十一日から二十一日まで行われる、東京都港区芝大門（元神明町）の芝大新宮（通称、芝神明さま）の祭り。祭りの期間が長く、だらだら続くので、だらだら祭と呼ばれる。十六日が大祭で、神輿が繰り出される。昔、神明町一帯は生姜畑で、祭りの日に境内で生姜を売ることから生姜市ともいう。千木筥(ちぎばこ)という、中に豆粒の入った小箱も売られるが、これは簞笥(たんす)に仕舞っておくと着物が増えるという縁起物である。

花街の昼湯が開いて生姜市　菖蒲あや
千木筥(ちぎばこ)や母八十の膝の上　鈴木しげを
まだ日傘さしてとほるや生姜市　加藤覚範
ぶり返す暑さだらだら祭かな　多田納君城

八幡放生会(やわたほうじょうえ／やはたほうじやうゑ)　石清水祭(いわしみずまつり)　男山祭(おとこやままつり)　南祭(なんさい)　放生会　宇佐放生会

九月十五日（もとは旧暦八月十五日）、京都府八幡(やわた)市にある石清水八幡宮(はちまんぐう)で行われる祭礼である。八六三年に宇佐八幡宮の放生会にならって始められ、八幡(やわた)放生会と呼ばれた。賀茂祭（葵祭）、春日祭とともに日本三大勅祭の一つで、賀茂祭を北祭というのに対し、南祭と称される。午前二時、三基の御鳳輦(ごほうれん)にしたがい、三百余名の神人が平安装束を身につけ下山する。古儀にのっとった祭礼のあと、放生池で少年少女四名が「胡蝶の舞」を奉納、鯉や鮒、小鳥などを放つ『放生会」が営まれる。日頃殺生している生類の霊を慰めるための行事である。

魚鳥には放生会あり人になく　岡本麻子
不惜身命(ふしゃくしんみょう)なれど惜命(しゃくみょう)放生会　村上義長

鞍馬(くらま)の火祭(ひまつり)

火祭　鞍馬祭　靫大明神祭(ゆきだいみょうじんまつり)

十月二十二日、京都市左京区にある鞍馬寺山内の由岐(ゆき)神社で行われる祭礼である。この火祭りは山林業を主とする鞍馬の里人たちの伝統行事として、千年以上も守り伝えられたもので、京都三大奇祭の一つに数えられる。祭りのハイライトは夕刻から。小松明を手にした子供たちが「サイレヤ、サイリョウ」と囃しながら町を練り歩き、夜の九時ごろになると若衆に担がれた大松明が次々と鞍馬寺の山門下に押し寄せて、一帯はすさまじい火焔と太鼓の響きとどよめきに溢れる。やがて、参道に張ってある注連(しめ)がプッツリ切られると、渡御で祭りはクライマックスを迎える。夜を徹しての祭りが果てると、洛北の風はにわかにつめたく感じられ、山も里も冬仕度にかかりはじめるのである。

火祭の戸毎ぞ荒ぶ火に仕ふ　橋本多佳子
火祭や漢紅蓮の匂ひせり　槍田良枝
火祭を見てきたるままありのまま　沢村越石
火祭や火を恐がらぬ鞍馬の子　松岡美代子

時代祭(じだいまつり)

平安祭(へいあんまつり)

十月二十二日、京都市左京区の平安神宮で行われる祭り。葵祭、祇園祭とならんで、京都三大祭の一つ。明治二十八年、平安奠都(てんと)千百年を記念して平安神宮が創建された折、市民の祭りとして始まった。平安遷都から明治維新までの風俗や文物の変遷を、約二千名ほどの行列で再現するものである。平安神宮で神幸式が行われたあと、正午に京都御所を出発、維新勤皇隊、徳川城使上洛列、織田公上洛列、平安時代婦人列などえんえん二キロにも及ぶ行列が、平安神宮までの約四・五キロを華麗に練り歩く。まさに一大風俗絵巻というにふさわしい絢爛たるものである。

時代祭阿国(おくに)は鳴りもの入りで来る　岡本利英

大将の馬がむづかる時代祭　重見和子

秋遍路(あきへんろ)

弘法大師の修行の遺跡である四国八十八箇所の札所は、秋にも巡拝される。単に遍路といえば春の季語であり、うららかな陽気のもとで行われるのであるが、秋の遍路は、爽やかな時期に出立しても、約四十日間の行程を巡り終える頃には肌寒さを覚える。小豆島や秩父などでも、春と同じように秋遍路が見受けられる。↓遍路（春）

秋遍路雲の中より下りて来し　目貫るり子

白波につまづく秋の遍路かな　石飛如翠

笠をとり女となりし秋遍路　山本　允

筬(おさ)の音を聞きつつ鈴ふる秋遍路　佐藤希世

秋遍路振り向くことのなかりけり　田井野ケイ

銘水を汲みに並びし秋遍路　山田晴彦

百八灯(ひゃくはちとう)　百八たい　南部の火祭　投松明(なげたいまつ)

盆に百八煩悩になぞらえた多数の松明を焚く行事のことで、万灯供養の一種。中でも八月十六日夜、山梨県南巨摩郡南部町の富士川の河原で行われる火祭りが有名。河原に立てた長竿の先の藁束に松明を投げつけて炎上させる投松明が十四日から行われ、最後の十六日には、投松明・灯籠流しに加え、河原に置いた百八の焚き物に一斉に点火する百八灯が行われる。もともと精霊を迎え送る盆の行事で、広い河原の闇が火の海と化すのは壮観である。

百八灯しづめの山雨来たりけり　上田五千石

河は享(う)け山は応ふる百八灯　熊谷愛子

大文字（だいもんじ）

大文字の火　精霊送火（しょうりょうおくりび）　妙法（みょうほう）の火　船形（ふながた）の火　鳥居形（とりいがた）の火　五山送り火　施火

八月十六日の夜、京都の盂蘭盆会行事の一つとして、山腹で焚かれる送り火。正式名称は「大文字の送り火」である。東山如意ヶ岳の大の字形をなす「大文字」、松ヶ崎の「妙法」、西賀茂の「船形」、金閣寺裏の「左大文字」、嵯峨の「鳥居形」の五つが夜空にくっきりと浮かび上がる。送り火は精霊を冥土に送り返す行事であるが、京都の送り火は松明を投げて虚空をいく霊を見送る風習が発展したものといわれる。京都では五山の送り火で先祖の霊を送るので、各自の家では焚かない。大文字の点火には厄除け祈願の護摩（ごま）木が使用される。夜八時に点火されると、炎の帯は三十分ほどの間くらやみを染めて詩情ゆたかに燃えつづける。大文字の終了とともに、古都京都は秋のよそおいを見せはじめるのである。

大文字消えて輝く比叡の灯　橋本　博
くろぐろと大文字待つあたま数　川村悠太
大文字や父母在りし日の京遠く　五十嵐櫻
おばしまに手話閑（のど）かなり大文字　芝山喜久子
筆がすれして消えかかる大文字　池田笑子
大文字につれてゆきたき子が生まれ　佛原明澄

解夏（げげ）

夏明（げあき）　夏（げ）の果（はて）　送行（そうあん）　仏歓喜日（ぶっかんきび）　歓喜日　夏書納（げがきおさめ）

旧暦七月十五日で、夏安吾（げあんご）の解かれる日である。夏安吾とは四月十六日から七月十五日までの九十日間を僧侶が一室にこもり修行に専念することで、釈迦の教えによる。この夏安吾の満了する日が、解夏、夏明、仏歓喜日で、十六日には地方教化のために僧たちが四方に別れ去っていく。これを送行という。夏安吾の間に書写した経巻を堂塔に納めることを夏書納という。→安居（夏）

すれ違ふつむり涼しき解夏の寺　平田君代
大盥二つ干しある解夏の庫裡　小田尚輝
送行や見知りになりし寺子供　松瀬青々
送行や比叡はどこからでも見られ　加藤三七子

六斎念仏（ろくさいねんぶつ）

六斎　六斎会・六讃・六斎踊・六斎講・六斎太鼓・六斎勧進

六斎とは仏教でいう六斎日のことで、月のうち八日、十四日、十五日、二十三日、二十九日、晦日の六日をいい、この日に、鉦や太鼓を打って囃しながら節をつけて唱える踊り念仏のことを六斎念仏という。平安時代中期に、空也上人が民衆教化のために始めたとされる宗教行事であるが、現在では盆の行事となり、念仏主体の干菜寺系と、芸能主体の空也堂系の二系統が伝えられる。八月十六日西方寺六斎、十八日・二十二日小山郷六斎（公家六斎）、二十二日・二十三日桂六斎、二十三日嵯峨野六斎、二十五日吉祥院六斎、三十一日久世六斎、最終日曜の梅津六斎などがある。京都各地の保存会では、重要文化財である六斎念仏の保存継承に努めている。

六斎の一人は鳥羽の狐かな　松瀬青々
六斎の鉦打ち男齢澄む　西川保子

六道参（ろくどうまいり）

精霊迎　迎鐘　槙売

八月八日から十日までの間、京都市東山区の六道珍皇寺に盂蘭盆会の精霊迎えに行くこと。六道とは、人間が死後行くとされる六種の冥界のことで、古代の葬送地・鳥辺野の入口にあたる六道珍皇寺の門前は「六道の辻」と呼ばれ、あの世とこの世の分かれ道とされる。あの世から帰ってくる仏は、槙の枝に乗ってくるという信仰から、参詣者は沿道の槙売りから高野槙の枝を買い求め、また冥土まで響くという「迎鐘」を二度ついて精霊を迎えるのである。

ものかげに風ある六道参かな　福井啓子　　六道のごぜんたちばな辻をなす　滝澤一久

地蔵盆（じぞうぼん・ちぞうぼん）　地蔵会（じぞうえ）　地蔵詣（まいり）　六地蔵詣（まいり）　辻祭　地蔵幡（ばた）

八月二十三日、二十四日ごろ（古くは旧暦七月二十四日）に行われる地蔵菩薩の供養会。地蔵菩薩は賽（さい）の河原で石を積む子供を鬼から守ると信じられていることから、地蔵盆は子供が主役のお祭りである。京都を中心に関西地方で盛んで、各町内では地蔵をお堂から出して清め、お化粧をして祭壇に祀り、果物や菓子を供える。路傍や辻の石地蔵には頭巾やよだれかけを新調する。子供の名前のはいった提灯が吊るされ、ゲームや福引などの余興が繰りひろげられる。しめくくりは子供たちが輪になって大きな数珠を回す「数珠くり」である。京都では、伏見、山科、鞍馬口、常磐、鳥羽、桂の六地蔵を巡って、地蔵幡をもらって帰る風習もある。

鷺赤くとんで日暮れて野地蔵会　落合水尾　　屋台の灯ばかり明るく地蔵盆　関根章子
地蔵盆酒くらい尼に好かれもし　古沢太穂　　地獄絵に諭さるる子や地蔵盆　芦澤元子
地蔵会に行き遇ふ水の匂ふ町　神戸周子　　地蔵盆旅の姉妹の灯のうちに　平井孝子

牛祭（うしまつり）　太秦（うずまさ）の牛祭

十月十日、京都市右京区太秦（うずまさ）の広隆寺で行われる祭り。夜八時頃、白い紙の仮面をつけた摩多羅神（またらじん）が牛にまたがって登場。赤鬼青鬼の面をつけた四天王を従えて、境内と地域を一巡し、祖師堂前でユーモラスに一時間ほどかけて長い祭文を読み上げる。読み終わると、摩多羅神と四天王はいっさんに祖師堂の中へと駆け込む。この時、観衆は仮面を奪おうと殺到する。なんとも奇妙な古趣に富んだ厄除け行事である。恵心僧都（えしんそうず）が国家安泰、五穀豊穣、悪魔退散を祈願したのが起源とされ、京都三大奇祭の一つに数えられる。中絶と復興を繰り返しながら、現在は復活している。

大津より牛を献じて牛祭　井上芙美子
爆（は）ぜし火に鬼もすくみぬ牛祭　柴山みちを

菊供養（きくくよう）

現在は十月十八日（古来旧暦九月九日、重陽の日）に東京浅草寺観音堂で、寺内大僧正他の法要により執行される菊花の供養をいう。参詣者は、携えた菊の花を供え、代りにすでに供えられている菊の花をいただいて帰り、疾病や災難除けにするという。

菊供養ばかりともなき人出かな　池田笑子
菊供養過ぎし凪なり中尊寺　岩渕英子

宗祇忌（そうぎき）

旧暦七月三十日。飯尾（いいお）宗祇（一四二一～一五〇二）の忌日。出自は不明。幼いころから和歌を飛鳥井家（あすかいけ）に、また、連歌を心敬（しんけい）に学ぶことが多かったという。国文学全般に造詣が深く、『新撰菟玖波集（しんせんつくばしゅう）』を撰し、連歌文芸を大成した。諸国を巡り、連歌の普及にも功績があった。戦乱の室町後期の代表的文人である。その生涯の多くは旅であったが、後世の芭蕉へ強い影響があったであろうことは、『奥の細道』の冒頭で「古人も多く旅に死せるあり」と、中国の李・杜、本邦の西行、宗祇の生涯に深い関心を寄せていることで知られる。文亀二年、箱根湯本の客舎で没。墓は、当地早雲寺と静岡県裾野市定輪寺にある。

宗祇忌や旅の残花の白木槿（むくげ）　森　澄雄　　宗祇忌へ清しき朝の袖挟　鈴木フミ子

鬼貫忌（おにつらき）　槿花翁忌（さんかおうき）

旧暦八月二日。芭蕉とともに俳諧革新の先駆者といわれた江戸時代の俳人上島（かみじま）鬼貫（一六六一〜一七三八）の忌日。摂津伊丹生まれの人。本名宗邇（むねちか）、別号犬居士（いぬこじ）、槿花翁など。俳諧は貞門の松江重頼に学び、後に談林（だんりん）の西山宗因（そういん）とも交わりがあった。二十五歳の時「誠（まこと）の外に俳諧なし」と悟り、蕉風と並称される一風を起こした。その説は、随筆集『独言』にみることができ、伊丹風と呼ばれた。元文三年没。墓は大阪市天王寺区六万体町鳳林寺にある。

大いなる唐辛子あり鬼貫忌　松根東洋城　　摂津より奥の栗酒鬼貫忌　森　澄雄

守武忌（もりたけき）

旧暦八月八日。室町末期の連歌師、俳人、そして伊勢内宮の神官であった荒木田守武（一四七三〜一五四九）の忌日。伊勢生まれの人。神官の家に生まれ、早くから和歌、連歌に親しみ、つとに名声が高かった。俳諧の連歌に深い関心を持ち『俳諧連歌独吟千句（はいかんれんかどくぎんせんく）』（『守武千句』ともいう）を編み、山崎宗鑑と共に俳諧を連歌から独立させる機運を作った功績はまことに大きい。天文十八年没。

祖（おや）を守り俳諧を守り守武忌　高浜虚子　　守武の忌は露けくて鳩すずめ　松田ひろむ

西鶴忌（さいかくき）

旧暦八月十日。俳諧師、浮世草子の創始者である井原西鶴（一六四二〜一六九三）の忌日。大阪生まれの人。芭蕉、近松と共に元禄文学の最高峰と称されている。俳諧は、西山宗因（そういん）（談林（だんりん）派）を師とし、その先頭に立っての活躍は華々しかった。なかでも、住吉神社で催した矢数俳諧で一昼夜に二万三千五百句を独吟したことは有名である。四十歳を過ぎ、宗因没後に発表した『好色一代男』を契機に浮世草子作家西鶴の誕生となり、没するまでの十二年間に二十数編の小説を生んだ。元禄六年没。墓は大阪南区上本町誓願寺にある。

西鶴忌たひらに眠る赤ん坊　小林貴子　　偽りも嘘もまことや西鶴忌　石山佇牛
羽まくら叩き西鶴忌と気づく　長崎玲子　　たこ焼のたこ大粒に西鶴忌　大森理恵

去来忌（きょらいき）

旧暦九月十日。芭蕉高弟の一人として信任の厚かった向井去来（一六五一～一七〇四）の忌日。長崎に生まれ、京都に移った。字は元淵（げんえん）、通称平次郎、庵を落柿舎（らくししゃ）と号した。弟妹、親族などいずれも芭蕉門の俳人として有名である。文武両道に達した人であったが、官途に就かず、二十四、五歳のころ其角（きかく）の紹介で蕉門に入り、その後は芭蕉の心を最もよく継ぐ一人として蕉風の樹立に尽力し、『俳諧七部集』の最高峰といわれる『猿蓑（さるみの）』を凡兆（ぼんちょう）と共に選んだ。芭蕉没後、俳風が流行に走るや、芭蕉のことば・説を基に厳しい批判を展開した。後世、俳諧の本質を知る重要な資料としての『湖東問答』『去来抄』などの名著を残した。宝永元年没。墓は京都東山真如堂にある。

去来忌や月の出に雨すこし降り　藤田湘子　　去来忌のはしり甘柿小さけれ　星野麦丘人

普羅忌　立秋忌

八月八日。二十四歳のころから高浜虚子の指導を得た前田普羅（一八八四～一九五四）の忌日。東京生まれの人。本名忠吉。色彩に興味を持ち、中学卒業後、京都の染物屋に奉公したが、半年で帰り、早稲田大学英文科に入学。二年半で中退。大正五年「時事新報」に入社。のち「報知新聞」に入り、大正十三年富山支局長として赴任した。大正初期には「守旧派」時代の有力作家として活躍。自然の景物の描写を通して生き身の哀しさを打ち出した。また、「暗さ、山、雪を詠んでこそ生き甲斐である」と自ら記しているように、裏日本の山嶺を詠むことにすぐれていた。昭和期には、俳句は自然諷詠の文学であるとの信念から新興俳句を批判した。句集に『定本普羅句集』など。昭和二十九年没。七十歳。

走り咲く萩に普羅の忌来りけり　飯原雲海

普羅の忌や峻厳の語はすでにもう　松田ひろむ

水巴忌　白日忌

八月十三日。大正五年俳誌「曲水」を創刊、主宰した渡辺水巴（一八八二～一九四六）の忌日。東京生まれの人。本名義。旧号静美、別号流觴居という。花鳥画家渡辺省亭の長男。明治三十二年日本中学を三年で退学。翌春、俳句を志して内藤鳴雪門に入り、三十九年、高浜虚子の選評を受ける。同年「俳諧草紙」創刊。大正三年「ホトトギス」雑詠の代選をする。情調を重んじた俳句を目指し、「曲水吟社」を設立した。句風は、江戸趣味を人一倍の潔癖さが支え、終始変わることがなかったという。句集に『水巴句帖』『白日』など。昭和二十一年、疎開先の鵠沼で病没。墓は浅草今戸の潮江院にある。六十四歳。

水巴忌のいちにち浴衣著て仕ゆ　渡辺桂子

水巴忌やかくるゝごとく伊豆に棲み　萩原麦草

林火忌（りんかき・りんくわき）

八月二十日。昭和二十一年俳誌「濱」を創刊した大野林火（一九〇四～一九八二）の忌日。横浜市生まれの人。本名正（まさし）。東京大学経済学部卒。日本光機工業に入社。のちに、神奈川県立商工実習学校に勤務。昭和二十三年退職。大正十一年学生時代に臼田亞浪（あろう）門で俳句を学び、「石楠（しゃくなげ）」に作品・評論を発表。第一句集『海門』（昭和十四年刊）で新作家として俳壇に登場した。生活の陰影を秘めた、きめ細かな抒情的詠風で「石楠」作風に一転機を画し、太田鴻村（こうそん）と共に亞浪門の逸材と称せられた。戦後、「俳句は抒情詩、また、土に根ざした人生諷詠の詩である」を信条として、「濱」を創刊。四十四年蛇笏賞受賞。句集、評論、作句論等多く、すぐれた後進を育成した。句集に『青水輪』『雪華』など。昭和五十七年没。七十八歳。

はるかにて白玉つくる林火の忌　きくちつねこ

傘差さず横浜（はま）の雨粒林火の忌　松田ひろむ

夜半忌（やはんき）

底紅忌（そこべにき）

八月二十九日。昭和四年「ホトトギス」の選者として後進の指導をした後藤夜半（一八九五～一九七六）の忌日。大阪曽根崎新地に生まれ、のち神戸に移り住んだ。本名潤。私立泊園書院卒業後、昭和十年ごろまで証券業に従事した。俳句は大正十二年から高浜虚子に師事し、昭和六年俳誌「蘆火（あしび）」を創刊主宰した。七年「ホトトギス」同人。二十三年俳誌「花鳥集」を創刊、二十八年「諷詠」（現主宰後藤比奈夫）と改題。句風は典雅な趣きの中に鋭い表現を見せている。句集に『翠黛』『底紅』など。昭和五十一年没。八十一歳。

底紅の花に傅く忌日かな　後藤比奈夫　　夜半忌にはっきり夏の果つるかな　黒川花鳩

鬼城忌

九月十七日。虚子門の重鎮、俳人村上鬼城（一八六五～一九三八）の忌日。本名荘太郎。鳥取藩士小原平之進の長男として江戸で生まれ、後に高崎に移って母の兄の養子となり、村上家を相続。陸軍士官学校を志願するが、耳疾のため断念し、養父が生業としていた高崎区裁判所構内代書業に従事。正岡子規と書簡を交わしたことが俳句への傾倒のきっかけ。代書業廃業後は、作句と俳画三昧の生活を送った。青年期に聴力をほとんど失ってしまった失意から本格的に俳句に打ち込み、弱者への思いやりなどを身上とする特異な境涯作家であった。句集に『定本鬼城句集』など。昭和十三年没。七十八歳。

鬼城忌の火種のごとき蜂を見し　宇佐美魚目　　鬼城蟬ばかりその没わが生年　松田ひろむ

子規忌

糸瓜忌　獺祭忌

九月十九日。俳人・歌人正岡子規（一八六七～一九〇二）の忌日。本名常規、幼名処之助・升。松山中学中退後、上京して大学予備門に入り、明治十八年頃から句作。二十二年喀血して子規と号した。二十四年東京大学国文科に入学、翌年退学。日本新聞社に入社、『獺祭書屋俳話』を連載し、俳諧の発句の独立を説き、俳句革新に着手。柳原極堂が松山で発行し、虚子が東京で継承した俳誌「ホトトギス」を援助した。絵画における写生を俳句・短歌に導入し、革新的偉業を残す。明治の俳壇・歌壇に近代精神を啓蒙・確立した。脊椎カリエスのための長い病床生活から随筆『墨汁一滴』『病牀（びょうしょう）六尺』などの主要な作品が生まれた。俳人蕪村の真価発見者でもある。辞世は「痰一斗糸瓜の水も間にあはず」ほか。明治三十五年、肺患により三十六歳で没。墓は東京田端の大龍寺にある。

健啖の吾ならなくに獺祭忌　相生垣瓜人
子規忌なり低く決まりし変化球　遠山陽子
麻痺の手に筆握りしめ子規忌くる　瀬川芹子
夫唱婦随俳諧一途獺祭忌　滝川名末
季語少し覚えしばかり獺祭忌　和田八重子
海を見て一日こもる子規忌かな　坂口匡夫
青石の船に積まるる子規忌かな　延広禎一
四度目の採血子規の忌なりけり　服部くらら

汀女忌（ていじょき／ていぢょき）

九月二十日。俳人中村汀女（一九〇〇～一九八八）の忌日。本名破魔子（はまこ）。熊本県生まれ。高浜虚子に師事し、「ホトトギス」で頭角を現す。大蔵省官吏の夫の転勤に従い、東京大森・宮城仙台、さらに東京世田谷と転居。日常生活とその地の風土を生来の感性と的確な写生表現によって作句した。昭和十五年句集『春雪』を刊行。虚子は星野立子の『鎌倉』と姉妹句集として序文を贈り、女流俳句登場の新風と評した。昭和二十二年俳誌「風花」を創刊主宰し、（平成二十九年終刊）婦人層に俳句参加の道を開く。昭和五十五年、文化功労者。昭和五十九年、日本芸術院賞受賞。句集に『汀女句集』『都鳥』『紅白梅』など。昭和六十三年没。八十八歳。

汀女忌のせめて机上の書を正す　村田　脩
ひかりとぶとんぼうあまた汀女の忌　佐藤脩一

蛇笏忌（だこつき）　山廬忌（さんろき）

十月三日。俳人飯田蛇笏（一八八五～一九六二）の忌日。本名武治。山梨県境川村（現笛吹市）に生まれる。甲府中学を退学して上京、京北中学転入。早稲田大学に学ぶ。高田蝶衣（ちょうい）らと早稲田吟社を興し、虚子選国民俳壇に投句、「ホトトギス」俳句会俳諧散心に参加。学業を捨て、一時帰郷したものの、その主情的俳句によって「ホトトギス」の中心的作家となる。大正四年、懇請されて俳誌「キラヽ」の主宰となり、「雲母」と改題した。句風は剛直峻厳、その風格により昭和俳壇に巨匠の地位を保った。昭和四十二年、蛇笏俳句の業績を記念した「蛇笏賞」が設定された。句集に『山廬集』『霊芝（れいし）』『椿花集』など。その他随筆・評論など多数。昭和三十七年没。七十七歳。子息に俳人飯田龍太。

蛇笏忌や振って小菊のしづく切り　飯田龍太
みづうみの月大いなる蛇笏の忌　倉橋弘躬
草のかげ木の影蛇笏忌なりけり　樋口比左夫
連山を引きよせている蛇笏の忌　槙　宗久

素十忌（すじゅうき／すじふき）　金風忌（きんぷうき）

十月四日。俳人高野素十（一八九三～一九七六）の忌日。本名与巳（よしみ）。茨城県藤代町に生まれる。東大医学部を卒業し、法医学教室に助手として勤めていた頃に句作を始め、高浜虚子に師事して「ホトトギス」四Sの一人に数えられる。虚子の客観写生の道を最も忠実に実践した高弟として知られる。新潟医大教授・同大学長・奈良医大教授を歴任して教鞭を執る傍ら、俳境を深めた。毎日新聞俳句選者。昭和三十二年俳誌「芹」を創刊主宰。「芹」には同人を置かず、没後終刊された。

これは、俳誌は創刊者一代かぎりのものと考えていたためである。句集に『初鴉』『雪片』『野花』など。昭和五十一年没。八十三歳。虚子の歯塚がある千葉県君津市の神野寺（じんやじ）に葬られる。

両膝に両手を正し素十の忌　倉田紘文

素十忌に一人は羽後（うご）の漆掻　友常愛慕

年尾忌（としおき／としをき）

十月二十六日。俳人高浜年尾（一九〇〇〜一九七九）の忌日。東京神田の生まれ。高浜虚子の長男で、正岡子規が命名した。小樽高商を卒業後、横浜松文商店に入社。旭シルク・和歌山製紙社長を歴任。大正三年より句作を始め、一時中断後、昭和十二年より俳句に専念。翌年俳誌「俳諧」を創刊。平明な写生句を得意とし、二十七年、虚子の後を継いで「ホトトギス」主宰となり、多くの俳人を育てた。四十七年より朝日俳壇選者。四十九年勲四等旭日中綬章を授章。句集に『年尾句集』、著作に『俳諧手引』『父虚子とともに』など。昭和五十四年没。七十八歳。

大切な看護日誌や年尾の忌　坊城中子

年尾忌の綾部在なる一禅寺　西山小鼓子

源義忌（げんよしき）　秋燕忌（しゅうえんき）

十月二十七日。俳人角川源義（一九一七〜一九七五）の忌日。富山市生まれ。國學院大学時代に柳田国男・折口信夫（しのぶ）・武田祐吉に教えを受け、民俗学者・国文学者として活躍する一方、俳句でも独自の世界を形成した。昭和二十年角川書店を設立し、短歌・俳句の発展に寄与、二十七年、総合誌「俳句」を創刊。三十三年、俳誌「河」を創刊主宰した。俳人協会設立に際し、理事に就任。角川俳句賞・角川短歌賞創設。四十二年、蛇笏賞・迢空賞を創設。俳句方法論としての二句一章、もどき芸による古代感受への試みなどを提唱。句集『西行の日』で第二十七回読売文学賞受賞、その他『ロダンの首』『秋燕』など。昭和五十年没。五十七歳。

松ぼくりかぞへて歩く秋燕忌　吉田鴻司

小平に落葉はじまる源義忌　草間時彦

動物

鹿(しか)　牡鹿(おじか)　牝鹿(めじか)　小牡鹿(さおじか)　神鹿(しんろく)　鹿の声　鹿笛　妻恋う鹿　鹿の妻　鹿鳴く

鳴き声のさびしさによって秋を代表するものとされる偶蹄目(ぐうていもく)シカ科の獣。草食性で昼夜の別なく活動する。牝鹿を求めて牡鹿の声は妻恋う鹿と擬人化され、『万葉集』以来歌人好みのテーマであり、現代まで継承されている。宮島の厳島神社や奈良の春また日神社に群れる鹿は神の鹿として保護されている。雄鹿は数本の叉(また)に分れた立派な角を持つが雌鹿は角がない。秋は交尾期なので、雄鹿は落ち着きがなく、動作が荒々しい。危険防止のために行う鹿の角切り(つのきり)は秋の行事である。

ぴいと哺(なく)尻声かなし夜の鹿　芭蕉
雄鹿の前吾もあらあらしき息す　橋本多佳子
青年鹿を愛せり嵐の斜面にて　金子兜太
菜畠へ一段おりる雨の鹿　宮坂静生
墨の香や片耳の鹿振りかえり　岡村光代
惨白き牝鹿妊(はら)むといふ夜か　宮地良彦
啼く鹿の雄心かなし月浴びつ　沢聴
夕電車鹿の貌(かお)してとび乗りぬ　白澤良子
水漬(みずつ)く霊(たま)むせび泣くとも鹿の声　杉山青風
角落しおどけ顔なる牡鹿かな　鈴木文野
闘うて勝ちし雄鹿も角持たず　野村久子
鹿鳴くや熊野懐紙は今何処(いずこ)　串上青蓑
鹿の辞儀切られし角の重さもて　本澤晴子
鹿の眼の何時か誰かの眼の様な　梶原敏子
神の掌にあそぶ古潭(コタン)のはぐれ鹿　大塚厳洲
鹿鳴くとそれぞれ違ふ方指しぬ　水鳥ますみ

撃たれたる鹿青年の顔を持つ　小室善弘
神の鹿神に仕へて不自由な　山下年和

猪（いのしし・ゐのしし）　しし　野猪（いのしし）　瓜坊（うりぼう）　山鯨（やまくじら）

作物の収穫期である秋に田畑に現われる雑食性で何でも食べる。偶蹄目（ぐうていもく）イノシシ科。眼は小さく体は剛毛でおおわれ、黒褐色。瓜坊は猪の子のことで、背に瓜の斑のような白い縦線がある。山鯨は肉を珍重し、猪をユーモラスに称したもの。

をかしさはがらんと鳴りし猪威し　原　石鼎
猪の荒肝を抜く風の音　宇多喜代子
猪担ぐ一団に会ふ秋葉道　小林静村
撃ちし猪さばく鈴鹿（すずか）の一水に　尾亀清四郎
猪食つて丹田（たんでん）ぬくき奥吉野　海老根筑川
しゆこう君猪食ひいのち存へよ　細見しゆこう
一族の墓に猪垣して住めり　出羽智香子
勢子（せこ）はみな男熊野の猪撃女（ししうちめ）　中　裕
猟犬の屋号を背負ひ猪を逐ふ　北條　力
撃たれたる猪の猪首のはつきりす　坪井洋司
猪垣の用なさぬほど荒れてをり　五十嵐　櫻
瓜坊の嗅ぎたる棒の倒れけり　西田美智子

馬肥（うまこ）える　秋の馬　秋の駒

「天高く馬肥ゆる秋」との時候のことばを短くし、秋の馬の形容とした。中国の匈奴（きょうど）が万里の長城を越え、中原へ侵略してくるという不吉な予感も含まれる。

馬肥えてかがやき渡る最上川　村山古郷
鼻息が土をとばすや馬肥ゆる　森田　峠
廃校の真昼の暗さ馬肥ゆる　飯塚久美子
バリカンの調子にのりて馬肥ゆる　渡辺弘子

蛇穴に入る　秋の蛇　穴惑い

十月の頃、蛇が巣となる穴を見つけて冬眠の支度に入ることをいう。古来、蛇は春の彼岸に穴を出て、秋の彼岸に穴に入るといわれてきた。「穴まどい」は、晩秋になっても入るべき穴を見つけ得ないで、のっそりしている蛇をいう。↓蛇穴を出づ（春）

穴惑顧みすれば居ずなんぬ　阿波野青畝
秋の蛇蘇我入鹿の野心もて　小林貴子
禁断の実の味覚え穴まどひ　望月喜代子
穴まどひ改築の蔵遠まきに　沖山政子
念仏に身をさらしをり穴まどひ　澤本三乗
太陽の黒点説や穴惑　湯浅康右
青大将と称されをりて穴惑ひ　中山一路
蛇穴に入りて地底の熱くなる　松田秀一
穴惑草にひきずりこまれけり　きちせ・あや
蛇穴に入るしばらくは水を見て　藤本美和子
蛇穴に留守番電話作動中　中村ふみ
蛇穴に夕日貧しく果てにけり　細江白峰
蛇穴に小銭ふくらむ財布かな　今関幸代
蛇穴に入るや残りし日のぬくみ　太田蘆青

鷹渡る　落鷹　秋の鷹　鷹柱

鷹には秋に北方から渡ってくる冬鳥と夏に日本で繁殖し、南島で越冬するため秋に移動する夏鳥とがある。伊良湖岬や佐田岬で見られる刺羽が飛び立つ光景は後者の例。乗鞍岳では鷹の群が螺旋状に中空へ舞い上る。それを「鷹柱」という。↓鷹（冬）

鷹わたる小鳥は低き山に湧き　宮津昭彦
鷹わたる傷だらけなるこの山河　富樫均
鷹柱こぼす微塵の煌めきぬ　大野今朝子
暁闇の沖の一灯鷹渡る　小松原みや子

日に舞うて凱歌のごとし鷹柱　岡部六弥太

鷹渡る空に瑕瑾（かきん）のなきごとし　河本沙美子

朝月にこゑ澄み鷹の渡るかな　田代朝子

神島の灯の消え初むや鷹渡る　細井光男

鷹渡り百の羽音をうち仰ぐ　立石　京

鷹渡る神島波にうづくまり　西村旅翠

南溟（なんめい）に向く龍馬像鷹渡る　平岡保人

澄みわたる土佐の青空鷹渡る　岩川みえ女

防人の別れの峠鷹渡る　若松徳男

海賊の棲みしてふ島鷹渡る　湯浅苔巌

払暁の波みな伏せり鷹渡る　吉岡昌夫

鷹渡る寺に真田の鎧櫃　太田英友

鷹渡るまだ波かしら闇のこし　岡村千恵子

豪快な灘の自波鷹渡る　木瀬連香

渡り鳥（わたりどり）

鳥渡る　小鳥来る　鳥雲（とりぐも）　鳥の渡り　候鳥（こうちょう）　漂鳥（ひょうちょう）　朝鳥渡る　鳥風（ちょうふう）

秋に入り、北方の大陸から鶫（つぐみ）・鶸（ひわ）・鶲（ひよどり）など小鳥が木の実や草の実など餌となるものを求めて、群をなして渡って来る。暖かい適地で越冬し、雛を育てるのである。鳥雲は飛び来たる群が雲のように見えることからいう。鳥風は群鳥の羽音が風音のように聞こえることを喩（たと）えたもの。↓鳥帰る（春）

木曾川の今こそ光れ渡り鳥　高浜虚子

島渡る地に残されし哺乳壜　対馬康子

鳥わたるこきこきこきと罐（かん）切れば　秋元不死男

引出しに石蹴りの石小鳥来る　高尾方子

わが息のわが身に通ひ渡り鳥　飯田龍太

一葉の卒業証書小鳥来る　中山芳文

はらわたの熱きを恃（たの）み鳥渡る　宮坂静生

小鳥来る風車は羽根をゆるやかに　西村　濡

水煙やそのうち人は渡り鳥　丸山海道

人からは何も学ばず小鳥来る　加藤春子

渡り鳥殉教の島綴りゆく　水原春郎

癖のあるチーズを食べて小鳥来る　錦織　鞠

食卓は原木のまま小鳥来る　鈴木けんじ
小鳥来る身のはうばうに貼薬　草深昌子
小鳥来て縄閂(かんぬき)の緩むかな　山崎和枝
小鳥来て人工内耳にチチチチと　岸野千鶴子
彫像は鉄鍛つ男鳥渡る　三苫知夫
オカリナの音は紬色鳥渡る　小泉静子
鳥渡る父終生を小店守り　大塚信子
鳥渡る病者に熱き蒸しタオル　水野すみ子
夜をこめて鳥渡りくる音聞かな　片山暁子
五千石も耕二もあらず鳥渡る　坂本和加子
脳といふ曝野をいまも鳥渡る　土橋たかを
鳥渡る渡良瀬(わたわせ)利根となるところ　吉田槻水
紙箱の四隅が空くや鳥渡る　竹内悦子
渡り鳥舟屋の軒の混み合へる　高井　剛
渡鳥棹の乱れに見ゆ疲れ　山下孝子
渡り鳥高し山廬を越えし後も　新津有一

鳥わたる海八方に海のこゑ　倉橋弘躬
灸(やいと)から命のけむり鳥渡る　天川晨索
銭透ける愛の泉や小鳥来る　楠見稲子
渡り鳥ゆるき流れが河口まで　野辺まさを
旅の髪うしほに冷えて渡り鳥　安藤葉子
我らビルに囚われ鳥の渡る日も　守谷まもる
鳥渡る灯ともし頃の船溜　浅倉サカエ
暮れなずむ空に道あり渡り鳥　黒坂重政
小鳥来る手紙秤の針の振れ　須川洋子
小鳥来る空の青さをひき連れて　千才治子
伸びきらぬ手足の体操小鳥来る　高橋うめ子
後添いの過去には触れず鳥渡る　太田秋峰
鳥渡る頃を利尻の昆布売り　遠藤雪花
看取りにも平穏の日々小鳥来る　田中あかね
鳥渡る湖辺に近き喫茶室　竹内恒子
山の神水の神ゐて鳥渡る　長谷川公二

色鳥(いろどり)

古くは「色々わたる小鳥をいふ」（『御傘(ごさん)』）と渡り鳥のことを指したが、現今では、花鶏(あとり)や真鶸(まひわ)など翼の色あざやかな小鳥を指す。

色鳥はわが読む本にひるがへり　山口青邨
色鳥の去年と異なる何を見し　松田峯白
等距離に色鳥を置き君と僕　増田春恵
色鳥の舌は真黒かも知れぬ　関口眞佐子
弟を久しく忘れ色鳥来　宇佐美ちゑ子
色鳥やステンドグラスに露西亜文字　和気久良子
色鳥やわが靴のいつ磨かれし　福永耕二
色鳥を彩るは樹々かも知れず　黒川花鳩

燕帰る（つばめかえる／つばめかへる）

帰燕（きえん）　去ぬ燕（いぬつばめ）　秋燕（あきつばめ）　秋燕（しゅうえん）

北方から渡り鳥が来る頃になると、春の子育て以来、滞留していた燕が南方へ帰っていく。電線に勢揃いし、夕方、高空に群がり、いっせいに旅立つ。ひとの別離と同じく、しみじみした哀歓を抱く。↓燕（春）

燕帰るわたしも帰る並の家　金子兜太
秋燕や神父薪割る痩拓地　宮坂静生
マヌカンとすでに相思の燕去る　中嶋秀子
燕去りし街東京の匂ひせり　佐野美智
秋燕や吃水深き戻り舟　水原春郎
月山の風に乗りゆく帰燕かな　升本行洋
雲居より雨の落ちくる帰燕かな　矢崎ちはる
秋燕港に理髪発祥碑　今井真寿美
秋燕や家のどこかに電子音　小松原みや子
秋燕や聖者に似たるホームレス　春山道代
人診ては行く日の今日を去ぬ燕　新明紫明
秋燕雲の上ゆく微塵かな　山本柳翠
錫杖の音澄みはじむ帰燕かな　小倉覚禅
落葉松の響き合ひたる帰燕かな　木倉フミヱ
燕去ぬ水しんかんとあるばかり　柳澤潔
草山の一歩ははるか秋燕　折井眞琴
秋燕や宙に枝あるガラス吹　上野章子
秋つばめ真水を積みて漁船出づ　本宮哲郎

稲雀（いなすずめ）

田の稲穂を啄む雀の群れをいう。鳥威しにいったんは退くが、たちまち再び群がり騒がしく稲田を荒しまわる。手の施しようがない。

稲雀茶の木畠や逃（にげ）どころ　芭　蕉
とびざまの薬莢に似て稲すずめ　長谷川洋児
質素なる空穂（うつぼ）の墓や稲雀　田口秀子
稲雀いつもその地の明るさに　高橋豊三

鵙（もず）

百舌鳥（もず）　鵙猛（たけ）る　鵙の声　鵙の贄（にえ）　鵙日和（びより）

スズメ目モズ科の漂鳥または留鳥。雀よりはやや大きめで、体は褐灰色で見ばえはしないが、声高にキイキイと騒ぎ立て、存在感がある。鋭い嘴を持ち小鳥を襲ったり、蛙や蜥蜴（とかげ）を捕えて食べたりする。獲物を木の枝に刺して置くのが鵙の贄である。↓冬の鵙（冬）

われありと思ふ鵙啼き過ぐるたび　山口誓子
紐となり果てたる蛇や鵙の贄　峰山　清
かなしめば鵙金色の日を負ひ来　加藤楸邨
鵙近し野の声いつもある障子　水野爽径
鵙高音西京の童子来りけり　村山古郷
鵙日和寺の障子の両開き　宇陀草子
しばらくは動いてゐたり鵙の贄　吉田汀史
一天の瑠璃（るり）を張りたり鵙の声　伊東　肇
鵙の贄即神仏のごと乾ぶ　佐野克男
鵙鳴いて知りたる空の深さかな　永井武子
空港の爆音ざらし鵙の贄　西川雅文
鵙の贄ミイラとなりて忘らるる　森野経子
鵙の贄四肢を広げて宙に居り　田中黎子
杖ありて父の来てゐる鵙日和　平岡しづこ
鵙の贄しづかなる眼をもちゐたり　加藤三七子
花いちもんめ続きは鵙に唄わせよ　沢木美子

背広着て出づる用あり鵙日和　宮武章之
水明りうす翅張りし鵙の贄　三宅郷子
百姓の掌厚し鵙猛る　飯村周子
喧嘩売る鵙と喧嘩を買ふ鵙と　堀部克己
夕鵙や埴輪は冥(くら)き口を開け　松本幹雄
百舌鳥啼いて大房岬晴れわたる　福永みち子
荒鵙や海へなだるる島の畑　小野寺濱女
鵙の贄神にささげしものならむ　宇田川修一

鶫(つぐみ)

スズメ目ツグミ科の冬鳥。シベリアで夏に繁殖し、秋には日本へ渡り越冬し、春に北方へ帰る。渡り鳥では大型。背は茶褐色、胸から腹部にかけ黒い斑点を持ち白色である。かつて、かすみ網ではもっとも多く捕獲された。

鶫死して翅(はね)拡ぐるに任せたり　山口誓子
磯つぐみ旅の嗽(うがい)を深うせり　吉開すみれ女
黒つぐみ朱走る朝の白馬岳　野垣慶
鶫引く外出のにちにち行脚に似　原ふじ広

鵯(ひよどり)　ひよ

スズメ目ヒヨドリ科の留鳥または漂鳥。体長は鶫と同じ約二八センチほど。ピイーヨ、ピイーヨ、ピッピピッと透った声高な声をあげる。翼は灰色だが、頭部の羽毛が白く逆立つ。南天や青木の実を好んで食べ、ときに熟柿を啄んだり、庭木の花の蜜を吸う。

踏切よりすぐ鵯の森に入る　大野林火
仰ぐとは愛しき姿勢鵯仰ぐ　奈良文夫

懸巣（かけす）　樫鳥（かしどり）　橿鳥（かしどり）

スズメ目カラス科カケス属の留鳥または漂鳥。全体がぶどう色できれいな鳥であるが目のまわりが黒く、嘴が鋭く、貌付（かおつき）に凄みがある。留鳥でふだんは山林に棲むが、秋は町中でも見かける。他の小鳥の鳴き方を真似するのが巧みであるが、ジャージャーとかギャーギャーとやかましく鳴く。樫の実を好んで食べるので樫鳥と古俳句には詠まれている。

子供居りしばらく行けば懸巣鳥居り　中村草田男
山泉橿鳥蔓の実を啄めり　飯田蛇笏

鶸（ひわ）　金雀（きんじゃく）　真鶸　紅鶸

スズメ目アトリ科の留鳥または冬鳥。体長は鵯や鶫の半分ほど。頭部が黒く、全身は黄緑色。紅鶸は頭部が紅色で全体が赤味を帯びているのでその名がついている。北海道辺から本州へ渡ってくるが山麓の樹林帯に群をなし、チュイーンチュイーンと澄んだ声で鳴く。

大たわみ大たわみして鶸わたる　上村占魚
河原鶸しぐれの道となりにけり　尾林朝太
パレットの洗ひて真白鶸の森　小林貴子
河原鶸来てをりファックス受信中　小林せつ子

鶲（ひたき）　尉鶲（じょうびたき）　火焚鳥（ひたきどり）

スズメ科ヒタキ科。鶲は尉鶲を指す。ヒ、ヒ、ヒと鳴き、嘴をカタカタ鳴らすのでヒタキと呼ばれるとか。地域によってはヒツカタ・ヒンカチなど呼称に方言が多い。晩秋の庭先に来る身近な鳥で、翼の白斑から紋付鳥・団子背負いなどとも俗称がある。雀よりやや大きく、頭や背は黒褐色、胸部が赤いのが目立つ。鶲でも、黄鶲（きびたき）・鮫鶲（さめびたき）・野鶲（のびたき）・瑠璃鶲（るりびたき）は夏鳥。

良寛の手鞠の如く鶲来し　川端茅舎
葛を売る庭から庭へ尉鶲　古賀寿代
尉鶲ほのかな老いを置いてゆく　山田みづえ
鶲来る昨日より今朝また冷えて　長谷川真砂人
浮島の枯れの明るし尉鶲　宮坂静生
門前の蒟蒻売りに鶲来る　水野爽径

鶺鴒（せきれい）　石叩　庭叩　黄鶺鴒（きせきれい）　背黒鶺鴒（せぐろせきれい）　白鶺鴒

セキレイ科の小鳥。河原や渓流の石の上をたえず尾を上下させながら動く習性があり、石たたき・庭たたきと呼ばれる。黄鶺鴒・背黒鶺鴒は日本全土に四季を通して見られる鳥で、白鶺鴒だけは繁殖地の北海道や東北地方から秋に南下する。『日本書紀』（神代紀）に「にはくなぶり」とみえる。速く尾を振る意といわれ、恋教鳥との別名もある。

石叩き叩く擬宝珠（ぎぼし）をきめてをり　中村天詩
鶺鴒の叩きし岩のへこみかな　河本勝利
人の眼を待ちて翔びたつ石叩　折井眞琴
石叩き叩き尽くして燈の上　火村卓造

椋鳥（むくどり）　むく　白頭翁（はくとうおう）

ムクドリ科の小鳥。名称の由来となる椋の実ばかりでなく木の実、草の実なんでも啄む（ついばむ）。嘴（くちばし）で畑の虫を探したり、蠅なども餌にする。頭部が白いので白頭翁の別称があるが、翼は灰色で見ばえがしない。北海道や東北の地で繁殖し、本州中部以西へ渡ってくる漂鳥。山林には棲まないで町中の欅の梢を塒にしたり、ビルの屋上に群居したりし、すこぶる騒々しい鳥である。地域の方言によって呼ばれることも多い。椋が付いていても小椋鳥は夏鳥である。

渡り椋鳥つく木のありて廃漁港　大野林火
椋鳥殖ゆるもの大学は滅ぶもの　宮坂静生
椋鳥をかくまう胸はゆるめたり　宇多喜代子
椋鳥や牛飼人も子を連れて　藤田湘子
椋鳥の一樹に群れて街昏るる　竹吉章太
いつせいに椋鳥鳴くや川晴れて　安原楢子

鶉（うずら・うづら）　鶉籠（かご）　鳴き鶉

ユーラシア大陸に広く分布している鳥で、日本では北海道や東北地方から晩秋に南に移ってくる漂鳥。キジ科に属し、全身がずんぐり丸く尾羽が短い。鶉特有の斑（ふ）を背面に持ち、枯草に紛れると区別しがたい。狩猟鳥であるが、鳴き声が秋のさみしい気分を掻き立てるものとされ、飼鳥としても珍重された。グックルルルと高く澄んだ声を鳴かせて競い合う鳴き鶉の会は江戸時代、武家や町人の贅沢な愉しみとして流行した。現在は食用鶉の飼育が盛んで肉や卵がわれわれの食生活に欠かせないものとなっている。

桐の木にうづら鳴（なく）なる塀の内　芭蕉
動く灯は鶉を追へる灯なるべし　三溝沙美

啄木鳥（きつつき）　けら　けらつつき　赤げら　青げら

キツツキ目キツツキ科の鳥の総称。山中の木に嘴（くちばし）で穴をあけては木に巣くう虫を食べる。そこから鳥の呼称が起こっているが、ときには寺の柱を穿（うが）つこともあり、てらつつきと称したりする。種類も多く、型も大小あり、翼の色も異なる。地域により呼び名がさまざまであるが、秋の山中で木に穴をコツコツと嘴であけている静かな音は自然のふしぎさを感じさせ、多くの詩歌が詠まれてきた。とりわけ、水原秋櫻子の「啄木鳥や落葉をいそぐ牧の木々」（『葛飾』）の明るい高原詠が与えた影響は大きく、以後、啄木鳥は高原派の俳人の格好な句材となる。

啄木鳥や落葉をいそぐ牧の木々　水原秋櫻子
啄木鳥や木を叩き日を傾かす　成瀬櫻桃子
啄木鳥や道具負ひゆく飛騨大工　加倉井秋を
尋常な松の枝ぶりけらつつき　南　典二

鴫(しぎ)　田鴫　磯鴫　山鴫

田や沼あるいは川の中にいる虫をその長い嘴(くちばし)で啄(ついば)む。田鴫は秋になると北国から渡来する代表的な鴫であり、狩猟鳥として山鴫とともに知られている。鴫ば種類も多く、体長も大小さまざまであるが、翼は褐色を帯びている。鳴き声はジェッジェッと聞こえ、身のこなしがすばやい。

立てば淋し立たねば淋し鴫一つ　正岡子規
夕けぶり鴫の看経つつみける　平橋昌子
磯鴫の百の翔(かけ)りに帽押へ　小林貴子
背高鴫影とがらせてゐたりけり　松井恭子

雁(かり)　雁(がん)　かりがね　真雁(まがん)　菱喰(ひしくい)　初雁　雁渡る　雁来る(かりきたる)　雁の列(かりのつら)　雁の棹　雁行　雁の声　落雁

カモ科の大型の冬鳥。「かり」か「がん」か読み方が問題とされる。古来、和歌ではその鳴く音(ね)に聴き入り、かりがねと称したのが、雁そのものを指すことになった。かりは歌語の趣きがあり、俳諧ではがんと用いられることが多い。晩秋十月頃、北方から渡って来て、春三月には帰っていく。二季にわたり旅をする二季鳥(ふたきどり)といわれる。雁の列をなして渡来のさまを雁の列・雁の棹・雁行と称している。雁を擬人化して、遠方からの音信を伝える鳥との中国の故事（『漢書』）は『古今和歌集』しぼ以下の和歌や『源氏物語』など物語にも影響を与えた。そこに雁に托し遠方の人への思慕(しぼ)

やおのれの過ぎ去った人生を追懐する特別の意味づけ（本意）が形成されることになる。真雁・菱喰は雁の種類で、狩猟鳥として名高い。全体が灰褐色で、嘴から尾羽までの全長は八〇センチにも達する大型の雁。朝夕に田の穀類や池沼の根菜類を食べ、昼は一羽の見張りを立て干潟や池沼で休む。菱喰は池沼の菱の実を好むところからつけられた呼称である。初雁は初めてやってきた雁、落雁は池沼へ降りる雁をいう。雁は霊鳥、あの世からの魂の運搬者と信じられ天津雁との呼称も和歌では用いられた。→帰る雁（春）

病鴈の夜寒に落て旅ね哉　芭蕉
首のべて日を見る蘆や藍の中　原石鼎
雁暗くやひとつ机に兄いもと　安住敦
雁鳴くとぴしぴし飛ばす夜の爪　飯田龍太
もの思うことをやめても天に雁　宇多喜代子
遠ざかるものに記憶と雁の空　杓谷多見夫
人はみな帰る家あり雁の秋　豊長みのる
人中や妻遠きとき雁きこゆ　高橋沐石
かりがねや山に追はれし豚団地　真山尹
かりがねの遠音もあらむ川の音　小松原みや子
かりがねや古城にねむるワイン樽　木下ローズ
かりがねや飴でふくらむ婆の頬　木内怜子
雁の棹へとならびハと乱れもす　中瀬喜陽
雁渡る墓地より低き家並かな　林享子
雁渡る声聞きしころ父在りき　戸田悦子
雁渡る河口の空の眩むまで　佐野秋翠
万の雁容れ眠れざる沼の芯　吉野トシ子
父の雁母の雁哺く霧濃き夜　佐藤国夫
沼の面に宵の明星雁を待つ　小林碧郎
頚の骨軋ませ仰ぐ雁の棹　築城百々平
雁や須彌壇に水こぼれをる　福井啓子
雁落ちて張りとり戻す田の気息　新谷ひろし
落雁にくろがねの沼明りかな　ほんだゆき
落雁の諏訪明神の雪と来し　倉田信司

初鴨（はつがも）　鴨渡る　鴨来る（かもきた）

鴨は冬であるが、その年の鴨の渡りの一番手をいう。秋口から川の淀みや池沼に四、五羽ずつ小グループが屯（たむろ）している光景を見かける。↓引鴨（春）・鴨（冬）

野明りやあちらこちらへ鴨わたる　中村草田男
初鴨が着く草川を忘れずに　佐野美智
初鴨の泳ぎ廻つてをりにけり　三村純也
初鴨の蹼（みずかき）ひらく水の中　尾崎隆則

鶴来る（つるきた）　鶴渡る　田鶴（たず）渡る

シベリア以南の東アジアの北部で繁殖した鍋鶴（なべづる）や真鶴（まなづる）が十月頃に鹿児島県出水（いずみ）や山口県熊毛（くまげ）町などに群をつくり渡来する。丹頂鶴（たんちょうづる）や黒鶴（くろづる）が来ることもある。鶴は渡り鳥であるが、北海道釧路湿原に留鳥となった丹頂鶴は渡りをやめてしまったもの。↓鶴（冬）

鶴の来るために大空あけて待つ　後藤比奈夫
天の声空へひびきて鶴渡る　森　重昭
大いなる影もろともに鶴来る　檜　紀代
潮騒の雄心鶴の来る日なり　長野澄恵
鶴来るや空仰ぐ日の始まれり　松永弥三郎
日本髪の母の写真に鶴が来る　田中櫻子
鶴渡る頃の火祭美しき　四條好雄
水門の工事飯場や鶴渡る　塚原訓生

落鮎（おちあゆ）　錆鮎（さびあゆ）　渋鮎（しぶあゆ）　下り鮎　子持鮎　秋の鮎

春一〇センチにも満たない鮎の幼魚が海から川を湖上し、夏の間に川藻を食べて三〇センチほどに成長する。秋八月下旬から十月にかけて、成魚の鮎は産卵のために上流から中流の瀬を目指して川を下る。これが落鮎・下り鮎である。産卵期の鮎の背の黒ずんだ色や腹の赤錆びた荒々しさから錆鮎・渋鮎ともいう。産卵を終った鮎はすっかりやつれ、下流に下り、海に入って死ぬ。稀に渓流の淀みで越冬する鮎をとまり鮎といっている。落鮎を獲る下り簗（やな）は秋の風物詩として旺（さか）んに詠まれている。↓若鮎（春）・鮎（夏）

秋鮎の型よき背鰭ならびけり　水原秋櫻子
下り鮎待つや一夜の深曇　中島ふき
錆鮎にあくまで水の青さかな　大越叉王
落鮎の生簀に鱒の混りをり　小野口　豊
落鮎の最後の橋をくぐりけり　赤塚五行
落鮎の骨身を離るるに淡し　衣川次郎
落鮎やロケが来てゐる宿場町　佐々木会津
神の山めぐりて鮎の落ちにけり　春山道代
鮎落ちて静けさもどる郡上かな　伊東宏晃
落鮎を入れたる桶に草のふた　栗田恭子
落鮎や旅の出会ひの一位箸　錫木千恵子
落ち鮎を掴みそこねてつつがなし　白澤良子

紅葉鮒（もみじぶな・もみぢぶな）

琵琶湖産の源五郎鮒（げんごろうぶな）の鰭が紅葉の頃赤く色づくので紅葉鮒と呼ばれる。冬に向かうための体調変化の兆しとみられる。貞徳に「川音の時雨や染る紅葉鮒」がある。

あらめ橋かかる所や紅葉鮒　宗　因
紅葉鮒夜を徹しゐる村芝居　加藤三七子
紅葉鮒不覚の波を立てにけり　井桁白陶
みづうみのいろづく鮒ももみづりぬ　森　澄雄
野に山に石が貌出す紅葉鮒　岩淵喜代子
紅葉鮒湖族の裔の漁りに　小松洋子

鰍（かじか）　石伏（いしぶし）　石斑魚（いしぶし）　川おこぜ　ぐず　鰍突く

北海道、本州各地の清流に棲息するカジカ科の淡水魚。石に張りつき紛らわしいので石伏とか石斑魚という。体長は平均五センチほど。頭が大きく、全体が灰褐色であるが、背部は黒く、体側にも黒縞が横に走っている。鱗はない。金沢では、鰍をまごりとかごりというが、京都高野川の鮖（ごり）は夏の季語であり鰍とは区別している。鳴くかじかは河鹿蛙のことで、鰍は鳴かない。

こま〲と串にし鰍焼けるかな　野村喜舟　一の筌（うけ）二の筌三の鰍筌　中沢みなと
鰍突きまぶしその臂充実す　加藤楸邨　自画像の如き鰍を齧（かじ）りけり　古幡かげふさ

鯔（ぼら）　目白鯔　おぼこ　名吉　小曝江鮒（こざらしえぶな）　小曝（こざらし）　江鮒（えぶな）　いな　とど　州走　口女　腹ぶと
伊勢鯉　からすみ鯔　真鯔　めなだ

沿岸魚として、成育するに従って呼び名が変わるいわゆる出世魚である。ボラ科。体長四、五センチの洲走（すばしり）から、おぼこ、いなとなり、三〇センチ以上になると鯔という。さらに大きいものを名吉（なよし）、とどという。背部が青黒く、腹は白い。目に鯔特有の脂瞼（しけん）という半透明の脂性の膜がある。海底の珪藻類を食すが、秋になると水面浅くに群をなす。冬は深海に入っていく。鱲子（からすみ）は鯔の卵を塩漬にしたもの。

鯔の飛ぶ夕汐の真平らかな　河東碧梧桐　ぼら跳ねて巨大タンカー海坂に　野崎敦子
電球のちりちり泣けり鯔の湾　宮坂静生　鯔跳ねて旧軍港の昼寂（せき）と　青木重行
青空に雲ができてきて鯔の貌（かお）　田沼文雄　鯔食うて抹香（まっこう）臭き町にゐる　河井多賀夫

鑑真(がんじん)の眼開けと鯔飛べり　高野恭子　鯔とんで鼠のぞける河口壁　山本春海

鱸(すずき)　鱸網(すずきあみ)

スズキ科の海魚。日本近海にひろく分布する。鯔(ぼら)と同様、出世魚として知られ、二年子で体長二〇センチほどのせいご、六〇センチに成長するとふっこ、それ以上の成魚を鱸と呼ぶ。夏は川を遡ったり、湖潟に入ったりするが、産卵期の晩秋には河口に下る。背部は青黒く、腹部は銀色に光り細身をなす美しい魚。夏から初秋にかけて美味で刺身、洗膾(あらい)、塩焼によろこばれる。ブラック・バスは鱸に近縁の魚である。

波だちてかはるけしきや鱸つり　百合山羽公　鱸網に空壊かかる旅の終り　小澤　實

鯊(はぜ)　沙魚(はぜ)　ふるせ　今年鯊　鯊の秋　鯊の潮　鯊日和

秋の釣魚として代表的な小魚。しかし、ハゼと称する魚種はなく、ハゼ科に属する魚の総称である。淡水、海水いずれにも棲息しており種類が多い。鯊釣の鯊は湾内に多い真鯊(まはぜ)をさす。体長二〇センチ、淡黄色に黒い斑点をもつ。礁(いくり)の水溜りにいる鯊はどろめといい、本州沿岸にひろく分布する。体は黒褐色である。淡水には、うきごりと呼ぶ黄褐色の鯊がいる。琵琶湖では漁具の魞(えり)を用いて獲る。鯊が獲れる秋の好季を鯊の秋、その日和を鯊日和、鯊がよく釣れる上げ潮どきが鯊の潮。鯊の寿命は一、二年であるが、二年ものの真鯊をふるせという。↓鯊釣

たらたらと洲崎の灯あり鯊の潮　石田波郷　鯊日和夫の遺愛の竿を干す　白井一江
腹すりて岩をのぼれり坊主鯊　滝沢伊予次　突堤に弁当とどく鯊日和　佐藤信子

釣り上げし鯊が跳ねたり爆心地　栗田やすし
少女持つ魚籠(びく)の新らし鯊の秋　沖山政子

秋鯖(あきさば)

夏の産卵期の後、餌を十分にとり、秋、脂がのり美味となった鯖である。鯖には、北海道近海に分布する真鯖(まさば)（ほんさば）と本州中部以南に棲む胡麻鯖(ごまさば)がある。味は真鯖がよい。胡麻鯖は産卵期が七、八月であり、その後体力の回復が十分でないため味がおちる。↓鯖（夏）

秋鯖をたちて包丁曇りたり　栗田せつ子
ぼうぼうと秋鯖燃やし老いてをり　矢野さとし
新聞に秋鯖包み村まつり　那須雛子
幾尋(いくひろ)の藍より上げし秋の鯖　河内桜人

鰯(いわし)　鰮(いわし)　真鰯(まいわし)

日本近海に分布する真鰯　片口鰯(かたくち)　潤目鰯(うるめ)などを総称して鰯といっている。体長一五～三〇センチ。ふつうは鰯といえば真鰯を指す。真鰯は鰯の中では大きく、背部は濃藍色、腹部が銀白色で、その側部に七個ほどの黒い斑点がある。大群をなして回遊するところに地曳き網を張り、網を引いて獲る。鰯引くである。秋を旬(しゅん)とする。片口鰯は体がまるく、口が大きい。潤目鰯は目に半透明の脂性の膜、脂瞼(しけん)があるため潤んでみえる。わが国の鰯の漁獲量は世界一といわれ、庶民に親しまれてきた魚である。いわしの漢字「鰯」は、獲ればすぐ死んでしまう意のほかに、鰹(かつお)や鮪(まぐろ)などの餌料になる弱い魚の意という。↓鰯引く・潤目鰯（冬）

捨鰯浜に夕日の裏日本　大野林火
鰯右側臥位(みぎそくがい)に寝ね売られたり　上田五雨
乳房掠める北から流れてきた鰯　金子兜太
真鰯の真青な背に無頼あり　鳥居三朗

大漁旗鰯の山のてっぺんに　森田　峠
鰯買ふポセイドンてふ魚屋に　吉村玲子
鰯炊きおり良き母の心地せり　津波古江津
骨に指添はせて捌く鰯かな　赤澤新子

秋刀魚（さんま）　さいら　初さんま

タチウオ科の海魚。日本の秋を代表する魚である。その漢字「刀魚」のように体形が細長く、刀形。体長は三〇センチほど。背部は濃藍色、腹部は銀白色で、尾鰭（おびれ）の近くに背鰭も腹鰭も付き、しばしば水上に跳び上る。夏は北海道近海にいて、水温が下る秋に産卵のために南下し、十月ごろ関東沖にくる。腹わたの苦みを味わい、塩焼きの秋刀魚はまさに庶民の味である。

秋刀魚焼いて泣きごとなどは吐くまじょ　鈴木真砂女
地酒よし秋刀魚の煙る店なれば　竹吉章太
暗室の男のために秋刀魚焼く　黒田杏子
秋刀魚焼く独りの生活煙らせて　和田律子
秋刀魚焼く燠（おき）を摑みし日もありし　折井ふじ子
秋刀魚焼く家を過ぎ先の家も焼く　富田直治
秋刀魚食ひ放題秋刀魚供養とよ　塩川昭子
秋刀魚喰ふ今年も妻と別れずに　福島壷春
初さんまやや小さきを猫の分　薄井安子
ぼろろんと秋刀魚の胸に骨がある　田中幸雪
老いてゆくためにある火か秋刀魚焼く　小池万里子
焼秋刀魚余生は十指折れば足る　乗本真澄
七輪も遠くなりけり秋刀魚焼く　松本泰志
船傾げ海ごと掬ふ秋刀魚かな　岡本日出男
尾頭に分けて二人に足る秋刀魚　尾亀清四郎
魚市場ひとめぐりして秋刀魚買ふ　西山大之進

鮭（さけ）　秋味　初鮭　鮭漁　鮭打ち　鮭小屋

北海にひろく分布している。全身一メートルほどで、背部は藍灰色、腹部が銀白色。九月上旬頃、海で成長した鮭が産卵のため群をなし川を溯上（そじょう）する。生殖期には雄の顎骨が鈎状に曲がるのを鮭の鼻曲りと称した。北海道の石狩川や新潟の三面川（みおもて）の鮭漁は名高い。これが初鮭で、北海道では秋味（あきあじ）という。川砂に産卵し終った鮭は死んでしまう。鮭の身はサーモンピンクをなし、食用魚として美味。生鮭を煮たり、焼いたりするほか、内臓を取り出した鮭を塩漬にした荒巻や燻製にも加工されている。東京ではしゃけと俗称される。鮭の卵は珍重され鮞（はららご）と呼ばれる。↓乾鮭（冬）

鮞をぬかれし鮭が口を開け　清崎敏郎

この川に鮭は打たるるほかは無く　坊野早苗

骨の鮭鴉もダケカンバも骨だ　金子兜太

塩鮭の顎突き出して吊るさるる　長谷川耕畝

鮭打棒濡れたるままに焚かれけり　小原啄葉

群鮭の身を震はせて浅瀬打つ　紺野美代子

鮭船の吃水深く戻りけり　能登裕峰

鮭打棒船にころがるまま乾く　金丸孝子

秋（あき）の螢（ほたる）　秋螢　残る螢　病螢（やみほたる）

螢の季節は夏であるが、夏おそく生まれた螢が秋になっても残っているものをいう。螢の寿命は二〇日くらいというから、生きながらえている螢の意ではない。残る螢とか病螢といい、元気のない螢である。↓螢（夏）

たましひのたとへば秋の螢かな　飯田蛇笏

金印の島秋ぼたる這ふのみと　高千夏子

我耳に風吹く秋の螢かな　藤野古白

みぞおちの湿り具合や秋螢　塚越美子

病む吾子に秋の螢の飼はれあり　中島畦雨

ちちははのめぐりあへしやあきぼたる　甲斐すず江

秋の蠅（あきのはへ・あきのはえ）　残る蠅

蠅は年中いるが、繁殖が盛んなのは夏である。秋も深まると蠅の数も減り、動きの鈍くなった蠅を縁側の日溜りなどで見かける。↓蠅（夏）

秋の蠅少しく飛びて歩きけり　高浜虚子　行く末を考へてゐる秋の蠅　福永直子
頭を病むやべたべたと舞ふ秋の蠅　田多井みすゞ　陣取りの椅子にはぐれる秋の蠅　小田泰枝

秋の蚊（あきのか）　残る蚊　別れ蚊　後れ蚊　蚊の名残

蚊が盛んに活動するのは夏であるが、秋になっても残っており、叢で螫（さ）されると痛みを覚えることがある。秋も深くなると、家の中で稀に蚊の羽音を耳にするが、さすがに螫されることはない。秋の蚊を別れ蚊、残る蚊あるいは蚊の名残と擬人化していい、あわれを誘う。↓蚊（夏）

くはれもす八雲（やくも）旧居の秋の蚊に　高浜虚子　残り蚊の風来坊に刺されけり　宮崎すみ
残る蚊の煤（すす）のごとくに降りて来し　星野恒彦　秋の蚊に悩まされつつ句碑なぞる　水野佐暉代
根来寺（ねごろ）に残り蚊の声聞きにけり　浜　たま子　秋の蚊が火除けの護符に辿りつく　末光美登里
残り蚊を打って相槌打ちにけり　大宮良夫　別れ蚊の逃ぐるにあらず離れけり　藤本悦子

秋の蜂（あきのはち）　残る蜂

晩秋まで咲きつづける紫苑に日を浴びて脚長蜂（あじながばち）が群がっているさまは、秋を名残り惜しんでいるように感じられ、印象深い。まもなく、雄は死に雌だけが越冬準備に入るのである。↓蜂（春）

秋の蜂病み臥す顔を歩く日よ　石原八束

信濃追分脚たらしゆく秋の蜂　佐藤　健

秋（あき）の蝶（ちょう／てふ）　秋蝶（あきちょう）

春は紋白蝶や黄蝶が季節の先触れとなり、夏は揚羽蝶が華やかに季節を謳歌する。ところが秋に入ると、蝶も小型のしじみ蝶やせせり蝶が草の花を一つ一つ訪ねてまわっている。秋の蝶は秋に見られる蝶の意であるが、地味な小型の蝶の忙しない動きに冬を間近にした季節感がある。↓蝶（春）・夏の蝶（夏）・冬の蝶（冬）

秋の蝶の繽紛（ぴんぷん）として旅情かな　富安風生

秋蝶は魂のごと失せ隅田川　鍵和田秞子

秋蝶に醜（しこ）といふものなかりけり　飯田実子

夢殿の周りはなれず秋の蝶　杉山青風

秋の蝶翔ちて重みのもどる石　平野謹三

紙吹雪二枚が秋の蝶となる　草本美沙

秋蝶のはげしく宙に三つ巴　久本澄子

墳丘の秋蝶風となりにけり　大橋利雄

秋蝶のふらふらこの頃医者通ひ　正木海彦

纜の揺れをたのしむ秋の蝶　稲本静代

石庭の石よりはがれ木の葉蝶　太田昌子

丁寧（ていねい）に羽をたたみて秋の蝶　大谷史子

秋（あき）の蟬（せみ）　秋蟬（しゅうせん）　残る蟬

夏の油蟬やみんみん蟬が盛りを過ぎた秋になっても鳴いている時節外れのさみしい感じをこの季語に託している。秋にさかんに鳴く蜩（ひぐらし）や法師蟬（ほうしぜみ）をいうのではない。別に、秋に鳴く蟬の総称との山本健吉説があるが、ここでは採らない。↓蟬（夏）

秋蟬のこゑ澄み透り幾山河　加藤楸邨

秋蟬の己がこゑに躓（つまず）きぬ　神田如耕

秋蟬の声のたまりしぼんのくぼ　高井瑛子
秋の蟬滝の全身なめらかに　杉崎泰子

蜩（ひぐらし）　日暮（ひぐらし）　茅蜩（ひぐらし）　かなかな

よく響く声で、カナカナと鳴く。旅愁を掻き立てる声である。夜明、日中（ひののき）、日暮（ひぐれ）といつでも鳴くが、日暮（ひぐらし）・日晩（ひぐらし）の字を当てるように、夕方聞く声はいちだんと秋のものさみしさを感じさせる。大きさは五センチほど、翅は透明であるが、栗褐色の胴に青と黒の斑点がある。梅雨の頃から鳴き出す梅雨蜩（つゆひぐらし）があるが、さかんに鳴き立てるのは晩夏から初秋の頃で、『古今和歌集』以来、秋に分類されている。↓蟬（夏）

蜩や夕日の里は見えながら　正岡子規
会へば兄弟（はらから）ひぐらしの声林立す　中村草田男
ひぐらしや点せば白地灯の色に　金子兜太
かなかなや住み易き地も家も捨て　京谷圭仙
蜩の訴へてきし声もやむ　中嶋秀子
かなかなのかなかなと鳴く夕かな　清崎敏郎
やるせなきほどのひぐらし浴びてをり　高柳良子
かなかなやかなしい夢をみてをるか　木村恭子
かなかなをききゐていつか還暦に　加藤慶二
蜩や掘り起されし石の斧　正木志司子

秋蟬の今生のこゑ炎なす　高山あさ江
秋蟬の声澄む雨後や永平寺　宮下杏華
かなかなや病者の辛き日の終る　伊藤元子
かなかなや故郷は風の沙汰なりし　細谷てる子
死ぬるまで独りのくらしかなかなかな　鈴木路世
蜩や堂に地獄図極楽図　石田麦水
かなかなや旅の終りの切符買ふ　家里泰寛
蜩の鳴きゐるしじま止めばなほ　中村圭作
かなかなや刻めるものはみな刻む　石崎多寿子
蟬喋に蜩割つて入りけり　永峰久比古
ひぐらしの序のこゑに峡しらみ来し　平賀扶人
蜩に風立つゆふべ大扉閉づ　狭川青史

かなかなのゆうべの声を尽しけり　窪田玲女
蜩は日暮るる前を終りけり　土橋たかを
よく噛んで食べよと母は遠かなかな　和田伊久子
一人の旅情かなかな聞きしより　立野もと子
蜩や雲を降りぬく杉の雨　吉田冬葉
ひぐらしのかなしくなれば竹敲く　秋元大吉郎
かなかなやしばらく見えて水の底　岩渕晃三
ひぐらしの一山しんと暮れゆけり　伊藤　翠

法師蟬（ほうしぜみ・ほふしぜみ）　つくつく法師　つくつくし

夏休みも残り少なく、秋風が立ちはじめる頃、ツクツクボーシ、ツクツクボーシと鳴き立てられると、その声を宿題やったか、宿題すんだかと督促されているように聞いたものだ。蜩よりやや小型、胴が黄緑色で黒斑がある。つくつくし、つくつく法師、法師蟬ともに鳴き声から付けられたもの。古くは「蛁蟟」を、つくつくぼうしと読ませている。「つくしこひし」との呼称は『鶉衣』（横井也有）によると「つくづくぼうしといふせみは、つくし恋しともいふ也。筑紫の人の旅に死して、此物になりたりと、世の諺に云へりけり」（百虫譜）とある。「寒蟬」ともいわれるのは、晩秋の肌寒い季節まで鳴いているからである。

越後より信濃に来つる法師蟬　森　澄雄
忙しくなるぞと法師蟬のこゑ　高橋逸郎
夕山河つくつく法師鳴きつくし　市橋一男
ひたすらに鳴いて名を得し法師蟬　新津静香
寂として校庭白く法師蟬　中山寛魚
村は今夕雲赤し法師蟬　斉藤友栄
母はいま津和野あたりを法師蟬　岡崎桂子
奥信濃つくづく青し法師蟬　野田健太

赤蜻蛉(あかとんぼ)　あきつ　秋茜

蜻蛉はトンボ目の昆虫の総称。その中で小形の赤蜻蛉は秋茜ともいって、腹から尾があざやかな赤、茜色をしている。秋になると、山中の池や湖沼の辺から麓の村へ移動し、雌雄が交尾し臀帖(となめ)の形となり、水辺に産卵する。晩秋まで見られる光景である。赤蜻蛉には、アキアカネのほかに、ナツアカネ・ミヤマアカネ・マユタテアカネなどの種類があり、草原の空に群れなす赤蜻蛉はさわやかな秋のシンボルとして忘れがたい。あきつは蜻蛉の古称であり、江戸時代の歳時記『手吹草』や『改正月令博物筌』などでは秋に分類している。↓蜻蛉（夏）

生きて仰ぐ空の高さよ赤蜻蛉　夏目　漱

赤とんぼ夕空穢(よご)し群れにけり　相馬遷子

人ゐても人ゐなくても赤とんぼ　深見けん二

かわされていなされてなお赤蜻蛉　秋尾　敏

サーカスが来ていた頃の赤とんぼ　小澤克己

石積んで墓遊びの子赤とんぼ　佐藤火峰

シベリヤに歌いしものに赤トンボ　木津亥さ無

高原の天(そら)の無辺やあきつ翔ぶ　伊勢谷紅月女

赤とんぼ小枝の先を噛む如く　浅川虫雨

石夕潮の音ばかりなるあきつかな　水野晶子

赤蜻蛉むれて炎となりにけり　滝口照影

赤とんぼさきがけ来しは夫の使者　津曲つた子

自ら高さのありてあきつ飛ぶ　岩崎　裕

赤蜻蛉止まりなほして神の前　藤井寿江子

手の届く高さに群れる赤とんぼ　吉田喜美子

絵ガラスのひと色が好き赤とんぼ　北川みよ子

赤蜻蛉光に変りひかり殖ゆ　栗原加美

森閑と日の大束や秋あかね　手島靖一

蜉蝣（かげろう）（かげろふ）

晩夏から初秋の頃の夕方に、交尾のために水面に群がるカゲロウ目の昆虫の総称。正雪蜻蛉（しょせつとんぼ）ともいう。みるからに弱々しく、淡黄色の細い体に、薄い透明な翅（はね）を持つ。幼虫は水中に一年あまりいた後、水を出て脱皮をし、成虫となる。羽化し産卵するとまもなく死んでしまう。はかないものの喩（たとえ）に蜉蝣が引かれる所以（ゆえん）である。

生れたるかげろふの身の置きどころ　後藤比奈夫
かげろふのやうな女を待ちぼうけ　大倉祥男
蜉蝣とぶ二番嬰の振袖へ　堀古蝶
かげろふの哀しき髭をうごかしぬ　西山大之進

虫（むし）　虫の声　虫の音　虫時雨　虫の秋　昼の虫　残る虫　すがれ虫

虫一般をいうのではなく、秋に鳴く虫を総称して虫という。雄のみが鳴き、雌をひきつける。虫はコオロギ科（蟋蟀（こおろぎ）・鈴虫・鉦叩（かねたた）きなど）とキリギリス科（螽蟖（きりぎりす）・馬追（うまおい）・轡虫（くつわむし）など）とに分かれる。『万葉集』では蟋蟀が秋の鳴く虫の総称に用いられた。『枕草子』の虫の例に蜩（ひぐらし）が入っているのは平安時代、蟬も虫と考えられていたからである。虫時雨は、たくさんの虫の音が合わさり、時雨の音のように聞こえること。虫の秋は虫の音に秋のしみじみとした情趣を感じること。残る虫、すがれ虫は晩秋、鳴く虫の音が残り少なく、か弱く聞こえる意。虫を詠うときは、秋のしみじみとした情趣と同時にいのちの短さやはかなさを感じさせるようにするのが本意である。

其中（そのなか）に金鈴をふる虫一つ　高浜虚子
詩はいまも木の間がくれぞ昼の虫　村沢夏風

闘ひも恋もあるらむ虫の闇　星野光二
虫の夜の介護の五感敏くいる　池田政子
虫の夜の地球すっぽり浮いており　相川玖美子
虫すでに名残納めし神の山　石山仔牛
虫籠に虫ゐる軽さゐぬ軽さ　西村和子
余裕あるときは聞こえて虫の夜　山下美典
底知れぬ蒙古湿原虫すだく　樹生まさゆき
話すこと何にも無くて虫の夜　藤崎幸恵
埠頭には埠頭の虫のよく鳴ける　福原瑛子
虫すだく木の名草の名静かなり　堤　白雨
虫涼し天象星を列ねたり　大木格次郎
虫鳴くや皿打ち割られ裏の裏　滝口　悟
無限階段ひとりでのぼる虫の闇　山田径子

虫の闇磯の波音なかりけり　友水　清
虫の声低き枕を選びけり　水谷芳子
虫の音に沈みて暗き茶店あり　大木さつき
虫の音を満たす各駅停車かな　伏見青雲
衝立（ついたて）のころびさうなる虫時雨　真山　尹
虫時雨たっぷりと明日あるごとし　守田椰子夫
その奥の闇の濃淡虫時雨　成井　侃
金銀の虫籠の外の虫時雨　小松原みや子
昼の虫合はせ鳴くことありて鳴く　酒井土子
昼の虫聞きゐる人に鳴きにけり　鳥越久美子
昼の虫雀がくれの土堤つづく　中村みづ穂
流れなき通船堀に残る虫　小山今朝泉
残る虫幕下ろすことむつかしき　野中秀子

竈馬（いとど）　かまどうま　かまどむし　えび蟋蟀（こおろぎ）

カマドウマ科の昆虫。台所、土間、湯殿など湿った屋内に見かける俗称「湿気虫」である。長い触角をもち、後肢を用いて馬のように跳躍する。飴色の体には、翅がなく鳴かない。えび蟋蟀はえびのように背が曲った蟋蟀の意で、江戸時代には「いとゞ・こほろぎ。二物一名」（『増補改正俳諧歳時記栞草』）とあるように、いとどは蟋蟀の一種と見られていた。

手作りの塩に混じれるいとどかな　沢木欣一
独り居の灯慕ふいとゞあはれみぬ　古賀まり子
竈馬飛ぶわが足元を見透かさる　斎藤由美
晩学の辞書に飛び来しいとどかな　藤井みさよ

蟋蟀（こおろぎ・こほろぎ）　蛬（こおろぎ）　ちちろ　ちちろ虫　つづれさせ

バッタ目コオロギ科の昆虫。秋の夜鳴く虫の中でももっとも親しまれている。体は黒褐色でつやつやと脂ぎり、短い翼がある。後肢が長く跳躍する。つづれさせは体長二センチほど。リーリーと感傷をそそる鳴き方が、古人の耳には「肩させ裾させつづれ刺せ」ときこえたという。えんま蟋蟀はつづれさせよりやや大形、体長二センチ五ミリほど。コロコロと玉をころがすような澄んだ音が快い。晩秋には昼夜をわかず鳴きつづける。いずれも卵で越冬し、初秋には成虫となり畑や叢（くさむら）に棲む。『万葉集』では蟋蟀が鳴く虫の総称として用いられた（東光治『万葉集の動物』）。平安時代に入ると、キリギリスをコオロギといった。「きりぎりす鳴くや霜夜のさむしろに衣かたしき独りかも寝む」（『新古今和歌集』）はその例である。

こほろぎのこの一徹の貌（かお）を見よ　山口青邨
蟋蟀が深き地中を覗き込む　山口誓子
腰に肉このごろ付いてちゝろ鳴く　中西夕紀
蟋蟀や己が志学（しがく）の綴り方　堤　保徳
化けて出るまで鳴き通す蟋蟀か　小岩井隴人
こほろぎの夜深みたる白紙かな　晏梛みや子
病む友のいて透きとおる夜のちちろ　坂野宜枝
子と住みて別のさみしさ夜のちちろ　渡辺富子
子の馬となりてちちろの夜を遊ぶ　金子千春
底のない箱の暗闇ちちろ鳴く　渡辺記代子
うつらうつら夢の中までつづれさせ　玉木克子
ザビエルの布教の靴よつづれさせ　辻村勅代
針山の針錆びしまままつづれさせ　石河義介
閻魔こおろぎ書きやめて眉の白　河村四響

棚板の一つ倒れて鳴くちちろ　吉田鈴枝
天網をくぐり蟋蟀とびにけり　高橋将夫
蟋蟀や兵四五人を泊めしこと　石原京子
白黒の映画の続きちちろ鳴く　長谷川陽子
つづれさせとてひたすらに鳴きにけり　比田井文ゑ
蟋蟀に扉一枚開かれる　斎郷　梅
遠く来てとほくのちろろ聞いてをり　笹本カホル
ちちろ鳴く母の蹠（あうら）を拭きをれば　坂本孝子
こほろぎや朝日のあたる山の肩　相沢透石
引っ越しの荷より蟋蟀とび出せり　宮下明子

鈴虫（すずむし）　月鈴子（げつれいし）

リーンリーンと鈴を振るように雄が鳴くことから鈴虫と名が付いている。コオロギ科に属する昆虫で体長は二センチにも足りない。体は暗褐色で長い触角をもつ。雌は土の中に産卵し越冬し、翌年の夏に孵化。幼虫は脱皮を繰り返し、旧盆過ぎ頃成虫となった雄が鳴き始める。平安時代には鈴虫と松虫の区別が今の呼び名とは逆である。月鈴子は鈴虫の別称。

鈴虫にいくらも降らず暮色なる　目迫秩父
鈴虫の夜通しみがく星の空　宇都宮靖
鈴虫の渾身の業たしかめし　星野享央
鈴虫や筧（かけい）も音となる夕べ　田中俊尾

松虫（まつむし）　ちんちろ　ちんちろりん

雄の鳴く音がチンチロリンときこえ、松風の音に似ているので松虫と名が付いた。直翅目マツムシ科の昆虫で体長は二センチくらい。鈴虫よりやや大きい。萱原などの叢に棲む。越冬した卵が孵化し、淡褐色の成虫となって鳴き出すのは八月頃である。

松虫に恋しき人の書斎かな　高浜虚子
風の音は山のまぼろしちんちろりん　渡辺水巴

邯鄲（かんたん）

ル・ル・ル・ルと叢で鳴き続ける声は、夢みるような幽玄な思いへ誘う。「邯鄲の夢」という中国の故事から虫の名が付けられたのもその鳴き声から。コオロギ科に属し、体長は一・五センチ、淡黄色に緑がかった美しい虫である。

邯鄲の骸（むくろ）透くまで鳴きとほす　山口草堂
こときれてなほ邯鄲のうすみどり　富安風生
邯鄲や掘られて甑（こしき）けむり色　宮坂静生
邯鄲を聞く一行のばらばらに　森田公司
邯鄲の声真似せよと云はれても　山中みね子
邯鄲や永久の眠りにつくもよし　高畑信子
邯鄲や生涯といふ涯にゐて　木内怜子
邯鄲や胸元の闇濡れはじむ　ほんだゆき

草雲雀（くさひばり）　朝鈴（あさすず）　金雲雀（きんひばり）

フィリリリリと小鈴を振り続けるような透った声で鳴く。バッタ目クサヒバリ科。体長は六、七ミリと小さい昆虫で、体は淡い黄褐色をし、動きが素早い。朝の涼しいときに鳴くので関西では朝鈴と称し、関東では草雲雀と呼ぶ。

くさひばり色なくなりし空に鳴く　西垣　脩
浮島へあつまる風や草雲雀　芦沢すみ
草ひばり誘つておいてふいと消え　小松初枝
山稜に日の沈みけり草ひばり　早川典江

鉦叩（かねたたき）

チンチンチンと鉦を叩くように鳴く。コオロギ科に属し、褐色の小さな虫で、雌には翅がなく、雄の翅も短い。灌木や生垣などに棲む。秋も深くなり家の中へ入ってくることもある。蓑虫鳴くとは、鉦叩の音をあやまったものという。

誰がために生くる月日ぞ鉦叩　桂信子
絶えだえに止どめはしかと鉦叩　吉開すみれ女
このごろの朝のひだるき鉦叩　柳澤和子
鉦叩下田泊りの灯がうるむ　柴田きよ子
鉦叩わたし変身できますか　中村貞子
鉦叩思ひだしてはまた叩く　杉山青風
亡父の夢覚めて懐かし鉦叩　河津紅子
先住忌すみし夕の鉦叩　小林翠岱
秋惜しめいのち惜しめと鉦叩　寺島美園
とぎれしがまた訥々と鉦叩　重見和子
鉦叩ひとり遊びの独り言　長田群青
くらがりに人語過ぎゆく鉦叩　根岸善雄

螽蟖（きりぎりす）　ぎす　機織（はたおり）　藪きり

鳴き声がチョンギースと聞こえるので、きりぎりすまたはぎすと名が付いた。古くは機（はた）を織る音に聞きなし、機織といった。キリギリス科に属し、体長は四センチほど、翅が緑あるいは褐色をなし昆虫の中では大形である。長い触角と跳躍力をもった一対の後肢があり、人影を感じると素早く叢に身をかくす。平安時代から江戸時代までコオロギをキリギリスといった。「むざんやな甲の下のきりぎりす」（芭蕉）はツヅレサセコオロギかという。越冬した卵は初夏には孵化し、七月に入ると成虫となって盛んに鳴き出す。雌を獲得するための縄張り闘いをしているのである。

きりぎりす雄が食はれて朝日さす　佐藤鬼房
裏山に螽蟖が鳴き継ぐ生徒の死　宮坂静生
日当りのよき斜面なるぎすの国　古川巧一
人込みを抜けて孤独や螽蟖　佐藤栄一

馬追（うまおい・うまおひ）　すいっちょ　すいと　馬追虫

バッタ目ウマオイ科。よく透った声でスイッチョン・スイッチョンと鳴く。そこからすいっちょやすいとの呼称がついたもの。馬追の名は、鳴き声が馬方が馬を叱咤（しった）する舌うちの音に似ているからという。形は螽蟖よりはほっそりとして、真緑の翅（はね）が美しい。秋の宵にしばしば家の中へ入って鳴き出すことがある。

ふるさとや馬追鳴ける風の中　水原秋櫻子
みちのくの旅の灯に透く青すいと　鷹羽狩行
馬追や闇に入口出口あり　久保美智子
すいつちよのちよといふまでの間のありし　下田実花
山の星仰ぐ身に来てすいと鳴く　太田光子
馬追と一つ灯影を二夜かな　山根和子
馬追や京の小寺は藪の中　竹川武子
馬車過ぎて秩父馬追何と鳴く　森田ていじ
馬追が来てくれるなら二泊する　市場基巳
独り居に出前の届くすいっちょん　沢　ふみ江

轡虫（くつわむし）　がちゃがちゃ

バッタ目クツワムシ科。ガチャガチャガチャガチャと馬のくつわを鳴らすような鳴き方をするので名付けられたもの。螽蟖に似た大きさで、体の色は緑色のものと褐色のものがある。一匹の雌は百個以上の卵を産む。越冬した卵は初夏にかえり、雑木の葉を食べ、五回の脱皮後、成虫となる。

森を出て会ふ灯はまぶしくつわ虫　石田波郷
牧場は夜もあをしよ轡虫　矢島　惠
夕波の畳む岬や轡虫　風間　淑
病快き夫はがちゃがちゃ捕りて来し　田中美代子

螇蚸（ばった）　ばった　蟿螽（はたはた）　きちきち　きちきちばった　殿様ばった　精霊（しょうりょう）ばった　螇蚸（けいせき）

バッタ目バッタ科の昆虫の総称。大型のとのさまばったが遠くへ飛ぶときにハタハタと音がする。精霊ばったの雄が飛ぶときには翅がキチキチと音を発する。ばったの種類を問わないで、ハタハタやキチキチがばったを指すものとして用いられている。すべて草食性である。湿潤な草のゆたかな所で育つと体は緑色となるが、旱魃（かんばつ）で草がわずかしかないとばったの幼虫は飢えた状態で成長しなければならず、体は褐色に変る。

きちきちといはねばとべぬあはれなり　富安風生
寂しさの極みに青き螇蚸とぶ　橋本多佳子
一跳びに精霊ばった日の央（まなか）　宮坂静生
さびしさのかぎりを飛んできちきちは　行方克巳
バッタとぶアジアの空のうすみどり　坪内稔典
きちきちの飛び来る鬼の雪隠（せっちん）に　塩川雄三
ばった跳ぶつぎの地面はうわのそら　富樫　均
明け方や濡れて精霊ばつたゐる　児玉輝代
かるがるとおんぶばったの宙をとぶ　久保敦子
牧牛の背よりきちきちばったかな　宮武章之
ばつた飛ぶ乾ききつたる磧草（かわらぐさ）　柏木志浪
天生（あもう）峠越え螇蚸にいまだ色つかず　国見敏子

蝗（いなご）　螽（いなご）　稲子（いなご）　螽採

バッタ目イナゴ属の昆虫の総称。バッタよりやや小さく、体長は三センチほど。黄緑色の体に淡褐色の翅がある。日中は跳ねるので、イナゴ採は露がある朝のうちがよい。妙って食べたり、佃煮にして保存したりする。稲の害虫である。

それ程に稲もあらさぬ螽かな　牧　童
おびただしい蝗の羽だ寿（ことほ）ぐよ　金子兜太

蝗捕済み船酔のごとくあり　上原富子
蝗とぶや真一文字の通学路　磯貝きみ子
わが胸をつかむ蝗の貌（かお）大き　岡部六弥太
好晴やおろかにうるむ蝗の眼　大木格次郎

浮塵子（うんか）　糠蝿　こぬかむし

カメムシ目ウンカ科の昆虫の総称。稲の茎に口吻を刺し養分を吸い、稲を枯らす害虫である。三ミリほどの小さな虫であるが大群が発生する。いわゆる「雲霞（うんか）のごとく」である。ウンカは斎藤別当実盛（さねもり）の亡霊の生まれ変りとの伝説がある。ウンカ駆除の虫送（むしおくり）の行事は今も行われている。

浮塵子来て鼓打つなり夜の障子　石塚友二
浮塵子きてわが逼塞（ひっそく）にみどり見す　村上冬燕

蟷螂（かまきり）　蟷螂（とうろう）　鎌切（かまきり）　斧虫（おのむし）　いぼむしり

カマキリ目の昆虫の総称。カマキリは癇癪をおこし怒りっぽく、鎌状の前肢をふり上げ敵に立ち向うところから、鎌切とも斧虫ともいう。ときどきたたみ込まれた後翅を広げて威嚇（いかく）する。頭は逆三角形で左右の複眼でぎょろっと睨むさまは愛敬がある。翅を使って飛ぶことはできるが、脚で跳躍はできない。雄は交尾後、雌に食べられてしまう。晩秋に雌は産卵し、泡の集まりのような卵嚢に包み、枝や草茎に付着させる。卵は越冬し五月半ば頃に孵化する。カマキリに疣（いぼ）を食わせると取れるとの俗信があるが、疣を取るまじないにこの虫を用いたことから、いぼむしりとの名が付いたものと思われる。↓蟷螂生る（夏）

かりかりと蟷螂蜂の皃（かお）を食む　山口誓子
かまきりの出目熟睡（うまい）子と日向分け　古沢太穂
雌が雄食うかまきりの影と形　西東三鬼
かまきりは雲の使者はた風の使者　宮坂静生

蟷螂の斧借りて彼奴真二つに　吉田未灰
蟷螂の貌（かお）ぬっとあり投函す　杉浦幸子
颪渡る牧の扉の子かまきり　岡村光代
蟷螂の顔の三角ピタゴラス　浦野菜摘
本降りへ蟷螂鎌を上げにけり　平手むつ子
蟷螂の雄を消したる咀嚼（そしゃく）音　吉田輝二
死にどころ得て蟷螂のまなこかな　片山依子
ねじ切れさうに首を廻していぼむしり　原田孵子
美少女の嬲（なぶ）ってゐたるいぼむしり　神戸周子
兄の忌を修すかまきり靴に入り　石脇みはる
かまきりの摑みて暮るる片葉葦　田中俊尾
蟷螂に指さす母や乳母車　大熊義和

螻蛄鳴く（けらなく）　おけら鳴く

螻蛄（夏）はバッタ目ケラ科の昆虫。体長三センチほどで茶褐色。地中に棲み蟋蟀に似ているが、秋になるとジーと低い声を長く引いて鳴く。発音器があり、翅と翅を擦り合わせて音を出している。俗に「蚯蚓鳴く」といわれてきたが誤り。↓螻蛄（夏）

高嶺にて高嶺仰ぐや螻蛄がなく　加藤知世子
螻蛄鳴くや臼は自重をもてあまし　鷹羽狩行
夢の端に拘りをれば螻蛄鳴けり　根岸善雄
古希過ぎの光陰螻蛄の鳴くに似て　澤田緑生
われの持つうぬぼれ鏡螻蛄が鳴く　阿部俊子
そのなかに声なき声や地虫鳴く　河合多美子

蚯蚓鳴く（みみずなく）　歌女（かじょ）鳴く

江戸時代の歳時記には「鳴く声はなはだ清く、笛をふくごとし。雨ふれば出る。晴るれば必ず鳴くなり」（『改正月令博物筌』）とあり、ミミズは鳴くものと信じられていた。しかし、ミミズには発音器がなく鳴くことができない。雌雄同体であり、他の昆虫のように雄が雌を誘発することも

必要がないのである。↓蚯蚓（夏）

蚯蚓鳴く六波羅蜜寺しんのやみ　川端茅舎
蚯蚓鳴く大滑走路ひびわれて　山田春生
化野の仏にみみず鳴きにけり　山本三才
蚯蚓鳴く遺愛の硯中くぼみ　安田優歌
蚯蚓鳴く永井荷風を読む夜は　廣崎龍哉
みみず鳴く鋳物の町の溶津捨場　高橋冬竹
テレパシー感じる右手蚯蚓鳴く　斉藤浩美
泥吐いて胸の痩せたる蚯蚓鳴く　佐原トシ

蓑虫　鬼の子　蓑虫鳴く

ミノガの幼虫が木の葉や小枝を蓑のように綴り合わせた中に棲息していることから名が付いたもの。幼虫の体長は一・五センチほどで蓑は三〜四センチ。夜になって蓑から頭を出し木の葉を食べる。蛾になるのは雄だけで雌は成虫になっても蛆虫状のまま蓑の中にいて、産卵を行う。鉦叩がチ・チ・チと鳴くのが古くから蓑虫が鳴くと信じられていた。『枕草子』には、蓑虫が汚なげな蓑を着ていることから鬼の子とみて、「風の音を聞き知りて八月ばかりになれば、〈ちちよ、ちちよ〉とはかなげに鳴く、いみじうあはれなり」とある。

蓑虫の音を聞に来よ艸の庵　芭蕉
蓑蟲の父よと鳴きて母もなし　高濱虚子
蓑蟲や思へば無駄なことばかり　斎藤空華
蓑虫はさすらひのいま中途にて　宮坂静生
蓑虫の世は垂直に風の中　住谷不未夫
玄黄の間に蓑虫下りけり　宮地良彦
鬼の子の鎧の蓑の世を拗ねる　三国眞澄
鬼の子の嫌がるかほを覗きけり　西田孝
芭蕉以後みのむしの声は誰も聞かず　島谷征良
蓑虫の微風の孤り芝居かな　川口襄
みのむしの聞き耳たててゐるでなし　田中稀世
蓑虫やまれに繙く古語辞典　高島つよし

蓑虫の浮世をのぞく仕種かな　西岡一郎
蓑虫や仰ぐ頭上に飛行船　国領恭子
曇りのち晴蓑虫は動かずに　鈴木有紗
蓑虫の糸いつぽんの快楽かな　吉田英子
みの虫や茶匠消息みな短かし　丸山哲郎
蓑虫のような本家の倅かな　吉田さかえ
蓑虫の身をのり出して吹かれをり　秋山英子
蓑虫にかかはりのなき地動説　松本　久
柊に鬼の子のゐる日和かな　中村　剛
みの虫や真下におわす石ぼとけ　林　久美子

茶立虫（ちゃたてむし）　あずきあらい

チャタテムシ目の昆虫。体長二ミリくらいの淡黄色の小虫であるが、古い家の障子などに止まり、サッサッサッと音を立てるのが茶筅（ちゃせん）で抹茶を点てるときに同じような音がするので、この名が付いたもの。別名の小豆洗（あずきあらい）もその音からの連想である。咀嚼（そしゃく）口があり、樹幹や落葉の間に棲息し苔類や地衣類を食べる。家の中に入り、穀類や紙類の澱粉質を食う。

有明や虫も寝あきて茶を立てる　一　茶
兄妹の今宵鄙（ひな）めく茶点虫　石田波郷
歯刷を軽く使へよ茶立虫　雨宮きぬよ
九十の母を看取りし茶立虫　中島ふき
茶立虫影うつしゐて道障子　蒲原嘉子
茶立虫写経に点す母の部屋　齋藤朗笛

放屁虫（へひりむし）　へっぴり虫　へこき虫　三井寺（みいでら）ごみむし

ゴミムシ・オサムシ・カメムシなど捕えると悪臭やガスを放つ昆虫の俗称。その代表格が三井寺ゴミムシで、石の下に棲み、体長二センチほど。翅が黒く黄色紋がある。敵に襲われると、ブッと音を立て尻から臭いガスを出す。

放屁虫貯へもなく放ちけり　相島虚吼
山ひとつ売らむと思ふ放屁虫　小熊里利
放屁虫漁師の墓の前踊み　秋元不死男
放屁虫優柔不断を問はれけり　加藤冬人
へひり虫精一杯は美しき　松田峯白
はからずも叡山にして放屁虫　稲荷島人

芋虫（いもむし）

スズメガの幼虫の俗称。チョウ・ガの幼虫などで青虫、毛虫と呼ばれるもの以外の俗称。特に揚羽蝶の幼虫の柚子坊（ゆずぼう）は、蜜柑、枳殻（からたち）、柚子などの葉を食べる青虫であり、芋虫とは区別したい。

芋虫は芋のそよぎに見えにけり　太祇
芋虫のさびしくなればまろくなる　宇咲冬男
芋虫のしづかなれども憎みけり　山口誓子
芋虫のごろりひねもすごろりかな　正木海彦
芋虫が肥えて気儘な空の艶　飯田龍太
芋虫のころげまわって怒りけり　小島良子

秋蚕（あきご）

蚕は春蚕を代表格とし、年に数回飼育する。夏蚕（なつご）、初秋蚕（しょしゅうさん）、晩秋蚕（ばんしゅうさん）などで、秋蚕がつくる秋繭は飼育日数が少ないので繭の出来もよくない。したがって糸の量も質も劣る。そこに春繭を穫ったときのような明るさはないのである。↓蚕（春）・夏蚕（夏）・秋繭

山下る秋蚕ひた喰（は）む音を過ぎ　中島斌雄
近江路は秋蚕あがりし風の音　杉浦範昌

植物

木犀（もくせい）　金木犀　銀木犀　薄黄（うすぎ）木犀　桂（かつら）の花

中国原産、モクセイ科の常緑樹。幹の紋理（もんり）が犀の皮に似ているのでこの名がある。九月から十月にかけて、細かい十字の花をつけ、芳香を放つ。花が橙黄色のものを金木犀、白色を銀木犀、淡黄色を薄黄木犀という。木質は緻密、そろばん珠、印材、家具などに使う。

天つつぬけに木犀と豚にほふ　飯田龍太
犬の睾丸ぶらぶらつやつやと金木犀　金子兜太
木犀の香りへ敷布投げて干す　岩崎嘉子
亡き友の目にも鼻にも金木犀　左伴紀雄
金木犀散るや日毎に場をひろげ　中西舗土
木犀の匂ひ嗅ぎたくても鼻炎　小林かいう
木犀の香を糸口の立ち話　染矢久仁
木犀の香に光年の夜空あり　工藤義夫
木犀の己は酔はぬ香を放つ　井上たま子
金木犀ふいに抱かれ深呼吸　高橋静子
金木犀匂ひて妹優しかり　寺木由喜枝
木犀のにほはぬ朝となりにけり　田邊えりな

木槿（むくげ）　きはちす　花木槿　白木槿　紅木槿　底紅（そこべに）　木槿垣

中国原産の落葉潅木、アオイ科。夏から中秋にかけて次々に咲く一日花。土壌を選ばず育つこともあってか、庭木や生け垣などによく見かける。花は紅紫色、白色、底に紅をぼかした底紅など多様で、古くから庶民に親しまれてきた。

道のべの木槿は馬に食はれけり　芭蕉
一生といえど一日花木槿　三田村弘子
鬼貫の町木槿から木犀へ　伊丹公子
寸刻を惜しめと墓地の白木槿　守田椰子夫
食拒み死にゆく母か白木槿　平松鉦重
いつよりかひとりを好む花木槿　小林松風
木槿咲く窓辺に紅茶飲んでをり　菅井たみよ
白木槿姿正して落ちにけり　長谷川芳子
湯あがりのみどりご重し夕木槿　羽部佐代子
底紅やあすは忘るる怒りとも　関　清子
底紅のびっしり咲いて村密か　鈴木蝶次
底紅や黙ってあがる母の家　千葉皓史

芙蓉（ふよう）

花芙蓉　白芙蓉　紅芙蓉　酔芙蓉（すいふよう）

アオイ科の落葉低木。中国や日本でも野生はあるが、ふつうは栽培されている。初秋に淡紅色の一〇センチほどの五弁の花が開くが、一日で萎れてしまう。まれに白花もあり白芙蓉という。また、はじめ白色で紅色に変わるものを酔芙蓉という。八重咲きもある。

呪ふ人は好きな人なり紅芙蓉　長谷川かな女
おはじきは今朝の空いろ芙蓉咲く　古沢太穂
紅芙蓉むすめ細身になりたがる　小林松風
恋ならぬ逢瀬（おうせ）もありぬ酔芙蓉　松永静雨
補陀落（ふだらく）といふまぼろしに酔芙蓉　角川春樹
朝風にまだ素面なる酔芙蓉　富田道子
濹東の日は入りたがる酔芙蓉　是枝よう子
もの憂さはよべの名残か酔芙蓉　片山暁子
待ちびとを持たぬ気やすさ酔芙蓉　岩切青桃
暮れてなほ空のみづいろ酔芙蓉　徳田千鶴子
なんの夢見て咲き出でし花芙蓉　平手むつ子
存分に踏石ぬらし白芙蓉　南　典二
花芙蓉音なき雨を結びをり　上野仁子
曲らねば町を出る道酔芙蓉　鈴木俊策
紅を刷く志功（しこう）の天女酔芙蓉　黒川芳穂
夜来の雨払ひて今朝の酔芙蓉　長谷部菊江

桃（もも）　桃の実　白桃（はくとう）　水蜜桃（すいみつとう）　ネクタリン

バラ科の落葉小高木。桃の実は古くは粒が小さく毛が密生していた。今は改良を重ねての白桃や水蜜桃が八月中旬に出回り、甘味、水分とも申し分ない。俳句で多く詠まれるようになったのは大正時代以後のこと、秋の果実として一般化されるようになってからのことである。熟れて美味なものは傷みやすい。↓桃の花（春）

中年や遠くみのれる夜の桃　西東三鬼
白桃のかくれし疵の吾にもあり　林　翔
白桃は闇を貪（むさぼ）るかたちかも　宮坂静生
桃狩のくるりと剥けて遠い富士　島田末吉
父恋ふる日が父の忌や桃啜る　折井眞琴
桃を捥ぐ桃の形に手を丸め　山本白雲
泣く顔はみられたくなし桃を吸ふ　大橋迪代
やはらかな闇の手前に白桃置く　山田暢子
落ちさうな月の昇りぬ桃熟るる　島田弘子
桃すする双手みずみずしくなりぬ　木之下みゆき
自桃にをさまらぬものしたたりぬ　中村正幸
白桃に一つの疵もなかりけり　武田孝子
桃畑出でて夜までももいろに　幸田昌子
桃の肌傷つき易し愛でて病む　早崎　明
白桃や父のふるさと青山路　中西碧秋
鳥毛立屏風の女に桃供ふ　伊丹さち子
渓流に桃を浸して姉妹　風間良子
桃食みて桃を見てゐるいとまかな　遠野　翠
どつこい生きてゐて桃したたらす　神保百合一
白桃やかりそめならぬ今の幸　岡田和子
ここからが闇白桃を置きにけり　吉野裕之
桃太郎の国の桃の実届きたる　久松久子
桃頒つこれより柔かくは持てず　山中蛍火
みづからの重みに桃の傷みゆく　石川千里

梨（なし）　有の実（ありのみ）　洋梨（ようなし）　ラ・フランス

かつての地梨は皮が硬く斑点状の黄銅色をしていた。二〇世紀がその特徴をわずかに残している。現在の銘柄は皮が薄く、淡い緑で実は白く水分たっぷりで甘味、香りもよい。歯ざわりのさくさくとした食べ心地は、梨ならではのものである。洋梨の一種ラ・フランスはよく熟してから食べる。ナシの実の縁起をかつぎ、「ありの実」ともいわれている。

梨むくや甘き雫の刃を垂る、　正岡子規
包丁に載せて出されし試食梨　森田六合彦
玄圃梨くれて山の子もうゐない　山田弘子
ふる里の山の名前の梨を剥（む）く　佐藤梗子
身のどこか水流れをり梨を剥く　小枝秀穂女
洋梨のいびつそばかす抱きごころ　津波古江津
真向ひに吾妻山置き梨を狩る　菅野しげを
ラフランス五百羅漢の二重顎　古川塔子

柿（かき）　甘柿　渋柿　富有柿（ふゆうがき）　木守柿（きもりがき）

柿は日本の秋を代表するにふさわしい果実。カキノキ科の落葉高木。その種類は九〇〇〇に及ぶという。柿は本来渋く酒樽に入れて渋を抜いたり、家では米櫃（こめびつ）などに入れて甘くした。ころ柿、つるし柿などにして食べたりもする。現在の甘い柿は改良品種で御所・次郎・富有・禅寺丸などに代表されよく知られている。それらは鎌倉時代の頃からといわれている。

山柿のひと葉もとめず雲の中　飯田蛇笏
父の忌の胃の腑にたまる柿の冷　坂本　登
信濃柿もろともに山寂びにけり　宮坂静生
柿食ふて大きくひらく日本地図　長浜　勤
火の見櫓にむかしが見える柿の村　出井哲朗
手より手に受けてずつしり蜂屋柿　岩間光景

柿を剥く山道たどるごとく剥く　きくちつねこ
子供歌舞伎佐渡南端の柿熟るる　中村智子
柿の色日に日に湖の輝きに　徳澤南風子
ゆるゆると近江の柿の色づきぬ　葉狩淳子
柿穫つてやうやく村の空鎮火　松田理恵
柿照るや自画像すこし酔ふてをり　野田勇泉
嫁くと決め素直に柿をむいてをり　市川紫苑
斑鳩(いかるが)の道は細くて柿たわわ　松川秋芳
柿食うやあなたの古稀の独り言　大沢せい
柿たわわ通行止の札立ちぬ　藤森小枝
渋柿の黙りこくつて完熟す　佐賀日紗子
枯露柿の甘さ故郷ある限り　西川五郎
柿照って眺めはなやぐ過疎の里　甘田正翠

妻の座に妻いて朝餉(あさげ)柿坊主　内田恒道
アポロゐてディオニュソスゐて柿を剥く　須川洋子
初生の柿の一つは天のもの　真山　尹
半鐘の鳴り出しさうな柿の村　平林寿美江
木守柿浮世ばなれをしてゐたる　山口紫甲
木守柿世の褒貶(ほうへん)に振り向かず　木村筧水
朱鷺守るごとくに島の木守柿　赤塚五行
からつぽの空のつくづく木守柿　太郎良昌子
海石榴市の霧に点れる木守柿　長谷川史郊
薄墨の会津ぐもりに木守柿　徳田千鶴子
柿食へばほろりと甘き秋津島　小山喬司
豆柿に陽気な空のありにけり　谷口ふみ子
抱き癖の子の首すはる富有柿　明円のぼる

林檎(りんご)

紅玉(こうぎょく)　国光(こっこう)　ふじ　王林　林檎園

夏のころから出はじめる早生種の青林檎もあるが、何といっても晩秋に収穫された晩生種にはかなわない。甘味、酸味、香りそして紅色も艶やかな紅玉や国光・富士などがある。印度リンゴは、香りと甘味は強いが、水分と酸味が少ない。高級とされているデリシャスやスターキングなど品種はさまざま。交配などでますます新しい品種が多く作られている。また林檎は滋養があるということから、見舞に用いられたり料理にも使われている。産地は青森や東北地方、長野、岐阜などと多い。もともとコーカサス・小アジア地方が原産地のようだが、民族移動などでヨーロッパにも広がったという。

空は太初(たいしょ)の青さ妻より林檎受く　中村草田男
稿に侍し刻々赤し夜の林檎　赤城さかえ
林檎割る帰心もすっぱりと割れよ　鎌倉佐弓
淋しさをかぷと噛みとる林檎かな　田中幸雪
マンハッタン林檎買ふ吾が黄色き手　藤田直子
林檎落つアダムの空の深さより　加藤耕子
子の顔もりんごの仲間りんご園　成田千空
アルプスの連峰指呼にりんご狩　長谷部八重子
モチーフのりんごの位置は確かなり　佐々木佳津
林檎齧(かじ)りゐて浸蝕の島を見る　立川京子

葡萄(ぶどう)　葡萄園　葡萄棚

ブドウ科の蔓性落葉低木。棚作り栽培している。棚に垂れさがった房は夏から秋にかけて発育し色づく。緑、淡紫、黒などと種類は多い。いずれも多汁で甘味豊か、酸味もある。原産地はアジア西部からヨーロッパ南部地域。主産地は山梨、岡山、長野など。

亀甲の粒ぎっしりと黒葡萄　川端茅舎
葡萄熟れ書架に古びる革命史　森　武司
地震のあと葡萄の粒のひしめきぬ　宗像ひで
葡萄熟れきつたる匂ひしてきたる　井上喬風
妻へのみ通るわがまま葡萄吸ふ　原田孵子
熟れ葡萄八方に目のあるごとし　稲岡潤子
柄杓星葡萄の村は寝しづまり　橋口柳女
マスカットひとつぶごとのひまつぶし　田中幸雪
移り鳴く雉の声せり葡萄園　猪股洋子
黒葡萄その後のユダの舌を染む　村田富美子
黒ぶどう日暮れてからの川奔る　石川元彦
葡萄園北の大地に暮れ残る　塩田みどり

黒葡萄よりも冷たき女の手　名取文子
驢馬を打つ少年無口葡萄の荷　岡崎万寿

栗（くり）　山栗（やまぐり）　柴栗（しばぐり）　毬栗（いがぐり）　笑栗（えみぐり）　落栗　虚栗（みなしぐり）　焼栗

ブナ科の落葉高木でその実をいう。北海道中部以南、おもに関東以西の山地に多く自生する。「桃栗三年」などといわれるように成長が早く、また大木にもなる。畑などで栽培されることもあり、その実は自生のものより大きく味も上等である。兵庫県や京都府近辺では昔から、大粒の丹波栗を産し特に有名。他にも岩国栗、阿波栗などと多くの人に親しく食されている。調理法も、ゆで栗、焼き栗、栗飯、きんとん、甘露煮など多岐にわたっている。↓栗の花（夏）

みなし栗ならべおはじきあそびせる　加藤三七子
刃を据ゑて大ぶりの栗剥きにけり　野末たく二
毬栗の毬に青みの抜けるころ　宮坂静生
大粒の五山の栗を拾ひけり　根岸浩一
山門をいでて試食の栗もらう　山下美江子
柴栗の破顔一笑野良着干す　今井茅草
釜飯の大きな栗を喜べり　大木あきら
山の地図そへし妙見栗を買ふ　岩田余志
てのひらに少し栗鳴る祖母の音　中村梶子
ハングルとこぼれ焼栗手秤に　倉本岬

石榴（ざくろ）　柘榴（ざくろ）　実石榴

ザクロ科の落葉小高木。皮は厚く固く、こぶし大の球形の実が秋、枝の上で熟すと、口を開けルビー色の種がびっしり詰ってみえる。食べると甘酸っぱい。原産はペルシャからインド北西部、中国から渡ってきたという。↓石榴の花（夏）

露人ワシコフ叫びて石榴打ち落す　西東三鬼
柘榴熟れ風に微熱のありにけり　鏡未橙

石榴割れる村お嬢さんもう引き返さう　星野紗一
裂け目より柘榴真二つ汝(な)と分かたん　中島斌雄
石榴の実裂けて秘密を漏らしさう　曽根富久恵
実石榴は西の方位の守りなり　大野和加子
実石榴にダリの亀裂の走りけり　西岡正保
紅とても透明感に石榴の実　山下美典
実ざくろや悟り開かず明治の母　工藤眞智子
海鳴りや吼ゆるが如く柘榴割れ　酒向庄八
柘榴紅まだ破裂せず愛吉碑　岡崎万寿
実石榴に一笑の乱ありにけり　鈴木渥志
実石榴の割るるやことば吐きさうな　塚原いま乃
怺へ性なき石榴から爆ぜはじむ　飯田　直
下戸二人柘榴ジュースにしてしまえ　石口りんご
をんな来てむずとつかみて石榴裂く　島谷全紀

棗(なつめ)の実(み)　棗

クロウメモドキ科の落葉高木の実、俵形緑色が熟れると黄褐色になり、甘酸っぱい味がして食べられる。ヨーロッパからアジアにかけて栽培されている。日本にも古く渡来し、庭木としても親しまれている。漢方で解熱、強壮薬として用いられてもいる。

棗の実薬酒のびんに母の文字　中村みよ子
さざなみを膝に展げて棗売　宮坂静生
はろばろと杜甫(とほ)の生家や青なつめ　石　寒太
しぐれ雲から落ちてきし棗の実　六角文夫

無花果(いちじく)　白無花果

クワ科の落葉小高木。アラビアの原産という。無花果と書くが、花嚢(かのう)の中に無数の白色の小花と肉果がある。外面ははじめ緑、秋には暗紫色の実となる。熟した実はそのまま食べられる。都会の裏庭などでよく見かけたものだが昨今は、それも少なくなった。また熟しても白緑色のものがあり、これを白無花果という。

無花果の中はいくさの火種かな　瀧　春樹
無花果で始まる森の小道かな　郷　絹子
無花果やわらべ心に剥かぬまま　乗本真澄
無花果くらし子守唄なほ昏し　神戸周子

胡桃（くるみ）　姫胡桃　鬼胡桃　胡桃割る

クルミ科の落葉高木。普通胡桃というとオニグルミの実をいう。山野、特に山岳地帯の川岸に自生する。それは鬼胡桃や姫胡桃で食用になる。核は非常に固く、その中の種子を取りだして食用にする。それは脂肪が多く滋養に富み美味しい。昔から胡桃あえや、菓子の材料として用いられている。

胡桃焼けば灯ともるごとく中が見ゆ　加藤楸邨
暇なきわれら夜を遇ひ胡桃割る　早崎　明
青空のそのまま夜へ籠に胡桃　宮坂静生
ポケットに胡桃少年老いやすき　石田阿畏子
胡桃割るこきんと故郷鍵あいて　林　翔
胡桃割り近づくにじゆういつせいき　山口文一
老の手に握られ胡桃艶を増す　清田阿賀人
縄文のポシェット誰の胡桃の音　白石みずき
胡桃割る生きむといふは死を思ふ　西村和子
やはらかき胡桃の音や伊那訛り　鈴木龍生

青蜜柑（あおみかん／あをみかん）

青々としてまだ堅くいかにも酸っぱそうな蜜柑が、樹に生（な）っているさまは、秋の深まりを感じる。しかし昨今は早生の温室ものが店頭に出回っており、これは甘い。→蜜柑の花（夏）・蜜柑（冬）

伊吹より風吹いてくる青蜜柑　飯田龍太
青みかん闇の深まる一人の夜　高橋喜代子
父のくに酸っぱい蜜柑鈴生りに　脇　りつ子
農薬の付く葉に守られ青蜜柑　小牧敦子

酸橘（すだち）　木酢（きず）　かぼす

ミカン科の常緑低木。徳島県の特産で果実は初秋の青いうちに収穫し、各種の料理に果汁をかけたり、その実を添えて珍重されている。もともと柚子と近縁で、福岡県や佐賀県では木酢、大分県ではカボスなどが生産されている。

包丁のまへに玉置く酢橘かな　百合山羽公

酢橘採る鋏のひびく札所道　丸川越司

柚子（ゆず）　柚子の実

ミカン科の常緑小高木で耐寒性が強く、福島県でも栽培されている。柚子の実は料理に幅広く用いられ、未熟な果実は皮の小片を吸いものや酢の物に、果汁はしぼってその香気と酸味が、松茸や椎茸、魚などの焼物に好適だし、鍋物、柚子味噌などにも喜ばれる。中国が原産。日本人に広く親しまれている果実。

柚子よりも記憶の柚子の重たかり　宮坂静生

柚子一顆（か）父に艶夢を贈りたし　中西夕紀

泣くまじとゆがみしままの柚子の顔　中嶋秀子

柚子捥げば昨日の雨も共に落つ　大村清美

買ひ好きの用なき柚子を買ひにけり　斎藤節子

柚子の村より聖堂が海が見え　出縄明夫

青柚捥ぐ尼にあまねき日の座あり　二羽光枝

吉事なき夜の焼酎柚皮（ゆひ）落とし　松下秀俊

柚子買の皮の手袋新しく　今井真寿美

どの家も柚子を大きく十二橋　大久保明

柚子熟れて無住寺の裏明るくす　山崎芳子

柚子山の柚子に溶けこむ膝頭　姉崎蕗子

目をつむりても青柚の位置の確かなり　濱田のぶ子

一徹の相の出できし青柚かな　森田公司

枝々の茂みに柚子の色づける　鈴木豊子
絵手紙の匂いの染みる柚子葉付き　小平　湖
柚子真青向田邦子好きな夜で　脇　りつ子
柚子の香を刻むや今日を折返す　堀越すず子

柑子（こうじ）　柑子蜜柑

普通の蜜柑より小さく紀州蜜柑の変種。皮が薄く種は多い。橙黄色で酸味は弱く甘味も淡い。もともと中国からきたのだが、日本ではかなり古くから栽培しており、当時は柑橘類を総じて柑子といわれていた。

名月に葉隠れ柑子見出たり　成　美
酸っぱいぞ甘いぞ柑子賜わるも　松田ひろむ

橙（だいだい）　回青橙（かいせいとう）　かぶす

ミカン科の常緑低小木。夏に白花をつけ、晩秋その実が熟し、だいだい色になる。やや扁球形で表面の皮はあらく香りが高い。肉質は多汁で柔らかいが、酸味が強くて生食には適さない。冬まで木におくと再び青くなることもあって回青橙の名もある。皮はマーマレードになったり、果汁は鍋物などに用いる。「だいだい」は代々続くという縁起を祝い正月の飾りにされたりする。

橙に寺苑のうすき日を配る　横山房子
珠算塾ともり橙おちてゐる　南　典二
橙や貧しきながら三世代　仲丸くら
橙やつやつや青き葉一枚　滝　峻石

九年母（くねんぼ）　香橙（こうとう）　くねぶ

温暖な地方で栽培されるミカン科の常緑低木。夏ミカンより少し小さめの実は温州蜜柑に似るが、表面が堅く厚い。外皮は果肉と離れにくい。その果肉はだいだい色で多肉、甘味と芳香があるので、古くから日本でも栽培されている。原産はインドシナ。

九年母のその根に魚の煮汁かな　星野紗一
九年母や三日の座禅会終りたる　善積ひろし
九年母を入れて匂へり旅鞄　矢田邦子
九年母に日の当りをり能の家　大東三三枝
九年母や美男におはす布袋尊（ほていそん）　澤石たま子
九年母や映画半券ポケットに　小平　湖

金柑（きんかん）

ミカン科常緑低木。中国原産。果実は二〜三センチ、小さくつやつやと美しいため庭園に盆栽にと親しまれている。果肉は厚く酸味が強いが果皮に甘味がある。そのまま食べられるが、砂糖煮にしても香りが高い。

金柑は母の木海は雨もよひ　野木桃花
金柑を舐めひと噛みにしてしまふ　西田　孝

檸檬（れもん）　レモン

ミカン科、インド原産の常緑低木。主産地はカリフォルニアで、日本ではわずかに瀬戸内地方で栽培されている。今では一年中果実が見られるが、普通は初夏に薄紫の花をつけ、秋に果実の黄熟となる。レモンは料理に、レモン油、果汁を使ったレモン水、化粧水などと、生活に広く用いられている。

暗がりに檸檬浮かぶは死後の景　三谷　昭
スカートの襞をゆたかに檸檬切る　谷口摩耶
檸檬転がり今宵の曲はブルースで　赤尾恵以
萎（な）へてゆく檸檬が皿に会議中　大江まり江

榠樝の実（かりんのみ）　花梨（かりん）の実

バラ科の落葉高木。中国原産。日本での分布は広く耐寒性もある。花はリンゴに似ていて淡紅色の五弁。実は大きくいびつな楕円形。表面はてらてらと艶がある。晩秋黄色く熟してくると芳香を放つが、果肉は堅い。渋く酸味もあって生食はできないが、砂糖漬けや果実酒にして風味をたのしんだり、咳止めにされる。

目を遣るたび答えをくれる榠樝一箇　窪田久美
木の榠樝一弾さむくまた一弾　山崎聰
猫好きに猫の蹤きくる榠樝の実　黒米満男
黄のかりん仏頂面をころがしぬ　野村光子
かりんの実とことんでこぼこ鈴なりに　工藤厚子
石仏の高い低いと榠樝の実　岩本桂子

紅葉（もみじ）　紅葉（こうよう）　もみづる　色葉（いろは）　村紅葉（むらもみじ）　谷紅葉　紅葉山　紅葉川

晩秋気温がさがると、落葉樹の葉は赤や黄に彩られる。紅葉というと楓がもっとも一般的だが、漆（うるし）、櫨（はぜ）、銀杏、桜、欅、柿をはじめ、種々の木にもいう。黄葉もまた「もみじ」という。鮮やかな紅葉は、昼と夜の温度差のある山国や北国で、八度から五度位で全盛をむかえるといわれる。古来から「雪月花」とともに紅葉の美しさは人の興をそそり、春の桜狩りのように、紅葉狩りに出かけたりする。また紅葉することを「もみいづる」「もみづる」という。

かざす手のうら透き通るもみぢかな　大江丸
この木登らば鬼女となるべし夕紅葉　三橋鷹女
四方山（よもやま）の紅葉疲れを昭和びと　三橋敏雄
紅葉づるや女の裸身舟のごと　横山千夏
通天閣より望む紅葉とフラミンゴ　大橋晄
妻とゐて別のこゝろが紅葉恋ふ　立花一孔

沼は青き色のみを吸ひ紅葉中　加藤瑠璃子
よんどころなくて紅葉を病ませたり　津根元潮
茹で卵ころがしに行く紅葉山　鴻巣又四郎
ゆきずりに一揖(いちゆう)交はす紅葉坂　横山房子
みかへりの弥陀のかんばせ紅葉映　高見岳子
美しき人の鬼女めく紅葉谷　小檜山霞
能衣裳まとふ鬼女とも夜の紅葉　中原宏子
巨象めく根府川(ねぶかわ)石に散る紅葉　長屋せい子
岩の上に風が置き去る紅葉かな　百済円覚
まだ熱きういろうを買ふ紅葉寺　吉川敦子
錦繍(きんしゅう)の山を砦に平家村　下田千里
「北越雪譜」峠紅葉の空張って　紺野佐智子
紅葉づれる木にターザンの忘れ綱　服部たか子
神饌となす米洗う紅葉川　西島民江
山の湯や紅葉を払う脱衣籠　太田小夜子
動くものみな猿なりし紅葉山　中島まつ枝
とびとびの紅葉夜更けのオートバイ　立川京子
みどり児の指してもみじと風ばかり　工藤眞智子
露天湯の紅葉に染まり更年期　鈴木照子
朱印めく紅葉ひとひら拾ひけり　永田豊子
つらきことありて紅葉のなかにゐる　石川英利
紅葉宿をんな蹠(あうら)を拭きにけり　平綿涼風
逆光の紅葉や母を残す旅　豊田恭久
戻り路となりて俄かに紅葉冷　的場松葉

初紅葉(はつもみじ)　はつもみぢ

初紅葉は、初鶯、初花などと同じように、「初」はまず目に触れ得た季節を賞でおどろく気持のあらわれである。紅葉といえば楓だが、いちはやく色づくのは山桜といわれる。何の木であれ初めに紅葉する木は人を喜ばせるものである。

初紅葉せる羞ひを杉囲み　能村登四郎
踏み分けて行りぬところに初もみぢ　遠藤若狭男
ジョギングのゼッケン清し初紅葉　近藤雅恵
餅の湯気両手にのこり初紅葉　姉崎蕗子

薄紅葉（うすもみじ／うすもみぢ）

鮮やかな紅葉もさることながら、うっすらと色づきはじめた樹々の美しさはまた、何とも趣きがあるもの、日本人の季節感の微妙さから生まれた言葉で、初紅葉とはひと味違う趣きがある。

色付くや豆腐に落ちて薄紅葉　芭　蕉
薄紅葉櫨が入日に枝をのぶ　水原秋櫻子
点滴の薄紅葉いろまぬがれず　松田ひろむ
笈摺（おいずる）に札所の朱印薄紅葉　金山貴志子

黄葉（こうよう／くわうえふ）　黄葉（もみじ）

「こうよう」とも「もみじ」ともいう。落葉樹でも、楓のように紅葉するのと、銀杏のように黄色になる樹がある。山を彩る紅葉などとともに、黄葉も楢・欅・櫟・栗などとその趣きは古くから、絵画に描かれ、詩歌にも詠われてきた。

黄葉はげし乏しき銭を費ひをり　石田波郷
雑木黄葉いづこか人の殺めらる　鈴木貞雄
鬱金（うこん）黄葉田の一枚を埋めつくす　後藤真理子
からまつ黄葉くつ音若くゆく湖畔　福永みち子

照葉（てりは）　照紅葉（てりもみじ）

紅葉した木々が太陽に照り映える様。それは日射しがあってこその美しさ、「照紅葉」ともいわれる。

から堀のなかに道ある照葉かな　蕪　村
ひもすがら外に作務（さむ）ある照葉かな　飴山　實

紅葉(もみぢ)かつ散(ち)る　色葉散る　色ながら散る

紅葉がさかりの時、一方では紅葉が散っている、ということで、俳句的な表白。それは「紅葉散る」とはおのずと区別される。「かつ散る」の「且(か)つ」は二つのことの同時存在を表わす古語。

一枚の紅葉且つ散る静かさよ　高浜虚子
紅葉かつ散る人間と猫あるく　長峰竹芳
紅葉かつ散るを一泊雨ごもり　岩崎母郷
醍醐寺の紅葉且つ散る日和かな　杉山青風
色ながら散る玄海に鳥群れて　秦　夕美
紅葉且つ散る東京の客二人　西村良子

黄落(こうらく／くわうらく)　黄落期

イチョウ・ケヤキ、クヌギ、ナラ、ポプラが黄葉を散らすさまは秋の風物詩といえる。金色の葉があとからあとから落ちるさまは、妙に明るくいさぎよい。黄落は、落ちている黄葉をもいうことがある。→黄葉

黄落や深井鼓のごと鳴れり　加古宗也
黄落の明るさ未来ふせておく　原　和子
黄落の街マネキンを横抱きに　今井　聖
チョコレート折り学園の黄落期　梶本厦樓子
黄落や壁にもたれしまま透けて　二村典子
黄落やいま黄金の札所(ふだしょ)みち　吉野喜雨
黄落や馬老いぬれば遊ぶなり　福島壺春
日に一度日当たる柱黄落す　柿本多映
黄落やいつまでもある目の鱗　土橋たかを
黄落の街橋桁より昏れる　小池龍渓子
黄落期真水のごとく猫眠り　北原志満子
黄落に言葉惜しまず車椅子　増田治子
黄落や亀岡文殊面(おも)崩れ　安藤と志子
黄落す十返舎碑は「どりゃ」と辞世　古田　海

黄落や藍を塗り足す峡の空　吉野トシ子

黄落や於大の墓はもっと奥　森　徳好

雑木紅葉（ぞうきもみじ）

一般的に雑木といえば、良材にならない木をさす。ナラやブナなどがその類いである。しかしここでは、なんの木ということなく、紅葉している木々の総称にも使われる。色彩は褐色などの紅葉も多いが、季節感が身近に感じとれる趣がある。

暫くは雑木紅葉の中を行く　高浜虚子

かちかち山雑木紅葉の色となりぬ　山口青邨

柿紅葉（かきもみじ・かきもみぢ）

晩秋、柿が熟れる頃その葉は、紅や黄色が入り混じって紅葉する。それは若葉の艶とは別な趣きがある。山里の家々で紅葉した柿の木、点々と遠景のそれ、ともども日本の秋と実感するものである。

浮腰となりし烏や柿紅葉　皿井旭川

紅葉せり柿の葉鮓の柿の葉も　長谷川　櫂

漆紅葉（うるしもみじ・うるしもみぢ）

中国原産。ウルシ科の落葉高木。漆を採取するのに栽培される漆もあるが、一般的に観賞する紅葉は、自生する山漆や蔦漆のそれをいう。漆紅葉が太陽の光を透かせた美しさは、格別なものがある。漆は触れてかぶれることがある。

うるし紅葉水なにかはと燃えうつる　篠田悌二郎

滝の前漆紅葉のひるがへり　中谷朔風

櫨紅葉（はぜもみじ・はぜもみぢ）

ウルシ科の落葉高木。四国、九州などで栽培された櫨の実から蝋を取っている。比較的暖かい地に自生する櫨の紅葉は、ことさら目につくもの。真紅の美しさ即ち櫨と誰にもうなずける。「はじ」ともいわれる。

櫨紅葉農夫に没日（いりひ）とゞまれる　赤尾兜子

林泉の起伏の奥の櫨紅葉　中野陽路

櫨紅葉足るを知りたる彩ならむ　林　享子

なほざりの鉢とて急ぐ櫨紅葉　外山智恵子

銀杏黄葉（いちょうもみじ・いてふもみぢ）

中国原産。イチョウ科の落葉高木。扇形の葉は薄い皮質で上部は波形の切りこみがある。青葉が秋に黄葉するのは鮮やか、あたりを明るくする。公園の植木、街路樹と都会の人々に親しまれ、社を守る大樹などと、日本に根づいた樹。

とある日の銀杏もみぢの遠眺め　久保田万太郎

銀杏紅葉して何よりも大きな木　三ッ沢君子

付和雷同銀杏黄葉の散り急ぐ　杉山青風

銀杏黄葉のラストシーンを出勤す　石川貞夫

桜紅葉（さくらもみじ・さくらもみぢ）

九月も終りに近づく頃、桜はすでに黄ばみ、赤らみ、はやばやと散りはじめる。なかでも山桜はそれにさきがけ紅葉し散りはてる。桜は日本のいたる所で見られ、街なかでも身近に目に触れることができる親しさがある。

なほ残る桜紅葉は血のいろに　原　裕
さくら紅葉わが居しあとに少女かな　川端京子
桜紅葉車寄せなる金モール　立川京子
赤松に桜もみぢのちりぬるを　杉山岳陽

白膠木紅葉（ぬるでもみじ／ぬるでもみぢ）

ウルシ科の落葉小高木。昔から漆とともに山林を彩るにふさわしい紅葉と称えられている。ヌルデの樹皮は傷つけると、白い乳液を出す。かつてはそれを塗り物に使ったという。そんなことから「ヌルデ」の名がある。

もみぢして松にゆれそふ白膠木かな　飯田蛇笏
夕日さす峠の白膠木紅葉かな　山本順子

柞紅葉（ははそもみじ）　柞（ははそ）　柞（ほうそ）　楢（なら）紅葉　楢

柞は古来から小楢をさしていたが、現在ごく一般的に楢（なら）や櫟（くぬぎ）などを含めての総称をいう。紅葉は赤銅色に近く、漆や櫨のように華やかではないが、身近で親しめる。柞紅葉は『万葉集』『新古今和歌集』などにも詠まれている。

一塊の雲を動かす柞かな　石井龍生
柞葉を通す一雨をまた歩く　若林つる子
柞山ほとけみち経てけものみち　岡崎淳子
白昼や馬臭のありし柞山　福井啓子
柞紅葉神にて湯岩縦割れに　松田ひろむ
楢（なら）もみぢ支へ愚直の幹高し　玉木春夫

五倍子（ふし）　五倍子　ふし干す

ヌルデの葉に一種のアブラムシ、五倍子虫が寄生したために出来る、三〇センチ程のこぶ状のもの。これを「フシ」と呼びゴバイシともいう。ヌルデを五倍子の木というのもここからきている。フシは緑色で赤い暈がある。それが秋になると茶褐色になる。フシは虫が袋を出るまえにタンニンを採取し、薬用やインクの原料などに使われる。

中山は材木の町五倍子を干し　富安風生

霧晴れて五倍子干す山の生活(たつき)かな　益田きみ江

五倍子とるや五倍子のような鼻動く　加藤知世子

初瀬寺に続く坂道五倍子干す　山口典子

色変(いろか)えぬ松(まつ)　色変(いろかへ)ぬ松(まつ)

あたりの木々が紅葉したり、散ったりしている中で、厳然と緑を変えることなくある松をいう。常緑の松をたたえてのことばであろう。しかし松の緑あっての紅葉、またその逆もあろう。

城亡び松美しく色変へず　富安風生

松色を変へず玉虫厨子の彩　金子あきゑ

新松子(しんちぢり)　青松毬(あおまつかさ)

今年新しくできた松笠（松の実）のこと。青松毬ともいう。それは卵形で鱗片はみな固く青、みずみずしい。その鱗片(りんぺん)は枯れてくると開いて種をこぼす。種を落としたあとのものは松ぼっくり・松ふぐりなどという。↓松の花（春）

潮騒に勝る松風新松子　伊丹三樹彦

きやうだいの会はぬ月日や新松子　大須賀令子

桐一葉(きりひとは)　一葉　一葉落つ

桐の木のたたずまいはどこか風雅さがただよう。青葉、花、そして大きな葉がふんわり落ちてくる光景は、やはり風格にともなうものがある。中国の古典、『淮南子（えなんじ）』に「桐一葉落ちて天下の秋を知る」ということから、桐一葉や一葉が、秋の季節感となったようである。また近年季語として定着したのは、坪内逍遥の戯曲『桐一葉』によるものともいわれている。本来、桐は梧桐（あおぎり）を指すが今は桐も含めての「桐」とされている。

桐一葉日当りながら落ちにけり　高浜虚子
弦楽四重奏曲一葉落つる家　内山泉子
桐一葉麹の匂う蔵屋敷　下沢とも子
桐一葉馬屋あり馬顔だせり　片岡紫々夫
別離とは刻かけ癒えむ桐一葉　高橋良子
桐一葉母の命の澄みて来し　加藤房子
傘の柄のあまりに細し桐一葉　篠原俊博
桐一葉大坂城を想ひ出す　村野秋果
語らひの途切れに合はせ一葉落つ　高橋弘道
桐一葉穴ぶつぶつとあいてをり　菱科光順

柳散る（やなぎちる）　黄柳（きやなぎ）　秋の柳

仲秋葉が黄ばんでからはらはらこぼれ散る。柳は時をかけて散りつくす。それは冬に入っても残り葉を見かけたりする。ともあれ桐一葉とともに柳の散る風情は秋そのものといえよう。↓柳（春）

柳散る水の十字路漕ぎ曲り　野見山朱鳥
柳散る川灯台や結びの地　中村苑子
チャイム鳴るや銀座の街の柳散り　磯　喜代子
柳散り雨の中より都電来る　大木格次郎

銀杏散る（いちょうちる・いてふちる）

金色の葉が日を浴びつつ散るさまは圧巻である。いくらかでも風があればことさらのこと一枚一枚の遅速もまた楽しい。散り敷いた黄金色の絨毯も秋をしみじみ感じさせる。銀杏並木そして大木一樹とそれぞれの趣きがある。

銀杏ちる兄が駈ければ妹も　安住　敦
銀杏散るまつただ中に法科あり　山口青邨
大学の匂ひに満ちて銀杏散る　原子公平
金色の風十方に銀杏散る　狭川青史
銀杏ちる金管楽器響りやまず　川崎ナミ
銀杏散る中へ真赤なポルシェゆく　小川背泳子

木の実（このみ）

木の実落つ　木の実降る　木の実雨　木の実独楽（ごま）

一般的に秋になって熟する木の実の総称である。しかし、梨、柿、木瓜などの果実は除く。「木の実降る」「木の実落つ」などと、団栗や、樫、椎などの堅い実をいう。

幸せも木の実も一つづつゆずる　中嶋秀子
石に落ち空の音する木の実かな　角川照子
はじめから山へ傾き木の実独楽　山崎　聰
萬屋の軒に笊（ざる）吊る木の実晴　加古宗也
律（りつ）といふ子規の妹木の実降る　宮坂静生
晩年の肩たたきしはこの木の実　出井哲朗
木の実拾ふことに飽きたる紅茶かな　八坂　洵
てのひらを木の実よろこぶ常陸かな　牧　辰夫
木の実独楽（こま）自転に力尽しをり　小川立冬
智恵づきし児を遊ばせる木の実坂　小西久子
それなりに子ら恙（つつが）無く木の実落つ　松永登志
物の怪（け）のゆさぶるならむ木の実降る　小川玉泉
木の実落つ音よく晴れてをりにけり　佐山けさ子
木の実蹴る少年後を振り向かず　中村みよ子
福耳のウエストン卿木の実降る　山本　源
先に落つ木の実父親かもしれぬ　田中純子
木の実落つものの終はりか始まりか　加藤早記子
天領の島の明るさ木の実降る　竹内幸子
父ほどの男に逢はず漆の実　遠山陽子
農学校実を累々とねずみもち　青柳志解樹
川面叩いて濯ぐ榛の実青く揺れ　広瀬とし
楠の実の黒涙を踏む爆心地　三嶋隆英

ポケットに木の実ポシェットにも木の実　大石悦子　　木の実落つ振り向く犬と振り返り　新倉和子

椿の実

夏のころから直径三センチ火の球のような実がつく。日にあたるとてらてらと光沢を見せ、次第に緑から赤みを帯びてくる。その実で椿油を絞りとる。食用や髪油などに用いられる。→椿（春）

まれに敬語つかひし生徒椿の実　益永孝元　　椿の実この地つづきに妹の家　岡田久慧
おんころころ坂道に降る椿の実　佐野豊子　　遺志といふ声聞こえくる椿の実　内田美紗

南天の実　実南天　白南天

メギ科の常緑低木。花が終わると、小さな丸い実をたくさんつけ、晩秋には赤く色づいて美しい。白い実の白南天、淡黄色の閏南天、紫色の藤南天などもある。南天の実は昔から乾燥させて咳薬として用いられ、白南天は特に効くといわれている。

南天の実に惨たりし日を憶ふ　沢木欣一　　実南天揺れてのっそりポーの猫　上嶋稲子

梔子の実　山梔子

クチナシの実は楕円形。熟すと黄赤色になる。それは熟してもその先端が口を開かないので、「口無し」の名がある。古くからその黄色色素で染料を、また漢方の山梔子として薬用に用いられている。

山梔子の実のつややかに妻の空　庄司圭吾　　梔子の実やをみならの小さき旅　宮地　淳

藤の実（ふじのみ・ふぢのみ）

マメ科の落葉低木。野山に自生しているが、古くからそれを仕立てて観賞用に植栽されている。花のあとの実は細長く、扁平で一〇センチ以上の長いものもある。よく藤棚に下がっているのを見かける。熟してくると音をたててはじけ、扁平な種を出す。↓藤（春）

藤の実は俳諧にせん花の跡　芭蕉

藤の実やたそがれさそふ薄みどり　富田木歩

杉の実（すぎのみ）

杉は建築材、家具材などとその用途は幅広い。常緑高木で高さは五〇メートルにもなる。春には一株に雌雄の花をつけ、雄花は米粒ほどの大きさの褐色の、雌花は球形で一個ずつつき緑色。晩秋二センチくらいの丸い実をつける。後こげ茶色に熟すと鱗片を脱いで種をとばす。かつて子供は篠竹などの細い竹筒に雄花をつめて杉鉄砲にして遊んだ。↓杉の花（春）

火の見杉の実耳の大きな少年に　藤田湘子

杉の実や志願で消えし伯父二人　松田ひろむ

七竈（ななかまど）

ななかまどの紅葉、その美しさもさることながら、それ以上に真紅の実にはっと息がつまる。小粒の実がふさふさと集まって重そうに垂れさがる。それは東北地方の街角であったり、山間（やまあ）いの道すがらだったりする。ナナカマドは材質が堅く燃えにくく、窯に七度入れても炭にならないことから、その名があるという。

ななかまどわが家の方へ山幾重　相馬遷子　雲海へ紅葉吹き散るななかまど　岡田貞峰
恐らくは降れば雪なる七竈　石　昌子　街路樹の燃ゆる色としななかまど　石田幸子

櫨の実（はぜのみ）　はじの実

見事な紅葉とともに、一センチ程の扁球形で光沢のある実が、乳白色や黄褐色の房になって垂れる。山に自生する山櫨は染料になり、一般的にハゼといわれている琉球櫨は、かつて九州地方の山野に植えられ、蝋を採取する。ウルシ科。↓櫨ちぎり　↓櫨紅葉

櫨熟れて鳥放生に任せたり　石塚友二　櫨の実を風鳴らし過ぐ殉教碑　藤崎美枝子

橡の実（とちのみ）　栃（とち）の実

橡の木は公園や街路樹として植えられているトチノキ科の落葉高木。山地では水辺に自生しているのも見かける。実は球形で秋、黄褐色。熟すと三裂し栗色をした種をおとす。その種は生食できないが、水に晒して灰汁（あく）を抜き、橡餅や橡団子などを作る。

橡の実や幾日ころげて麓まで　一　茶　栃の実に打たれて怒失ひつ　杉山岳陽
栃の実の落つる力の水の上　菖蒲あや　橡の実を磨くたんねん父遠し　宮坂静生

椋の実（むくのみ）

ニレ科の落葉高木で山地に自生する。神社や公園などでも見かける。秋も深まると直径一センチほどの実が、黒味を帯びて甘くなる。それを待ちかまえて椋鳥などが好んで啄む。果実酒にした

り、ケーキやクッキーの材料としても利用される。

邸内に祀る祖先や椋拾ふ　杉田久女　　椋の実は高きに耳を済ませをり　北　光星

樫の実

ブナ科の常緑樹だが、アカガシ・シラカシ・イチイガシ・ウラジロガシ・アラカシ・ツクバネガシ等を総称して一般的に、樫の実という。それは椚や楢と同じに、どんぐりともいうが、どんぐりは落葉樹の実をいうので、やはり樫の実は樫の実として区別すべきか。

樫の実の落ちて駆け寄る鶏三羽　村上鬼城　　樫の実の一つ語れば一つ落つ　山田みづえ

団栗　椚の実

どんぐりはクヌギの実のこと。しかしブナ科ナラ属の実を一般的にどんぐりという。山道を歩いていて落ちているそれに似た木の実、たとえば、コナラ・ミズキ・カシワなどと、それらを団栗といってもよいことになろう。種類によって形は多少異なるが、お椀形の殻斗といわれるものを被っている。ころころ転がりやすく、子供たちにも親しまれ、独楽にして遊んだりする。

団栗の寝んねんころりころりかな　一　茶　　どんぐりの転がつてゐる能舞台　田村すゝむ
回らねば仲間失う団栗独楽　保尾胖子　　駈け足で老いへころがるどんぐりこ　山本白雲
どんぐりの一つは寡黙三つ拾ふ　広谷春彦　　どんぐりや厨に小さき覗き窓　松岡実子
どんぐりの一つ淋しところがれる　大内迪子　　団栗溜めこんで長頭系の孫　安藤今朝吉

一位の実（いちいのみ・いちゐのみ）　あららぎ　おんこの実

寒い地方の山野に自生する常緑高木だが、庭に植えられたり、生け垣にもされる。笏（しゃく）の材料に使われることから「位」の一位とかかわってその名がある。北海道では「おんこの実」といわれ、古名では「あららぎ」ともいわれる。実は晩秋、赤く透きとおり甘く食べられる。

アラヽギは武し其実は紅く小さし　中村草田男
カーナビに載らぬ峠や一位の実　宮本つる子
管長は旅に出られて一位の実　矢野典子
日暮れまでままごと遊びおんこの実　工藤眞智子

檀の実（まゆみのみ）　真弓の実

落葉小高木、ニシキギ科で山野に自生する。晩秋やや四角形の丸みを帯びた実を結ぶ。淡紅色に熟してから四つに裂け赤い種子をみせる。それは紅葉とともに美しく、「山錦木」などとも呼ばれている。この木で将棋の駒やこけしを作る。昔は弓を作ったので、マユミの名がある。

西の山人居てまゆみの実を握る　金子兜太
なきべそのままの笑顔よ檀の実　濱田正把
檀の実牧の扉にひかり充ち　宮坂静生
温泉の町のたそがれに逢う檀の実　徳部文子

楝の実（おうちのみ・あふちのみ）　栴檀（せんだん）の実　樗（おうち）の実　金鈴子（きんれいし）

センダン科の落葉高木。センダンと現今は呼ばれており、古名を楝といった。初夏、薄紫の花をつけ、あと実は白黄色の歪んだ球形、十月頃黄褐色に熟す。落葉後もいつまでもその実が残り印象的。実から蝋を、樹液から染料をつくる。→楝の花（夏）

手が見えてやがて窓閉づ楝の実　柴田白葉女
せんだんに実や目びかりを城の鯱　薄多久雄

榧(かや)の実(み)

イチイ科の常緑高木。山地に自生し二〇メートル、それ以上の高木もある。雌雄異株。雌株につく実は二～三センチの楕円形。はじめは緑色だが翌年十月頃緑色から外皮が褐色に変わり、熟すと外皮が裂ける。内種皮は堅く赤褐色、胚乳は食用となり、油をとったりする。

榧の実のかく榧の木となりしかは　赤岡淑江
榧の実のぽとりと落ちて寺暮るゝ　黒瀧昭一
榧の実の転びて村社古りにけり　藤井智明
榧の実や史実の中の広き庭　吉田　功

椎(しい/しひ)の実(み)　落椎(おちしい)

ブナ科の常緑高木。神社や寺域に多く植えてある。椎には二様があり、スダジイは卵形を引きのばした形の実、ツブラジイは球形の実と区別がつく。いずれも食べられるが、団栗と呼ばれる仲間の中で、その実はもっとも美味とされている。

丸盆の椎にむかしのこと聞かむ　蕪　村
椎の実を踏み椎の実を拾ひけり　横川　京
夜の闇さ椎降る音の降る音に　竹下しづの女
高僧の飢ゑに備へし椎実る　山下年和

橘(たちばな)

ミカン科の常緑低木。日本で古くからある野生の柑橘(かんきつ)類で、南国に多い。また庭木としても植えられている。白花が五月頃開く。実は扁平で三センチ位、黄色に熟す。香りはよいが酸味が強く食べられない。『万葉集』などに花や香りが多々詠まれている。

旅楽し荷つき橘籠に満てり　杉田久女

青き葉の添ふ橘の実の割かれ　日野草城

銀杏（ぎんなん）　銀杏の実（いちょうのみ）

イチョウの種子のこと。イチョウは雌雄異株で、種子の雌木にできる。秋も深まった頃、黄熟して落ちる。外皮は悪臭を放ち、触れるとかぶれたりする。堅い白色の種皮の中に種があり、焼いたりゆでたりして料理に用いられる。その風味は独特のものがある。また咳止め、利尿に良いともいわれている。

ぎんなんの木にぎやうさんの雨の音　後藤兼志

銀杏を干すしわしわの新聞紙　児玉輝代

紫式部（むらさきしきぶ）　実紫（みむらさき）　紫式部の実　小式部（こしきぶ）　白式部（しろしきぶ）

クマツヅラ科の落葉低木。山野に自生するが庭木にもする。六～七月頃淡い紫色の小花が咲く。十～十一月頃、丸い紫色の実を結ぶ。花よりも実の紫が印象的で「源氏物語」の作者紫式部の名が付けられた。実が白い品種は「白式部」。近縁種に「小式部」がある。

越境は一歩で足りし式部の実　堀無沙詩

雨粒の磨かれてゐる白式部　山口啓介

紫になほ遠けれど実むらさき　藤田八郎

紫になりきれぬま丶式部の実　福島えつ子

菩提子（ぼだいし）　菩提の実　菩提樹（ぼだいじゅ）の実

シナノキ科の落葉高木。中国原産。その名にちなんでか寺院などに植えられていることが多い。

夏、淡黄色の香り高い花が咲き、秋、羽状苞(ほう)についたまま小さい球形の実が、いくつも集まって垂れさがる。熟した実は乾燥させて数珠を作る。学名は菩提樹というが、その種類は多く、釈迦が木の下で悟ったという菩提樹は、インド菩提樹で日本にはなく別種。

夕凪に菩提樹の実の飛行(ひぎょう)せり　永田耕衣　菩提子の飛ぶ日の近し錆色に　松岡君枝

きりきりと菩提子空にあらはれ来　加藤三七子　菩提の実教会地下の核シェルター　渡辺祥子

無患子(むくろじ)　無患子の実

山地に自生するムクロジ科の落葉高木。夏淡黄色の小花が咲き、秋梅の実ほどの実をつける。熟するにしたがい黄色から褐色となり、なかには黒い堅い種子が入っている。この実で羽子付きの羽子の玉や念珠を作る。

無患子の弥山(みせん)颪に吹きさわぐ　阿波野青畝　雨の日の雨の無患子深大寺　星野麥丘人

臭木(くさぎ)の花(はな)　常山木(くさぎ)の花

クマツヅラ科の落葉小高木。山野に自生する。茎は葉に腺毛が生え独特の異臭がある。臭木の名のゆえんである。初秋たくさんの花が枝先に群らがり、下部は淡い紅色をした円筒状、上部は白色の五弁花。

ぺかぺかと午後の日輪常山木咲く　飯田蛇笏　家遠くなりしと思ふ花臭木　津森延世

臭木の実（くさぎのみ）　常山木（くさぎ）の実

クマツヅラ科の落葉小高木。高さ三〜五メートル。山野や川岸などの日当たりのよいところに生える。実は直径六〜七ミリの球形で光沢のある藍色。萼（がく）は果期には平開してあざやかな紅色になり、人目につきやすい。

美女谷や髪に飾りて常山木の実　嶋田麻紀

嘲笑うための瑠璃色臭木の実　鈴木光彦

枸杞の実（くこのみ）　枸杞子（くこし）

ナス科の落葉低木。高さ一〜二メートルになる。川の土手や溝の縁に生える。八〜十一月葉腋に紫色の花をつける。実は楕円形で橙紅色、甘みがあって食べることもできる。干して薬用、焼酎に漬け枸杞酒として強壮剤となる。↓枸杞の芽（春）

枸杞の実の人知れずこそ灯しをり　富安風生

枸杞は実に片流れして眼鏡橋　下村ひろし

樝子の実（しどみのみ）　草木瓜（くさぼけ）の実

日当たりのよい山野に生えるバラ科の落葉小高木。四〜五月、葉より早く朱赤色の花をつける。果実は直径三センチで黄色に熟す。落葉後も木についたまま残っている。白花草木瓜、八重草木瓜もあり、ともに自生している。硬く酸味が強いので果実酒にする。↓樝子の花（春）

磨崖仏草木瓜噛んで酸つぱいぞ　加藤楸邨

草木瓜の実に風雲の深空あり　飯田龍太

山墓にしどみ実となる日和かな　森下紳一

一歩ずつ深山明るき樝子の実　松田ひろむ

瓢の実　ひょん　瓢の笛

暖地の山野に生えるマンサク科の常緑高木の柞の木（蚊母樹）にできる虫こぶのこと。その虫が飛び出すと中空になる。かつては子供たちの遊び道具、ひょんの笛ともいった。五倍子に似て、タンニンを含み薬用にもされる。

ひょんの実のなりふりほとけ見てあるく　長谷川双魚
あたらしき一音生まるひょんの笛　八木　實
金印に縁なさひょんの実を拾ふ　大木さつき
ひょんの笛力を抜きて吹けば鳴る　植松千英子
瓢の実といふ訝しきものに逢ふ　後藤夜半
ひょんの笛林芙美子はどこにゐる　伊東　類
心して吹けば妙なり瓢の笛　小路紫峡
鳴らぬままひょんの笛吹く爆心地　青柳志解樹

桐の実

桐はノウゼンカズラ科の落葉高木。古くから各地で栽培され、自生状態のものもある。実は長さ約三センチの先のとがった卵形で、熟すと二裂し翼のある小さな種子を多数出す。落葉のときも果実はよごれたようになって、口をひらいたまま木にとどまっている。→桐の花（夏）

桐の実や金色堂へきつね雨　小林康治
桐の実や山の夕日のすぐそこに　岸田稚魚
眼鏡に雨仰げば桐の夕枯実　古沢太穂
桐の実の空へ鳴らすや巫女の鈴　工藤眞智子
桐の実の天に鈴振る風の中　高井北杜
桐の実や五つ六つほど恋のあり　辻　男行

山椒の実（さんしょうのみ）　実山椒（さんせうのみ）

山椒はハジカミとも呼ばれる落葉低木。山地に自生し高さ二〜四メートルになる。実は直径五ミリほどの球形で赤褐色。種子は光沢のある黒色で、「山椒は小粒でもぴりりと辛い」といわれるように若葉や種子を香辛料とする。粉山椒は種子を粉にしたもので、和風料理に欠かせない。↓山淑の芽（春）

山椒をつかみ込んだる小なべかな　一　茶

実山椒を手揉みに朝の燧岳（ひうちだけ）　榎本好宏

観音にまみゆる前の山淑の実　森　澄雄

子離れにけじめありけり実山椒　古田昌子

木天蓼の実（またたびのみ）　猿梨（さるなし）

マタタビ科の落葉蔓性低木。花枝の先の葉は葉緑素を失って白くなるので、遠目にも知れる。果実は長さ約三センチの長楕円形で先がとがり黄熟する。実は塩漬けや果実酒にする。実に虫こぶの出来たものを乾燥させて漢方薬にする。「猫にまたたび」というように猫の好物。同種に猿梨、キウイフルーツなどがある。

またたびを喰らふ青鬚越後人　沢木欣一

またたびの実のうきうきは奥武蔵　松田ひろむ

またたび酒神話も底を突きにけり　布施伊夜子

木天蓼やあかつき旅の化粧して　阿保恭子

錦　木（にしきぎ）　錦木紅葉（もみじ）

ニシキギ科の落葉低木。山野に普通に生え、秋の紅葉が美しいので庭木としても植えられている。

高さ二〜三メートル。生け花の材料にもされる。果実も割れて黄赤色のつややかな種を現わし、紅葉の美しさに色を増す。枝にコルク質の翼（よく）が発達する。翼がないものは小真弓（コマユミ）という品種。同属に真弓（マユミ）がある。古句にある陸奥（みちのく）の風習の錦木は別種。

深寝して錦木紅葉きはまりぬ　加藤三七子　　錦木の赤点々とちひろの絵　白石みずき

梅擬（うめもどき）　落霜紅（うめもどき）　梅嫌（うめもどき）

モチノキ科の落葉低木。山中や湿地に生え赤い実が枝いっぱいについて美しい。高さ二〜三メートルになる。庭木としても植えられ、また生け花、盆栽にもする。果実は直径約五ミリの球形で晩秋から初冬に紅く熟し、葉が落ちたあとも枝に残るのでよく目立つ。小鳥が好んで実を食べる。花や果実が白色の白梅擬もある。

残る葉も残らず散れや梅もどき　凡兆　　ぱらぱらと夢の中まで落霜紅　宮坂静生

酸素足ればわが掌も赤し梅擬　石田波郷　　賑やかに日のさしにけり梅擬　古賀まり子

大空に風すこしあるうめもどき　飯田龍太　　老らくの恋より紅き梅もどき　平林春子

蔓梅擬（つるうめもどき）　つるもどき

ニシキギ科の落葉蔓性。山野に普通に生え、蔓は長くほかの木に絡む。大きいものは直径二〇センチにもなる。果実は直径七〜八ミリの球形で、秋に黄色に熟すと三つに裂け、黄赤色の仮種皮に包まれた種子が現われる。この仮種子が美しいので生け花などに用いられる。梅擬に似ているので蔓梅擬というが、これを「つるもどき」とすると意味不明になるが実作では多い。

活けられて美濃の菓子屋に蔓もどき　森　澄雄
うめもどき蔓うめもどき姉ふたり　小林篤子
墓に入る径のつゞきのつるもどき　木附沢麦青
枯れ切って蔓梅擬はなやげる　加藤ひろみ

皂角子（さいかち）　さいかちの実　皂莢（さいかち）

マメ科の落葉高木。山野や川原に生え、高さ一五メートルになる。豆果は長さ約三〇センチでねじれる。種は薬用になり、煎じ汁はかつて石鹸の代用にした。若葉は食用になる。落葉後も実は裸木に残っていたり、木の下に落ちていたりする。

秋風や皂角の実を吹き鳴らす　石井露月
さいかちの実のくろがねに最上の庄　野澤節子
さいかちの実莢（みさや）鳴るなり別離以後　黒鳥一司
皂角子の実のからまりて山見ゆる　中村わさび

茱萸（ぐみ）　秋茱萸（あきぐみ）

山地に生えるグミ科の落葉低木。枝分かれして二〜三メートルになる。秋茱萸、丸葉秋茱萸、筑波茱萸などがある。四〜五月ごろ葉腋に白い花が数個ずつ集まって咲く。果実は直径六〜八ミリの球形で十月〜十一月に赤く熟す。甘酸っぱく、やや渋いが食べられる。かつては子供たちの好物であった。同じグミ科の夏茱萸、唐茱萸（大王茱萸・びっくり茱萸）、有馬茱萸、夏あさどり、箱根茱萸、丸葉茱萸、蔓茱萸、苗代茱萸などの実が熟すのは五〜六月ごろで、季は夏となる。

いそ山や茱萸ひろふ子の袖袂　白　雄
俵ぐみ一つ一つが命綱　朝野和世
秋ぐみのかくて赤らむ風雨急　前田普羅
寺守と茱萸渋かりき夕鴉　松田曼莉

茱萸は黄にあかつきさめてゐるちぶさ　三橋鷹女
茱萸熟れていつしか姑の顔となり　渡辺照子
茱萸の木に縄跳びの紐からみおり　松本弘子
素通りの知人の垣根茱萸紅し　長谷川貴枝

茨(いばら)の実(み)　野茨(のいばら)の実　野ばらの実

バラ科の落葉低木。山地に普通に生え、高さ二メートルぐらいになる。植物名はノイバラ。ヤマイバラも含めて茨という。枝に鋭い刺が多い。五～六月ごろ芳香のある白い花が多数咲く。果実は直径約六から九ミリの球形で紅く熟す。筑紫茨、籔茨、都茨、富士茨など多種がある。↓茨の花(夏)

文学少女が老いし吾が妻茨の実　草間時彦
茨の実や音こばむかに湿地帯　金子篤子

蝦(えび)　蔓(づる)　蘡薁(えびづる)　えびかづら

ブドウ科の落葉つる性。山野に生え巻きひげでほかの木にからみつく。葉も果実も葡萄に似るが小ぶりである。葉の裏には赤褐色の綿毛がある。果実は直径五ミリの球形で黒く熟し、食べられる。葉は紅葉して美しい。元来「えび」とは葡萄(えび)葛(山葡萄)とともに、野生葡萄のこと。かつては果実を染色に用いた。葡萄茶色(えびちゃいろ)とはこの黒みを帯びた赤茶色をいう。

山空へ晴れつつぬけや蘡薁　森　澄雄
足音をたのしむ橋やえびかづら　山田みづえ

山葡萄(やまぶどう)　野葡萄

ブドウ科の落葉つる性。山地に普通に生える。葉に対生して巻きひげを出し、ほかの木にからみつく。葉の裏には褐色の毛が密生する。果実は黒褐色、直径約八ミリの球形液香で房になって垂れ下がる。食べられるが酸味が強い。果実酒やジュース、ジャムなどにも利用される。野葡萄も蝦蔓（えびづる）や山葡萄に似ているが、葉の裏は淡緑色。まばらに毛がある。果実は淡緑色から紫色を帯び、碧色になる。ブドウタマバエなどの幼虫が寄生して虫えいになり、異常にふくらんでいるものが多い。食べられない。↓葡萄

あをぞらをのせて雲ゆく山葡萄　清水衣子　野葡萄は熟れて汁出す草競馬　平畑静塔
灯を消してより香の立てり山葡萄　吉田つよし　野葡萄やあの日この日の風の彩　長山あや

通草（あけび）　通草の実

アケビ科の落葉蔓性。山野に生える。盆栽にしたり庭にも植える。四〜五月ごろ淡紫色の花を開く。果実は長さ約六センチの楕円形で、熟すと裂けて、黒い種子を多く含んだ白い果肉が見える。「あけび」の名は「開け実」から、あるいは「あけつび」（『倭名類聚鈔』）からという。「つび」は女性性器の古名。果肉は甘く食べられ、子どもたちを喜ばせる。五葉通草、三葉通草もある。蔓が丈夫なので籠などアケビ細工に使われる。↓通草の花（春）

むゝと口閉ぢし通草が籠出づる　綾部仁喜　割腹の通草ためらひなかりけり　大橋はじめ
好きなこに通草の秘密教えます　松田ひろむ　置けばそのまま絵になってゐる通通　三ヶ尻とし子
大口を開けて見上ぐる通草かな　成田久郎　蔓引きて空落ちかかるあけびかな　水谷芳子
まだ山を曳ぎずってゐる通草かな　直江裕子　戦なき国かたまって通草熟れ　菊地千恵子

蔦（つた）　蔦かづら　蔦紅葉　錦蔦（にしきづた）

ブドウ科の落葉蔓性。山野に普通に生える。秋の紅葉が美しく壁や塀にもはわせる。葉に対生してできる巻きひげの先端に吸盤があり、木や岩にはりつく。果実は直径約六ミリの球形で黒紫色に熟す。「つた」の名は「伝う」からきている。蔦は夏の緑も美しいが、秋の紅葉を愛でて秋となった。↓蔦若葉（春）・蔦茂る（夏）・蔦紅葉

桟や命をからむつたかづら　芭蕉

蔦もみじ神が登つてゆきにけり　中村苑子

竹の春（たけのはる）

イネ科のうち竹、笹の仲間は多く六七〇種ある。孟宗竹、布袋竹、真竹、黒竹などが知られている。竹は春に地下茎から竹の子を出し、親竹は衰える。秋になるとその若竹も成長し、親竹も元気を取り戻し青々と枝葉を繁らせる。普通の植物とは正反対の季節感が趣をそそう。↓竹の秋（春）

坂かけて夕日美し竹の春　中村汀女

排気筒の片側光る竹の春　大浜接子

爆心や蘇生の竹の竹の春　林　薫

入口に紙燭ありけり竹の春　福井啓子

芭蕉（ばしょう）　芭蕉葉（ばしょうは）

バショウ科の大型多年草。地上に葉鞘でできた茎（偽茎）を持つ。もとは中国産。葉は長楕円形で薄く、鮮緑色で中脈があり、葉裏は著しく隆起して左右両側に支脈を出し、裂けやすい。俳人芭蕉

は「その性風雨に痛みやすきを愛す」とし、俳号にもしたことはよく知られている。沖縄などの芭蕉布はリュウキュウイトバショウの偽茎から採った繊維で織ったもの。↓玉巻く芭蕉（夏）・破れ芭蕉・枯芭蕉（冬）

芭蕉野分して盥に雨を聞く夜かな　芭　蕉

隣からともしのうつるばせをかな　正岡子規

露はれて露のながるゝばせをかな　白　雄

脛高き少年芭蕉ひるがえり　栗生純夫

破れ芭蕉

初夏に若葉を伸ばし、夏のあいだ青く繁った芭蕉の葉は、雨にぬれたり秋風によって葉脈にそって裂けはじめる。そのもろさ、侘しさを人生と重ね合わせて和歌、俳諧のテーマとなった。芭蕉の青々とした葉は秋よりも夏のものだが、破れ芭蕉を本意として秋の季語となった。↓玉巻く芭蕉（夏）・芭蕉・枯芭蕉（冬）

横に破れ縦に破れし芭蕉かな　高浜虚子

破れ芭蕉未完の男手をひろげ　松田ひろむ

破芭蕉日月過ぎて何のこる　古賀まり子

俊寛の衣もかくやと破芭蕉　日暮ほうし

サフラン　泊夫藍

アヤメ科クロッカス属の多年草。南ヨーロッパの原産。球状をもち細長い葉を出す。淡紫色六弁の花。花柱は三裂して糸状。香辛料薬用、染色用に用いられる。↓クロッカス（春）

灯台の泊夫藍畠珠洲岬　沢木欣一

泊夫藍や童女ドイツ語愛らしく　澁谷　道

カンナ　花カンナ

カンナ科の多年草。中南米原産。江戸時代に渡来した壇特もあったが、ほかは明治年間に渡来したもの。野生種の交雑で多くの園芸品種がある。花弁は筒型で三枚。雄しべは六個だがそのうち五個は唇形に花弁化している。花の色は緋紅、桃、橙黄、白とその中間色や絞りもある。

女の唇十も集めてカンナの花　山口青邨
老いしと思ふ老いじと思ふ陽のカンナ　三橋鷹女
鶏たちにカンナは見えぬかもしれぬ　渡辺白泉
あらあらとカンナの真昼逢ひに行く　野木桃花
大学祭カンナ青年の丈に燃ゆ　宮坂静生
カンナ燃ゆ女は小さき嘘をつき　田村登喜子
水郷は隅なく晴れてカンナの緋　末永悦代
子の胸のあたりに発火してカンナ　金子　敏

万年青の実

ユリ科の常緑多年草。自生するものもあるが江戸時代から観賞用に栽培されている。天保年間には大流行した。交配によって多くの変種があり現在では四〇〇種を超える。果実は液果で球形、一〇〜一三ミリ。最初は青くのちに赤色となる。

実を持ちて鉢の万年青の威勢よく　杉田久女
万年青の実楽しむとなく楽しめる　鈴木花蓑
万年青の実生涯新たなる一歩　野澤節子
婚荷隅ぽっと万年青の実の明かり　小平　湖

鶏頭　鶏頭花

熱帯から亜熱帯にかけて五〇種が分布するヒユ科の一年草。真っ赤な花の色や形が雄鶏の鶏冠に似ているところから、鶏頭と名づけられた。鶏頭といえば鶏冠鶏頭の赤を連想するが、今日では園芸品種も多く、紅、桃、橙、黄、白と多彩。鶏冠状にならない槍鶏頭、房鶏頭、玉鶏頭、久留米鶏頭、八千代鶏頭など品種も多い。

鶏頭の昼をうつすやぬり枕　丈草
鶏頭の十四五本もありぬべし　正岡子規
鶏頭を抜けば来るもの凧と雪　大野林火
屈強の影を抜き鶏頭を抜く　鷹羽狩行
鶏頭に庇（ひさし）の影の伸びて来し　加藤あけみ
不動明王鶏頭に火をもらい　森村文子
眼裏（まなうら）に昔が光る緋鶏頭　高見加代子
鶏頭のその縄文の恐るべし　後藤眞吉
鶏頭を机辺に子規忌ごころかな　岩川みえ女
まだ色のある鶏頭も焚かれける　竹内悦子
鶏頭を三尺離れもの思ふ　細見綾子
鶏頭を離るる影と残る影　綾部仁喜
鶏頭や土中を熱き湯の走り　鈴木六林男
鶏頭やわが重心の置きどころ　若山千恵子
はつかなる風音聴きて鶏頭花　久保美智子
真っ直ぐに顔を向けたり鶏頭花　伊藤昌子
猫車ふれて倒るる鶏頭花　井口冨子
鶏頭花さはりなほしてをりにけり　黒田咲子
けものめく太き鶏頭弥陀の前　山崎繁子
鶏頭に触れ肉親のこと思ふ　水谷仁志子

葉鶏頭（はげいとう）　雁来紅（がんらいこう）　かまつか

熱帯アジア原産のヒユ科の一年生草本。茎は直立し、一・五メートルに達する。花は目立たず、葉は黄、淡紅から紅、緑の三色になり、秋の低温によってさらに色が増す。雁の来るころに深い紅となるので、雁来紅と呼ぶ。黄色になる雁来黄といわれるものもある。緋藻鶏頭、柳葉鶏頭など観葉植物としての品種も多い。

葉鶏頭のいただき躍る驟雨かな　杉田久女
葉けいとう日々炎ゆ胸の高さにて　柴田白葉女
葉鶏頭われら貧しき者ら病む　石田波郷
くれなゐに暗さありけり葉鶏頭　廣瀬直人

懐疑的視点で並ぶ雁来紅　城野都生子
かまつかや地声太きは浜育ち　利根川妙子
一病二病引きずつて雁来紅　宇佐美ちゑ子
かまつかの終りのいろは無我夢中　守随和子

コスモス

秋桜（あきざくら）　おおはるしゃぎく

キク科の一年草。高さ二メートルに達し、よく分枝し茎は草丈の割に細く、長い花茎を伸ばす。葉は羽状にいくつにも裂ける。メキシコ原産で幕末に渡来したともいわれるが、明治十二年に「東京美術学校の講師として招聘（しょうへい）されたイタリア人、ラグーザ氏が種を持ってきた」（角川書店『季語深耕［花］』青柳志解樹）ことが知られている。九月から十月まで咲く頭花は、白、淡紅、桃、赤など、黄色もある。その色彩と弱々しげな風情は日本人の美意識にあったためか、全国各地に急速に普及した。コスモスには台風がつきもので、倒れ伏しながらも節から新根を出し、衰えることを知らない。この生命力も愛されるところだ。宮崎県生駒高原や奈良の般若寺（別名コスモス寺）は著名である。大正初年に渡来した黄花コスモスもあるが、この花期は夏。

コスモスの花遊びをる虚空かな　高浜虚子
コスモスを離れし蝶に谿深し　水原秋櫻子
娘をふたり生んだしあわせ秋桜　長浜聰子
ありなしの風にコスモス応へけり　小川悠子
あやす子にあやされている秋桜　長谷川治子

コスモスの気ままや予後の束ね髪　松浦釉
道草の彼の子此の子や秋ざくら　太田光子
コスモスのピンクが与党他は野党　林直入
コスモスや友に明るき母ありて　進藤明子
秋桜母を見舞ひし日の寧（やす）し　飯島明

みどり児の軽さがこはし秋ざくら　近藤一郎
コスモスや小学校の兎小屋　椎名康之
からだぢゅう風になつてる秋桜　森　酒郎
許すとは忘れることよ秋桜　藤本さなえ
秋桜寺に寄進の瓦殖ゆ　水野やゑ
どの角も親しき小字秋ざくら　梓沢あづさ
コスモスや乳首まさぐる児も仏　野口とほね
コスモスも地に縛られて白河市　鈴木俊策
コスモスの高さの風の見ゆるなり　細木芒角星
コスモスに来なばローランサンの少女　西岡正保
コスモスの揺るぎ始めはゆるやかに　永川絢子
コスモスのふんだんに風つかひをり　築城百々平
コスモスや馬車に吊りたる油差　井上鶏平
コスモスや魚箱天辺よりくづれ　奥田恵以子
窯跡は風の遊び場秋桜　谷口秋津
秋ざくら少女に繭のやうな部屋　小川昇一
分け入って見ても変わらぬ秋桜　中西宗徳
茎だけの影ばかりなり秋桜　島田紀孝
コスモスを見てゐて風になりにけり　福本五都美
コスモスや一打百円鳴り止まず　小高沙羅

白粉花（おしろいばな）　おしろいの花　花白粉（はなおしろい）　おしろい　夕化粧

オシロイバナ科の多年草。熱帯に自生するが、日本の寒地では地上部は枯れ初夏に茎が伸びてくる。古くに渡来し、貝原益軒の『花譜』にも見える。「白粉の花ぬって見る娘かな」（一茶）の句があるが、白粉の名は花からではなく、種をつぶすと白粉質の胚乳があるためである。午後四時ごろから咲き始めるので、夕化粧という名もある。花の色は赤、紅、ピンク、白、黄、紫、絞り、染め分けなどがある。可憐な花の形と芳香、「おしろい」という名によって愛される。こぼれた種から芽を出して育つ。

白粉の花に游（あそ）ぶや預（あずか）り子　松野青々
白粉の花の紅白はねちがひ　富安風生
本郷に残る下宿屋白粉花　瀧　春一
白粉花吾子は淋しい子かも知れず　波多野爽波

鬼灯（ほおずき／ほほづき）　酸漿（ほおずき）

ナス科の一年草または多年草。花は小型の淡黄色花を腋生し、花後に萼が六角形に発達して果実を包む。七～八月に赤く熟れる。子供たちがこの実の中身を揉みだし、外皮だけを口に含んで鳴らして遊んだ。ホオズキの名はそれによる。袋を虫に食われて残った繊維のなかから赤い実が透けて見えることもある。園芸品種には丹波鬼灯や矮性（わいせい）種の三寸鬼灯がある。もともとは薬用のために栽培され、根茎は咳止めや熱さまし、利尿の効果がある。また堕胎にも用いられたという。↓海酸漿（夏）

鬼灯は実も葉もからも紅葉かな　芭蕉
鬼灯や清原の女が生き写し　蕪村
鬼灯や男がおもふ女の香　藤田湘子
鬼灯をならす来世もまた女　中島四季
夕茜ほほづきに彩置いてゆく　倉堀たま子
鬼灯の水にほひたつ浅草寺　杉山青風
雨粒をつけて鬼灯売られけり　山川与志美
鬼灯やしやがめば灯る幼き日　本澤晴子
髪染めし妻の鬼灯よく鳴れり　多賀庫彦
色付きて鬼灯の数現れぬ　小島阿具里

鳳仙花（ほうせんか／ほうせんくわ）　つまくれなゐ　つまべに

インドおよび中国南部原産のツリフネソウ科の一年草、花壇用に広く栽培される。江戸初期には渡来していた。種子は〇・三～〇・四ミリで成熟すると果がはじけて飛び散る。赤い花弁を絞って女の子が爪を染めて遊んだところから「つまくれない・つまべに」の名があるという。一重から八重まで園芸品種が多数ある。丈夫でこぼれ種子でも発芽し開花する。

鳳仙花夕日に花の燃え落ちし　鈴木花蓑
かそけくも喉鳴る妹よ鳳仙花　富田木歩
庖丁に穴ある不思議ほうせん花　田中美沙
父のみが知りし早熟鳳仙花　津森延世
つまべにの多感の種を弾きけり　中畑耕一
ふるさとにいま祖父母なし鳳仙花　田中　仁
泣いて勝つことを覚えて鳳仙花　柴野　静
鳳仙花機嫌よき種飛ばしけり　朝倉和江
なすな恋そんな日の花鳳仙花　すずき波浪
子の呼吸（いき）の笛のおさらい鳳仙花　工藤眞智子

秋海棠（しゅうかいどう／しうかいだう）

断腸花（だんちょうか）

シュウカイドウ科の多汁な多年草。中国・マレー半島の原産で江戸時代前期に渡来した。春に咲く海棠（バラ科）に似ているので、この名がついたとされているが似ているのは色だけである。初秋に淡紅色の花がうつむきがちに咲く。半日陰で適当な水分のあるところで育つ。「節々に秋海棠の紅にじみ」（高浜虚子）というように、節の紅が透いているようになる。多くの園芸品種があるべゴニアはこの仲間。

手拭に紅のつきてや秋海棠　支　考
臥して見る秋海棠の木末かな　正岡子規
断腸花妻の死ははや遠きこと　石原八束
茶室までひびく山水秋海棠　十田桂子
秋海棠咲いてをれども見に行けず　長尾　雄
秋海棠翁の杖に触れにけり　竹内悦子

菊（きく）

菊の花　隠君子（いんくんし）　千代見草（ちよみぐさ）　白菊　黄菊　大菊　小菊　初菊　厚物咲（あつものざき）　懸崖菊（けんがいぎく）
菊畑　菊の宿　菊作り　菊日和

古く中国から渡来したキク科の多年草。春の桜と秋の菊は日本を代表する花となった。平安時代から観賞用の花として広く栽培された。江戸時代には変わり咲きが好まれ、厚物、管物、広物などの大菊、江戸、伊勢、嵯峨、肥後などの中菊ができた。自然開花期によって夏菊、夏秋菊、秋菊、寒菊などがある。さらに電照や遮光処理によって開花調節が行われている。花卉(かき)類のなかでは営利生産される量がもっとも多い。秋には各地で菊花展が行われる。季節を問わない花となったが本意はあくまで秋。「有る程の菊抛げ入れよ棺の中」(夏目漱石)の句のように、清々しい香りによって仏花の代表でもある。花を食べることがあまりない日本人だが、菊は例外で酢の物などにして食べる。このための食用菊もある。

白菊の目にたてゝ見る塵もなし　芭蕉
手燭して色失へる黄菊かな　蕪村
菊にさす夕日は卓を溢れけり　大野林火
たましひのしづかにうつる菊見かな　飯田蛇笏
菊白く死の髪豊かなるかなし　橋本多佳子
菊どきは菊の香ばかり仏の間　角川照子
閲兵(えっぺい)のごと歩を移し菊花展　轡田進
菊百本咲かせて母はまた細る　井上真実
枝摘みて摘みて仕上げる仕立菊　榊原和雄
金婚の鯛の骨抜く菊日和　藤田トヨ
菊の香や静かに暮るる能舞台　中村智子
昔なら菊百鉢は並ぶ庭　吉田もりよし
菊かほる如来の厚きたなごころ　宮田祥子
白菊といへど暮色をまとひたる　新井ひろし
猫の瞳の奥より菊の香のすなり　後藤眞吉
菊慈童そびらもつとも匂ひけり　伊丹さち子
風立てばとまり直して菊の虻　西山昌子
厚物の菊が舌出す二三片　黒米満男
大手門入り金賞の菊に遇ふ　加藤富美子
晩菊の黄の盛り上がる日和かな　佐藤たつ子
亡き人の鉢も加はる菊花展　小林千穂子
大原女の「いらんかえー」と菊車　高垣妙子
働きて日曜のあり菊日和　久保ともを
ためらはず歩は向いてをり菊畑　菅家瑞正

真白な菊見て来てより可笑し　野村喜久子

菊展へ案内状の切手貼る　柴田ミユキ

残菊（ざんぎく）　残り菊　十日（とおか）の菊

九月九日の重陽の日は菊の節句ともいわれる。そのあとに咲く菊を残りの菊、十日の菊という。五月五日のあとの菖蒲と同じく「六日の菖蒲、十日の菊」といって、盛りを過ぎたあるいは季節はずれの意味もある。

残菊の黄もほとほとに古びたる　松本たかし

残菊や弓道場の風乾く　山崎和枝

雲の上に雲流れゐむ残り菊　赤尾兜子

残菊の色を惜しまず焚かれけり　乙黒幸江

立て直す残菊午後は雨となる　高木勝代

嵯峨菊も十日の菊となりにけり　加藤三七子

紫苑（しおん／しをん）　紫苑の菊　しおに

中国地方、四国、朝鮮半島、中国、シベリアに分布するキク科の多年草。舌状花が淡紫色の花を多数房状に咲かせる。美術工芸品の秋草文様のモチーフともなっている。切花や花壇用に栽培もされるが、やや野生花の扱いで品種改良もほとんどされていない。根は咳止めの薬となる。野紺菊、紺菊、嫁菜も同種。

栖（すみか）より四五寸高きしをにかな　一茶

こめ雨や紫苑の秋となりし雨　加藤楸邨

弁慶草（べんけいそう）　血止草（ちどめぐさ）

ベンケイソウ科の多年草。岩上や草原、まれに林床に生える。秋に紅色の花を咲かせる。栽培もされ、みせばや・日高みせばや・大弁慶草などがある。性強く切り取ってもしおれず、挿し木でも容易に根付くので、武蔵坊弁慶にたとえてこの名がある。葉は膿(うみ)を吸い出す薬効がある。俳句には目立つ大弁慶草が詠まれることが多い。

雨つよし弁慶草も土に伏し　杉田久女

辺土岬狼煙(のろし)の跡の弁慶草　山田春生

弁慶草沸々(ふつふつ)の日は立ち上がる　松田ひろむ

抜くたびに殖えてゐるなり血止草　富沢みどり

敗荷(やれはす)　破(や)れ蓮(はちす)

蓮は古代から栽培されている水生植物。日本には古く中国から渡来した。古くははちすといった。これは蜂の巣状の花托からという。蓮の花は美しいが「さればこそ賢者は富まず敗荷(やれはちす)」(蕪村)と風雨に破れた蓮の葉に風趣を見出したのが蕪村であった。↓蓮の浮葉(夏)・枯蓮(冬)

破蓮の葛西や風のひゞきそめ　水原秋櫻子

敗荷となりて水面に立ちあがり　片山由美子

敗蓮になるとも落武者にはならず　村上義長

破れ蓮水はひたすら黙しいる　窪田久美

敗荷の真昼をよぎる石礫　水野真由美

蓮の骨一本揺れし水えくぼ　佐藤火峰

雨音が弾音(たまおと)となり破蓮　堀　敬子

破蓮にほのとともりぬ手古奈堂(てこなどう)　吉田冬葉

敗荷のところかまはぬ日暮かな　河村正浩

敗荷の一望こらえ性なくて　岩崎波久

蓮(はす)の実(み)　蓮の実飛ぶ

蜂の巣状の花托(かたく)の中の種が熟すと、この実は穴から飛んで水に落ちる。これを「蓮の実飛ぶ」という。この実は甘く食べられる。砂糖漬けにもされる。蓮の実の寿命は長く、大賀一郎博士が

一九五一年に千葉県検見川の二〇〇〇年前の泥炭層から発掘した種が発芽した「大賀蓮」は著名である。↓蓮の花（夏）

蓮の実のぬけつくしたる蓮のみか　越人
蓮の実のとんでしまひし寺の昼　鷲谷七菜子
蓮の実が飛べり隣もすぐ飛べり　神尾季羊
蓮の実のとんでみづうみ日和かな　根岸善雄

南瓜（かぼちゃ）　とうなす　なんきん　ぼうぶら

熱帯地方原産のウリ科の蔓性一年草。「かぼちゃ」の名はカンボジアに由来する。食用、飼料用として世界各地で栽培される重要な野菜。いわゆる日本種は果実が偏球形で、肉質が軟らかく粘り気があり甘いが、現在はほとんど栽培されなくなった。明治年代に渡来した西洋種は、肉質が硬く粉質、ホクホクして好まれる。色、形に変化が多い観賞用南瓜もある。英語名のパンプキンも詠まれるようになった。

鶺鴒（せきれい）がたたいて見たる南瓜かな　一茶
南瓜煮てやろ泣く子へ父の拳やろ　磯貝碧蹄館
日々名曲南瓜ばかりを食はさるゝ　石田波郷
黄落の厩舎南瓜の馬車が出る　堀敬子
赤かぼちゃ開拓小屋に人けなし　西東三鬼
南瓜蔓家庭菜園ひとり占め　清水博之
雁坂の関所の址（あと）の大南瓜　遠山陽子
南瓜ごろごろ働き者の妻の畑　杉浦嘉太郎
笑いころげる鉈割り南瓜打ちわって　石塚真樹
一人居の南瓜スープの濃くなりし　姉崎蕗子

冬瓜（とうが）　冬瓜（とうがん）　冬瓜（かもうり）　冬瓜汁（とうがじる）

インド原産のウリ科トウガン属の蔓性一年草。わが国には中国を通じて古くに伝来したという。夏に黄色い花をつける。果実は長楕円形、中身は白く透き多汁、きわめて淡白な味がある。おもに煮て餡かけや冬瓜汁にして食べる。秋のものだが「冬瓜」というのは、所蔵に耐え、冬でも食べられることによる。また冬に種子を蒔いたものが、味がよいといういわれによるともいう。『初学抄』(寛永十八年)に初出。「冬瓜やたがひに変る顔の形」(芭蕉)

冬瓜を買ひきて妻をおどろかす　星野麥丘人
冬瓜の味のやうなる人なりし　桝井順子
舟つくる音を峯越しや冬瓜汁　中戸川朝人
冬瓜を割り半分の置きどころ　水谷芳子
人間をくりかへしてや冬瓜汁　岡井省二
冬瓜のごろりと上り框(かまち)かな　吉村明

糸瓜(へちま)　いとうり　ながうり　糸瓜棚

夏の日よけをかねて棚作りなどにするウリ科の蔓性一年草。果実は深緑の円筒形で、長さ三〇〜六〇センチ。成熟すると繊維が発達するので、干して垢すりなど浴用に使われる。茎の切り口からとった水は糸瓜水として化粧水や咳止めに用いられる。「痰一斗糸瓜の水も間に合はず」「をととひの糸瓜の水も取らざりき」(正岡子規)は、咳止めのためだった。

堂守の植ゑわすれたる糸瓜かな　蕪村
糸瓜やや曲り此の世は面白く　下村非文

夕顔の実(ゆうがおのみ／ゆうがほのみ)

ウリ科の蔓性多年草。夏の夕べ白い花をつけるので夕顔の名がある。『源氏物語』の「夕顔の巻」は著名。秋に実る果実を干瓢(かんぴょう)にし、煮物や汁物の実にする。栃木県の特産。↓夕顔(夏)

驚くや夕顔落ちし夜半の音　正岡子規
ほがらかに夕顔の実の剥かれけり　菅原関也

瓢（ふくべ）　ひさご　瓢簞（ひょうたん）　青匏（あおふくべ）　種瓢（たねふくべ）

瓢簞の実。瓢簞はツル科の蔓性一年草。成熟した実の中身を腐らせて中空とし、干して酒、飲用水の容器とする。現在はそのくびれた姿が愛され、磨いたり彩色したりして観賞用とする。岐阜県養老町は瓢簞の特産地。

人の世に尻を居（す）えたるふくべ哉　蕪村
くくりゆるくて瓢正しき形かな　杉田久女
病ひよき妻ゆえ眩し青瓢（あおふくべ）　成田千空
ぶらり瓢簞仰ぐだれもが隙ある顔　名取思郷
大皿に種瓢置く骨董屋　森田君子
種瓢まだ労（いたわ）られたくはなし　渡辺祥子
似てをれどどこか違へる瓢かな　岩崎　裕
瓢棚真下に瀬音ありにけり　樋口桂紅
大風に三尺瓢簞まかり出る　本多やすな
ひさご所望に漢の選（よ）れるおかめ貌（かお）　猪股洋子
雨足の早くてひさごより雫　渋谷霞舟
風の腰据えて太りぬ青瓢　武田敬子
われになき重心もてり青瓢　平野謹三
青瓢ふらりと教師立ち寄れり　益永孝元
忘恩やくびれの足らぬ青瓢　服部百合子
種ふくべ一睡の顔ななめなる　亀田虎童子

苦瓜（にがうり）　蔓茘枝（つるれいし）　錦茘枝（にしきれいし）　茘枝（れいし）　ゴーヤー

江戸時代に中国から渡来したウリ科の蔓性一年草。標準和名はツルレイシ（蔓茘枝）。観賞用として栽培されるが、九州・沖縄では未熟な実を炒め物などにする。沖縄料理のゴーヤチャンプルは著名。皮に苦味があるので苦瓜と呼ばれる。果実は長円筒形になり、表面に小さいこぶ状の突起がある。熟した実は自然に裂けて紅肉と種子が現われる。甘くておいしい。楊貴妃が好んだといわれる茘枝はライチーのこと、ムクロジ科の倒卵形で直径二〜三センチぐらいの鮮やかな紅色の果実。皮は硬いが剥きやすく果肉は白いゼリー状で芳香があり生食する。台湾・タイより冷凍果実として輸入される。この苦瓜（蔓茘枝）とは別のもの。

あまたるき口を開いて茘枝かな　皿井旭川
還らざる島苦瓜の汁ねばり　沢木欣一
沖縄の壷より茘枝もろく裂け　長谷川かな女
苦瓜という悶々のうすみどり　坂巻純子

秋茄子（あきなす）　秋茄子（あきなすび）　秋の茄子　名残茄子（なごりなす）　一口茄子

秋になる茄子のこと。秋茄子という品種ではない。秋茄子は小粒であるが身が締まり、皮も薄く種もない。季節の名残としても珍重される。「秋茄子は嫁に食わすな」の諺は、美味だからといわれるが、種子が少ないところから不妊になる、体が冷えるからとも言われている。↓茄子（夏）

秋茄子の漬け色不倫めけるかな　岸田稚魚
看護婦の手さげの中も秋の茄子　高橋栄子
朝市の秋茄子の色云々す　能村研三
風たのし手提の中の秋茄子　飯山昭
秋茄子の皮をつるりと料理長　御代田壽美子
秋茄子や嫁二人住む屋敷うち　小川ハナ子

種茄子（たねなす）　種茄子（たねなすび）

種を採るためにもがずにおいておく茄子のこと。熟すると黒褐色になり、裂けてなかの種子が見えるようにもなる。畑の隅など種茄子は「種胡瓜相憐（あわれ）むや種茄子」（高浜虚子）のように哀愁がある。

種茄子を洗ひざらしの雨降れり　草間時彦
ゆつくりとかげる山の日種なすび　星野麥丘人

種茄子にひつそりと吹く夜の風　依光正樹
種茄子ものの垂るるといふかたち　後藤兼志

馬鈴薯（じゃがいも）　ばれいしょ

南米アンデス山中の原産のナス科の多年草。馬鈴薯は十六世紀（慶長年間）に渡来した。「じゃがいも」の名は伝来されたジャワのジャガタラ港にもとづく。また塊茎が馬鈴に似ているところから馬鈴薯と呼ぶという。地下に生じた塊茎を食用、でんぷん、アルコールの原料にする。栽培が容易で救荒食料として世界中に広まった。北海道が主産地。男爵、メークイーンなどの品種がある。八升芋、五斗芋の名もある。

かなしくて馬鈴薯を掘りさざめくも　石田波郷
馬鈴薯を掘りて積みゆく二頭馬車　鈴木洋々子

馬鈴薯のゐくぼ大きは男爵か　千葉仁
じゃがいもの北海道の土落とす　中田品女

甘藷（さつまいも）　薩摩藷（さつまいも）　唐藷（からいも）　琉球藷　甘藷（かんしょ）

ヒルガオ科の蔓性多年草。肥大した根を食用とする。原産地は南米北部。コロンブスの新大陸発見によって世界中に広まった。十七世紀ごろ中国から琉球を経て長崎や薩摩で栽培された。享保年間に救荒食料として青木昆陽が関東に広めた。第二次世界大戦後の日本人の命を救った食料でもあり、その記憶は語り継がれている。伝来の地名をとって薩摩藷、琉球藷、唐藷（から）などべにあかと呼ばれる。品種改良によって農林一号、紅赤（べにあか）など多数の品種がある。

ほつこりとはぜてめでたしふかし藷　富安風生

空海のまるみを土の中の藷　大坪重治

大好きないも粥嬰（やや）に戦あるな　大石　治
諸穴の大きく長子還り来る　大江かずこ
甘藷掘に荒れたるわが手クラス会　野島知代子
ほやほやのほとけの母にふかし藷　西嶋あさ子

芋（いも）　里芋　親芋　子芋　芋の子　八頭（やつがしら）　芋畑

東南アジア原産の多年草。単に芋といえば里芋を指す。山の芋に対する言葉。葉は長柄を持った盾形やハート形。地中部が肥大して塊茎となる。十月ごろ掘り上げて食用とする。親芋だけをたべる八頭、唐の芋。土垂、六月芋は親芋、孫芋を食べる。蝦（えび）芋は親芋、子芋を食べる。衣被（きぬかつぎ）は子芋を皮のついたまま、茹でたり煮たりして食べる。月見など日本の伝統行事には欠かせないもの。里芋を洗うための「芋水車」も渓流の多い農山村での風物。

芋の秋初孫ふぐり忘れずに　西島麦南
芋の露連山影を正しうす　飯田蛇笏
芋腹をたゝいて歓喜童子かな　川端茅舎
唇ほのと仏芋の葉ごぼうの葉　古沢太穂
八頭いづこより刃を入るるとも　飯島晴子
日の中の母屋ひつそり芋水車　山田あい子
芋の葉の大きな村へ嫁ぎけり　桑原立生
一畝の芋逞しく蟹住める　長山順子
手囲ひの手の重なりて芋殻焚く　代田青鳥
芋水車急がぬ音で回り出す　坂上青児
為になる話たいくつ八頭　阪野美智子
不可解な溝に刃を入る八つ頭　小森谷正枝

芋茎（ずいき）　芋殻（いもがら）

里芋の茎を茹でたり干したりして食べるもの。芋茎用の蓮（はす）芋が用いられる。煮込み、味噌和え、三杯酢などにする。熊本の肥後芋茎は著名。

囚人の手よりもよごれ芋茎剥く　村上冬燕
板の間の芋茎一束雨が降る　廣瀬直人
満願の山伏膳の芋茎和　粕谷容子
芋茎みな捨ててあるなり貸農園　吉武靖子

自然薯（じねんじょ）　山の芋　山芋

ヤマノイモ科の蔓性多年草。里芋に対して山野に自生するので山の芋、自然薯の名がある。夏に白い花が咲き葉腋に零余子（むかご）が出来る。地中に円柱状の多肉根が出来る。掘り出すのは難しいが、栽培種の長芋より粘りが強く、味がよい。とろろ汁や山かけなどにして食べる。

自然薯を洗ふ時間を惜しまずに　右城暮石
自然薯の苦しきかたち掘り起こす　三橋敏雄
古太刀のごと自然薯を掘り出だす　伊東慶子
如意杖のごと自然薯を握り持つ　轡田　進
山の芋供へてありぬ閻魔堂　滝沢伊代次
自然薯の目じるしの棒挿してあり　長沼由子
自然薯の一徹を掘り出しにけり　岩木　茂
自然薯掘り藪の匂ひを持ち帰る　皆川盤水
山の芋ひけばモーゼの杖現るる　幸喜美恵子
藁苞の自然薯を買ふ湖東かな　小原英湖

薯蕷（ながいも）　長薯（ながいも）　長芋（ながいも）

ヤマノイモ科の蔓性多年草。食用に栽培される。芋の形は棒状で長さ一メートルになるものがある。短い駱駝（らくだ）薯、偏平な薯蕷（つくねいも）（仏掌薯（つくね））、銀杏の葉に似た大和薯などがある。自然薯に比べて肉質がやや粗く、水分が多くて粘りが少ない。擂り下ろしてとろろにしたり、煮物にしたりする。

句碑除幕御饌（みけ）の長芋素直かな　阿波野青畝
長芋に長寿の髯の如きもの　辻田克巳

零余子（むかご）　ぬかご　いもご

自然薯・長芋などの葉脇にできる珠芽（しゅが）。種類によって形や大きさが異なる。暗緑または暗褐色、自然にこぼれ落ちるが、採取して繁殖用にするほか、茹でたり炊き込んで零余子飯とする。ややえぐみがあるが独特の風趣が愛される。

うれしさの箕（み）にあまりたるむかごかな　蕪村
触れてこぼれひとりこぼれて零余子かな　高野素十
脚立で採るむかごはらはら大菩薩　古沢太穂
となりへもこぼれて風のむかごかな　飴山實
知らぬ間に風のさらいし零余子かな　篠原暁子
つまづきて零余子こぼせしガラシャ径　谷口千枝子
焙烙（ほうらく）の零余子に薄く塩を振り　柏木志浪
母許や夕日とどめて零余子摘む　穂苅富美子
不揃ひの零余子転がすたなごころ　作田文子
おへんろにぬかごが炒つてありにけり　鈴木しげを
ふと触れし零余子谷底まで落ちる　小林濡
この家の東は零余子あまたなる　石脇みはる

隼人瓜（はやとうり）

大正初期にアメリカより導入された熱帯アメリカ産の蔓性多年草。鹿児島県で試作されたのでこの名がある。メキシコでは古代より栽培されていた。果実は淡い緑色で長さ一五センチほどの洋梨形。表面に数本の溝がある。薄く切って生食にもするが、多くは漬物や家畜の飼料とする。

隼人瓜幾つ太らせても淋し　吉田寿子
隼人瓜熟れて正直者の貌（かお）　溝渕由紀男
下脹れとはおかしくて隼人瓜　須藤常央
千国雪来と爺のもてなし隼人瓜　柳沢芳子

貝割菜（かいわりな）　貝割れ菜

大根・蕪・菜・豆などの芽が出てまもない双葉のこと。貝割菜は二枚貝が殻を開いたように見えるところから、その名がある。ピリッとした辛みが好まれる。大根の貝割菜など最近はサラダや付け合せのために、工業的に大量に生産され、季節感が薄れてきた。

地を離れはじめし影の貝割菜　野見山朱鳥
貝割菜一粍の根に土つかむ　福本須代子
ひらくと月光降りぬ貝割菜　川端茅舎
出来不出来なく揃ひたる貝割菜　長戸ふじこ

間引菜（まびきな）　摘まみ菜　小菜　抜菜　虚抜菜

秋蒔きの大根・蕪・菜などは、種を隙間なく蒔くので密生して生えて来る。その双葉になったころより随時間引いて通風、採光を良くする。これを間引菜、摘み菜、虚抜き菜と呼ぶ。淡いみどりや、いたいけな柔らかさが喜ばれる。お浸し、胡麻和え、汁の実などにする。「間引き菜となるすれすれを生きてをり」（奥山源丘）の句のように、かつて口減らしのために嬰児を殺した「間引き」ともイメージが重なる。

女たるしぐさかなしく菜を間引く　富安風生
菜を間引く母やいよいよ腰曲り　郷原弘治
父の腰のびることなし菜を間引く　瀧　春一
間引菜に甲乙丙のなかりけり　加藤冬人
間引菜は夢の重みといふべかり　宮坂静生
まびき菜を洗ふ手許の昏るるまで　安藤伸子

紫蘇の実（しそのみ）

アジア原産のシソ科の一年草。秋に枝先にけし粒ほどの穂状の実をつける。青紫蘇は実も青い。穂紫蘇として刺身のつまやてんぷら、佃煮、塩漬けなどにする。芳香や歯ざわりを楽しむ。↓紫蘇（夏）

紫蘇の実の一穂を手に山の虹　古沢太穂

紫蘇の実いつぱい黄昏（たそがれ）のふうはふは　菅谷和夫

紫蘇の実や母亡きあとは妻が摘み　成瀬櫻桃子

かそけさよ紫蘇は実のまま地に還る　竹内秋暮

唐辛子（とうがらし）（たうがらし）

蕃椒（とうがらし）　鷹の爪

ナス科の一年草。高さ七〇～八〇センチになる。熱帯アメリカ原産。コロンブスがジャガイモ、トマトなどとともにスペインに持ち帰り、その後一〇〇年の間にヨーロッパ、アジアに普及した。日本への伝来は十六世紀初頭にポルトガル人によるとも、朝鮮からともいわれている。このため南蛮とか高麗胡椒の名がある。果実は乾質の液果だが変種が多い。色は紅、赤、橙、黄、緑、紫などさまざま。種を干して香辛料とする。観賞用の五色唐辛もある。品種も多く南蛮・八つ房・鷹の爪・日光唐辛・獅子唐辛などがある。ピーマンは獅子唐辛の一種。天井守（てんじょうまもり）、天竺守（てんじくまもり）は実が垂れないで上を向く品種。葉を煮物にしたものは葉唐辛子である。唐辛子のイメージは鷹の爪類の真っ赤なものであろう。↓青唐辛子（夏）

唐辛子少女にげ腰にて干しをり　加藤知世子

乾らびゆくものに土蔵と唐辛子　廣瀬直人

天よりも地のよく晴れて唐辛子　綾部仁喜

今日も干す昨日の色の唐辛子　林　翔

なんばんが真つ赤山の日山の風　冨歼哲郎
革命は望めねど紅唐辛子　川崎光一郎
唐辛子吊り曲り家の暮しあり　久保田重之
唐辛子真昼影なき海の音　秋田志峯
青空の風のいとまの唐辛子　天野南海子
近づけば紅まちまちや唐辛子　西田美智子
米櫃に米屋が呉れし鷹の爪　森　重夫
唐辛子葬りのあとの月日かな　白井久雄
唐辛子忿怒(ふんぬ)の口を押へ込む　佐原トシ
わが胸に阿修羅一本唐辛子　関　礼子
唐辛子まだ芯青く灘へ干す　尾﨑隆則
唐辛子真っ赤子育て奮闘記　福本五都美

茗荷(みょうが)の花(はな)　秋茗荷

ショウガ科の多年草。食用として栽培されるが湿地に自生するものもある。茗荷の子が成育して苞のなかから淡黄色の唇形広卵形の花が咲き一日でしぼむが、つぎつぎに咲きつづける。花をつけた茗荷も食べられる。五〜六月ごろ山地に白い花を咲かせる花茗荷とは別のもの。したがって「茗荷の花」を「花茗荷」とすることはできないが、現実には混用されている。↓茗荷竹（春）・茗荷の子（夏）

つぎつぎと茗荷の花の出て白き　高野素十
人知れぬ花いとなめる茗荷かな　日野草城
爪を切る茗荷の花のしづけさに　中嶋秀子
亡き人の声の残れる秋茗荷　森　澄雄

生姜(しょうが)　新生姜(しん)　葉生姜(は)　薑(はじかみ)

ショウガ科の多年草。茎葉の基部の地下茎が発達したものがいわゆる生姜である。香辛料とするほか味噌をつけて生食する。おろして薬味、また漬物、酢漬けにもし、生薬としても用いられる。

小型種の葉つき生姜もある。根生姜を干した古生姜は保存され一年中ある。谷中生姜、近江生姜など名産の地名で呼ばれるものも多い。

恩愛やことに生姜の薄くれなゐ　栗栖浩誉
恥らひの紅ほんのりと新生姜　小西四郎
葉生姜や山うごかして水を汲む　宇佐美魚目
雨降つてをり掘りかけの生姜畑　多田薙石

稲　初穂　稲穂　陸稲　粳糯　稲田　稲の秋

イネ科の一年草。花の後に結ぶ穀果が米である。原産地は中国南西部またはインドといわれる。稲作は縄文時代にさかのぼる。日本やアジアの主食である。畑で作る陸稲もあるが普通は水田に作られる。粳米と糯米があり、粳はわれわれの常食、糯は餅、強飯とする。稲作は日本人の精神文化を形成している。年中行事も稲作に関わるものが多い。『万葉集』に「恋ひつつも稲葉かきわけ家居れば乏しくもあらず秋の夕風」（作者不詳）があり、『古今和歌集』も「昨日こそ早苗とりしかいつのまに稲葉そよぎて秋風ぞ吹く」（よみ人知らず）より詩歌の伝統も形成している。俳諧でも「立出て侍にあふや稲の原」（才麿『椎の葉』）「、片岡の萩や刈ほす稲の端」（猿雖『炭俵』）がある。日本の稲は短粒種のいわゆるジャポニカ。第二次世界大戦後より輸入されるようになった外米は、長粒種のインディカで粘りがなく、日本人の好みには合わないがカレーライスやピラフに適している。沖縄の蒸留酒の泡盛は古くからインディカのタイ米を原料としている。今日、米の輸入の自由化にともない稲穂の国、日本のイメージも大きく揺らいでいる。

利根川や稲より出て稲に入り　一茶
夫婦ひややか新しき縄稲に垂れ　飯田龍太
中学生朝の眼鏡の稲に澄み　中村草田男
山国や陸稲畑に父の糞　金子兜太

稲稔りゆつくり曇る山の国　廣瀬直人
たたずめば稲が鳴るなり夜見の国　夏石番矢
ジパングは黄金の国稲稔る　佐藤知敏
一湾は卑弥呼の鏡穂孕みに　白石みずき
稲の束うしろに投げて吉備（きび）の国　金田瑞穂

稲滓火（いなしび）や天竜夜へいそぎをり　中澤康人
火祭の櫓立ちたり早稲の出穂小　池龍渓子
となりあふ荒田稔り田過疎進む　相澤乙代
声高に話し行く人出穂の中　佐藤サチ
みちのくの空の広さの稲田かな　鈴木わかば

稲（いね）の花（はな）

稲が穂孕み期になってまもなく穂が小枝に分かれて多数の花を開く。晴天の日の開花は午前中に終わり、一時間ほどで受精する。好天が望まれるところだ。稲の花の一つ一つは目立つものではないが、田の穂全体に花が咲き、揺れ動き収穫への期待が高まる。

湖の水の低さよ稲の花　士朗
遠くほど光る単線稲の花　桂信子
野宮（ののみや）は人すぐ出がち稲の花　古沢太穂
未来図は直線多し早稲の花　鍵和田秞子
神の背にふくらむ袋稲の花　磯貝碧蹄館
あとは風まかせよ稲の花ざかり　青柳志解樹
遊女その墓のよすがの稲の花　諸角せつ子
稲の花農夫は天も地もおがむ　宇咲冬男
稲の花村の豆腐屋とろとろと　脇りつ子
塩辛きうはくちびるや稲の花　小山森生

まぼろしの軍馬過ぎるや稲の花　谷山花猿
国東（くにさき）はみほとけの里稲の花　高須禎子
夜勤明けのねむりとろとろ稲の光　齋藤耕心
つつがなく咲き広がりし稲の花　齋藤喜美子
稲の花仏のせたる舟とほる　原光栄
稲の花村に明治の漢（おとこ）絶ゆ　平清
稲の花吹かるる果は有磯（ありそ）海　東野昭子
遠山にいかづち籠る稲の花　佐々木咲
白神の風のすりあし稲の花　草野力丸
穂孕期火星もつとも赤くあり　中澤康人

早稲（わせ）

早稲の香（か）　早稲田　早稲刈る

出穂の早いしたがって収穫期の早い稲をいう。晩秋に雪が降る北国や、暖地でも台風を避けるため作られることがある。近年品種改良によって出穂の早い品種が植えられるようになった。稔りの秋を知らせるものとして詩歌に好まれる。「吾が蒔ける早田（わさだ）の穂立ち造りたる蘰（かずら）ぞ見つつ偲（しの）はせ吾背（わがせ）」（大伴坂上大嬢（さかのうえのおおいらつめ）『万葉集』）

わせの香や分入る右は有磯海（ありそうみ）　芭蕉
早稲の香や聖（ひじり）とめたる長（おさ）がもと　蕪村
葛飾や水漬（みづ）きながらも早稲の秋　水原秋櫻子
早稲の香のしむばかりなる旅の袖　橋本多佳子
早稲の香に沈みゆく陽の泥まみれ　福田甲子雄
早稲の香に噎（む）せんばかりの近江かな　中川義昭
早稲の黄を刈るや素顔の能登荒れに　山根松於
ゐのししの出し話など早稲実る　内田周穂

中稲（なかて）

早稲と晩稲の中間に稔る中生種の稲で大部分はこれである。東北地方のササニシキ、新潟・北陸のコシヒカリなど中生種は多い。収穫量の多さ、味覚の改善をめざして品種改良もめざましい。早稲、晩稲に比べ特徴が少なく季語としてはやや印象が薄い。

遠山の晴れつづく夜の中稲かな　塩谷半僊
山の温泉（ゆ）へ中稲の畦を通りゆく　上川井梨葉

晩稲（おくて）

遅く稔る晩生種の稲。収穫は晩秋霜が降るまえに行われあわただしい。二期作には必要な品種。

おく、おしねとして『夫木和歌集』などにも見える。稲の生育の遅い北国の稲を指していうこともあり、品種の違いよりむしろ多分に心理的な要素がある季語。

刈るほどにやまかぜのたつ晩稲かな　飯田蛇笏
山よりの風の硬さや晩稲刈る　飯村周子
夕空に身を倒し刈る晩稲かな　長谷川零余子
くわんのんを裏より拝み晩稲刈る　中村風信子
細りつつ日ぐれ晩稲田薬師みち　古沢太穂
月照らす勤め了（お）へての晩稲刈　沼澤石次

落穂（おちぼ）　落穂拾い

稲を刈ったあとの田や畦、道に落ちている稲穂のこと。老婆や子供の仕事であるが、『改正月令博物筌』に「豊年には、稲あまりありて、落穂を寡婦などが心のままに拾ふ泰（ゆたか）なること」とあり、貧者や手伝い人に落穂を与える風習が知られる。ミレーの画の「落穂拾い」は麦であるが「どこか人生的な感銘」（山本健吉）は共通している。しかしコンバインで刈られる今日、落穂拾いもあまり見られなくなった。

落穂拾ひ日あたる方へあゆみ行く　蕪村
逆光の落穂拾ひのつもりかな　石田時次
伸びて来し落穂拾ひの影法師　軽部烏頭子
雀らの拾ふ落穂となりしかな　平子公一

穭（ひつじ・ひつぢ）　稲孫（ひつじ）　穭穂

稲の切株から萌え出た芽。そのままにしておくと穂が出ることもある。刈り入れが終わった田にわずかに見える緑であり、枯れてゆく四囲と対比して風情がある。「苅れる田に生ふるひつぢの穂に出でぬは世を今更に秋果てぬとか」（『万葉集』）。最近は穭を鋤き込んでしまうことも早い。→穭田

よべよりの雨に枯れたる穇かな　金尾梅の門
沼風や穇は伸びて穂をゆすり　石田波郷

稗(ひえ)

イネ科の一年草。縄文時代に朝鮮から伝来した。多湿に耐え寒冷地に強いため、救荒植物として古くから作られた。米と混ぜて食用としたが、今日では主に藁を青刈りして飼料とし、実は小鳥の餌などとする。畑稗、田稗がある。精白のための稗搗きは重労働で、宮崎県椎葉村の稗搗節は「なんぼ搗いてもこの稗むけぬ」と精白のしにくさを歌っている。いまは稲に混じって生育した稗は抜いて捨てられ雑草の扱いである。これを「稗抜き」という。

笠ぬちの顔を略しぬ稗案山子　皆吉爽雨
稗めしの中の稗つぶ冷めやすし　加藤知世子

玉蜀黍(とうもろこし)(たうもろこし)　もろこし　南蛮黍(なんばんきび)

イネ科の一年草。熱帯アメリカ原産、高さは三メートルにもなる。茎の葉腋に実る、成熟した苞(ほう)のなかに豆つぶほどの実が縦に並んでついている。その色は黄・白・赤などがある。苞の頭には毛髪のようなひげを出す。食用、飼料として重要な作物。コロンブスによってヨーロッパにもたらされ、日本には天正七年（一五七九）ポルトガル人によって長崎にもたらされた。ハニーバンタムなどスイートコーン系は、茹でたり焼いたりして食べる。祭りなどの露天の風物でもある。かつては皮を使って子供が人形を作ったりして遊んだ。いまはもっとも輸入金額の大きい穀物。

唐黍を焼く子の喧嘩きくもいや　杉田久女
もろこしやお日様色に茹であがる　中村恵美
干し了(お)えて玉蜀黍の火山灰(よな)はらふ　大島民郎
もろこしの毛ほどの罪を曳きずれり　柴田朱美

唐黍の葉も横雲も吹き流れ　富安風生
唐黍の押すなおすなと粒育つ　高橋幸子
唐黍に織子のうなじいきいきと　金子兜太
唐黍もぐ少年の音母の音　佐藤みさを
もろこしを焼くひたすらになりてゐし　中村汀女
もろこしの大地カヌーの日の高さ　新宮　譲
捻ぢれたるもろこしの葉の風の音　髙見岳子
几帳面な玉蜀黍だと思はないか　櫂　未知子

黍（きび）　黍の穂　黍畑

インド原産のイネ科の一年草、高さは一・五メートル以上にもなる。日本には弥生時代に中国より渡来した。実は淡黄白色で粟よりも大きい。米・麦・粟・稗とならぶ五穀の一つとして古くから重要な食物であったが、現在はほとんど栽培されていない。黄色い実の「黄実」がその名になったという。食用や菓子とする。桃太郎話の黍団子はこれ。沖縄などで栽培される大型の砂糖黍もこの一種。コーリャン（高黍）は中国で改良された黍、これは高さ三メートルにもなる。

黍噛んで芸は荒れゆく旅廻（たびまわり）　平畑静塔
杖にして主婦が買ひ来し砂糖黍　山口誓子
鉄削る黍の空地を職場とし　秋元不死男
灰蒙々十里淡々黍の枯れ　金子皆子
黍の穂のゆらりゆらりと出入口　宇多喜代子
夜の運河どこか黍引く音がする　伊藤淳子

粟（あわ・あは）　粟の穂　粟畑

イネ科の一年草。原産地は東南アジア。五穀の一つ。穂は黄色の円筒状、実は約二ミリの黄色。栽培期間が三～四か月と短く、痩せ地でもよく育つ。縄文時代から栽培され、稲渡来以前の主食だった。独特の香りがあり味は淡い。現在は小鳥の餌や餅・おこしなど菓子の材料とする。

よき家や雀よろこぶ背戸の粟　芭　蕉
砂浜の砂あたたかき粟莚　中村汀女
粟の穂や一友富みて遠ざかる　能村登四郎
向う嶺の霧よりさびし山の粟　古沢太穂
粟垂れて一途に旅を急ぎをり　村山古郷
粟めしたべたし浦波に一度のりたし　阿部完市

蕎麦(そば)の花(はな)　花蕎麦

タデ科の一年草。中央アジア原産で、日本には中国から伝来し、重要な食料作物として栽培される。高さ三〇～六〇センチほどになり、葉は心臓形である。初秋のころ茎頂に白または淡紅色の五弁の小花が群がるように開く。山間地に楚々と揺れるさまは風情がある。花のあと三角卵形の褐色の果実が熟す。栽培地は主に涼しい気候の山麓などだが、瘦地でもよく育つ。↓新蕎麦・蕎麦刈

花蕎麦を地の奢りとし拓地の祭　宮坂静生
水ナ底のまつりも美(は)しき蕎麦の花　松田　進
峡の村ぐいと拡げて蕎麦の花　林　友次郎
癒えそめし馬に花蕎麦月夜かな　沢田まさみ
分け入りて胸乳(むなち)に揺らす蕎麦の花　斎藤千恵子
花蕎麦や祖より畑石減らず　岸　霜蔭
蕎麦の花干割れし土のしんからかん　諸角せつ子
淋しさに奥行きありぬ蕎麦の花　木村晶子
花蕎麦や十戸に満たぬ隠里　石丸美代子
蕎麦の花人影のなき一揆村　桑原かず子
旅先に針糸愛でる蕎麦の花　小平　湖
新涼の素足桃色蕎麦の花　江川邑節

大豆(だいず／だいづ)　新大豆　みそ豆

マメ科の一年草。中国が原産とされ、日本への渡来は古い。八月ごろ白・淡紫色、紅色の小花を開

く。花後の莢(さや)には、一ないし四個の種子が入っている。種皮は緑、淡黄、黒などで形も球形、楕円形、扁平と種類によって違う。用途は広くきな粉、納豆、味噌、醬油、豆腐の原料などさまざまに加工される。田の畦に植えられるものは畦豆という。

奥能登や打てばとびちる新大豆　飴山　實

野むしろに頑丈な大豆昼鼾(いびき)　土田武人

豆飯や彗星世紀の彼方へと　川崎展宏

大豆引く小さき賑ひありにけり　土屋いそみ

小豆(あずき)　新小豆

マメ科の一年草。原産は中国といわれ、古代からの作物。丈は五〇センチぐらいで、八月ごろ黄色の蝶形花を多数開く。花のあと八センチ内外の円柱形の莢に六ないし一〇個の種子が入る。普通は暗赤色が多いが、白、黒色の斑点のあるものもある。実は、日本人が殊に好み、祝い事の赤飯に炊いたり、和菓子の餡や羊羹などの製菓原料となる。用途は広く甘納豆もその一つ。

小豆干すつつしみ深い両隣　本田ひとみ

新小豆母にぜんざい作らむか　西島あさ子

隠元豆(いんげんまめ)　花豇豆(ささげ)　千石豆(せんごくまめ)　味豆(あじまめ)　莢隠元　鶉豆

南アメリカ原産。世界中で栽培されている。日本には隠元禅師が伝えたのでその名がある。実際は藤豆という説もあり、関西では藤豆を隠元豆とよぶことが多い。夏に白色または淡紫色の花が咲き、秋に一〇センチ内外の莢(さや)をもった実を結ぶ。若いうちに莢をとり、莢隠元として食べる。熟した赤い豆は煮豆や甘納豆に、白い豆は白餡やきんとんに。年に三度とれることから、三度豆とよばれる。味豆は古名。

いんげん豆成らせ上手の母なりし　上野さち子

しだいに黙す隠元豆を茹でいし妻　藤野　武

豇豆（ささげ）　十六豇豆（じゅうろく）　十八豇豆

マメ科の一年草。世界各地で栽培される。七、八月ごろ淡紅褐色の花が咲き、そのあと細長い莢をつける。若い莢の先が上を向いて物を捧げている形に似ているのでつけられた名である。普通のささげは莢の長さが二〇センチから三〇センチ。十六豇豆（ささげ）は三〇センチから八〇センチ。いずれも幼莢を煮たり和物にする。成熟した豆果は種皮が裂けにくいので、強飯に混ぜて炊いたり、煮豆や餡にする。

摘みに行く豇豆の赤き遠目かな　高浜虚子

もてゆけと十六ささげともに捥ぐ　篠原　梵

刀豆（なたまめ）　鉈豆（なたまめ）

熱帯アジア原産のマメ科の一年草。江戸時代に渡来した。夏の終りに葉の腋に三、四センチの淡紫色もしくは白色の花を開く。花のあと扁平な莢（さや）ができ、長さ三〇センチ、幅五センチほどになり、形が鉈とも刀とも見えるので、この名が生まれた。若い莢は塩漬け、糖漬け、福神漬にして食用にする。熟した豆は煮豆やきんとんにする。

刀豆を振ればかたかたかたかたと　高野素十

職無しは刀豆つくり孫育て　岸田文介

採りおくれたりし刀豆刃にこたふ　桂　信子

刀豆や反りも程よき老夫婦　野田ゆたか

落花生（らっかせい・らくくわせい）　南京豆（なんきんまめ）　ピーナッツ

マメ科の一年草。南アメリカ原産。江戸前期中国を経て渡来した。晩夏に黄色の花が咲き、受精したあと雌しべの子房の柄が、地面に向かって伸び、莢を土中に結ぶためこの名がある。莢は繭に似た形をし、表皮は黄白色で硬く、中に赤褐色の薄皮を被った白色の種子がある。大粒種は蛋白質に富み、煎ったり塩茹でにして食べる。小粒種は脂肪を多く含む独特な風味がある。

名曲終り南京豆の皮嵩む　原子公平
房総の闇たぷたぷと落花生　野木桃花
一介の刺客二階の落花生　仁平　勝
いのち微かに振れば音して落花生　正木志司子

胡麻（ごま）

ゴマ科の一年草。アフリカ原産といわれ、中国から渡来。日本でも古くから栽培される。高さは約八〇センチ、全体に軟毛が密生する。七月ごろ葉腋（ようえき）に紫白色の花をつける。実には室が四つないし八つあり、各室に小粒の種をもつ。種皮は黒、白、淡黄の色がある。九月ごろ刈り取って日に干し、叩いて種をとる。用途も多い、ゴマ油、ゴマ和、軟膏等。

胡麻の殻吹かれて濁る生家なり　川田由美子
胡麻叩くダムとなるまで胡麻叩く　大野西湘子
ゴマを摩る手配り手捌きまだ老いず　百崎左人
胡麻干して戸毎相似し暮らしむき　北代　汀

藍の花（あいのはな・あゐのはな）

インドシナ原産。タデ科の一年草。日本へは遣唐使が持ち帰ったとされる。全体にイヌタデに似ている。葉は長楕円形の濃い藍色で茎葉から染色藍をとる。八月ごろ茎の先に紅色の小花が穂状につく。かつては重要な染色植物として栽培されていたが、化学染料の発達で、徳島県などに残る程度。現在は民芸的、趣味的な染色として好まれている。↓藍蒔く（春）

見染め咲く阿波藍花に山の翳　河野多希女

古木偶のざんばら髪や藍の花　吉田汀史

御句碑の古りてあたらし藍の花　小林律子

このごろの阿波の好日藍の花　上崎暮潮

庭先に藍を咲かせて藍染めず　藤本朝海

ひとふでのゆの字たっぷり藍の花　白石みずき

煙草（たばこ）の花（はな）　花煙草

南米原産のナス科一年草。日本へは慶長年間に移入された。茎の高さは三メートルにおよぶ。葉は大きく楕円形でニコチンを含み、黄色みをおびると収穫。乾燥させて喫煙用に加工する。葉茎の煮汁は害虫駆除に用いる。八月ごろ茎頂にいくつもの総状花穂を成し、三センチ程度の筒状をした淡紅色の花を開く。↓若煙草

精悍（せいかん）のさまに川痩せ花煙草　佐藤鬼房

田舎医師の父のあけくれ煙草の花　石井哲夫

海青き島の傾斜や花煙草　池田俊男

花咲いて莨（たばこ）の村となりにけり　西牧風春

棉（わた）　棉の実　棉実る　棉吹く　桃（もも）吹く

アオイ科の一年草。インドが起源で約四〇種ある。花は大きく、夏に黄、白、紅など五弁に開く。秋に卵円形の蒴果（さっか）の中に多数の種子を入れる。実を結ぶと五〇日から六〇日で完熟、三ないし五片に裂け、白色の綿毛を外に吹き出す。これを「棉吹く」という。モモに似た果実から綿毛が

露出するのを「桃吹く」という。精製されぬうちは棉と書き、綿糸や綿布などと分けてよぶ。↓棉の花（夏）

棉吹いて空の微塵の見ゆるかな　後藤比奈夫
剛き殻刻満ちて割れ桃吹けり　安田春峰
棉の実や秩父街道土埃　新間絢子
二つ三つ棉吹く学級花壇かな　高須禎子

秋草（あきくさ）　秋の草　色草（いろくさ）　千草（ちぐさ）　八千草（やちぐさ）

秋の山野や路傍、庭に咲くいろいろな草花、雑草の類いを一括したものすべてをいう。秋の七草もこの中に入る。千草、八千草は名もない草花の愛称か。色草はいろいろな種類の草をさす名称。

秋の草全く濡れぬ山の雨　飯田蛇笏
秋草にめざめて鶏を飼う話　堀之内長一
秋草の囁いてをり曝かれ　矢島渚男
踏み入りし意外の丈の秋の草　臺　きくえ
秋草のいづれの草か日暮呼ぶ　佐藤鬼房
秋草を活けて若さのきはに立つ　中嶋秀子
秋草や遺柱に淡き鳥獣画　澤田緑生
色草に人の心の細やかに　村田明子
秋草の辻より京へ五十二里　折野美恵子
宮址いま八千草に色得つつあり　河野石嶺
幕末をしのぶ洋館秋の草　松永登志
八千草を咲かせ書院を開け放ち　中村日出子
野の草を活けてすなはち秋草図　鈴木節子
人やさし秋草の名はみなやさし　串上青蓑

草の花（くさのはな）　千草の花（ちぐさのはな）

秋草の花のことである。一般的に名の知られていない、可憐な野生花をさすことが多い。春や夏のものと異なり、しみじみとした面影がある。

十字架の影いたりけり草の花　永島靖子
ありがとうを言いすぎるよ母よ草の花　芹沢愛子
山に遇ふ人みな優し草の花　沢　聰
ふだん着に戻れるところ草の花　山田佳乃
もの言はぬことも養生草の花　村田緑星子
草の花より手をのべてくれし人　斎藤梅子
草の花いま出来ることひとつづつ　上村敦子
花火師の家のまはりの草の花　岸野曜二
石重ねあるも墓かや草の花　立野もと子
草の花生にも死にも水使う　保尾胖子
踏まれても力まだある草の花　田中みち代
総武線さみしき頃の草の花　尾関乱舌

草(くさ)の穂(ほ)　穂草　草(くさ)の絮(わた)　草の穂絮(ほわた)

イネ科やカヤツリグサ科などの、秋草の穂の総称。（えのころ草・刈萱(かるかや)、芒、蚊帳吊草）などは、秋に穂花をつける。その穂花が、とけてばらばらになった綿状のものを「草の絮」という。その絮が風に吹かれて飛び散り、種を蒔く働きをする。

風よりもひかりの担ふ草の絮　宮坂静生
野外弥撒(ミサ)犬は穂草に伏して待つ　藤井寿江子
未来都市めがけて飛びし草の絮　福山英子
アイバンクに登録草の絮の旅　大塚千光史
おとろふる色より草の絮とべり　鎌田洋子
草の絮青天井をめざしけり　小路紫峡

草(くさ)の実(み)

草木類は概して秋期に実を結ぶことが多い。草の実を秋季に取り入れたのもそのようなことからだろう。秋草の実は大半が地味で目立たないが、中には手に取って愛でてみたいものもある。或は絮毛をもって空中を飛ぶものや藪虱(やぶしらみ)やいのこずちのように、人間や動物に付着して、種をまき散らすものもある。

草の実や今日松山を離れんと　森田緑郎
藺倉の跡の立て札草は実に　守屋房子
草の実や妻という華ざっくばらん　山中葛子
草の実や母へ走れる足あげたし　小泉瀬衣子
まひづる草は実に風穴の風通り　岡村千恵子
口開けて姥百合の実のがらんどう　矢野京鼓

草紅葉（くさもみじ／くさもみぢ）　草の錦　色づく草

秋深まると落葉樹ばかりでなく、山野の草もさまざまに紅葉する。殊に畔や土手の草などは美しく色づく。その美しさもほんの一時期であるが、樹々の紅葉とは違った風情がある。

くるぶしの草紅葉くるぶしの佛さま　金子皆子
木のゆれは鹿の親子か草紅葉　遠藤比呂志
東方より少年の使者草紅葉　水野真由美
をとこ散りをんなかたまる草紅葉　村上一葉子

末枯（うらがれ）　末枯る

晩秋を迎えて、木や草が枝先や葉の末から枯れるさまをいう。「うら」は「すえ」の意。一草だけでなく全体的に、庭や野がまとまって枯色を見せ始めることをいう。草紅葉には、まだ華やぎもあるが、末枯れには寂しさを伴う情趣が感じられる。

末枯れやカレー南蛮鴨南蛮　田中裕明
末枯の戸を押し妻の灯に戻る　五十嵐哲也
末枯れの漁村真澄の絵図の色　武藤鉦二
末枯の駅や顔なき人の数　馬場和子
舟揚げてあり末枯るるものばかり　浅倉里水
末枯るるもの皆光れ夕日落つ　西田孤影
末枯の中より歩み起こしたる　大木格次郎
薬草園くすりも毒も末枯れて　坂田栄三

末枯や少年すこし声変り　加藤あけみ
踏み入りて末枯るるものすだくもの　境　雅秋

秋の七草

秋の七草『万葉集』の山上憶良の歌「秋の野に咲きたる花を指折りてかき数ふれば七種の花」「萩の花尾花葛花瞿麦の花女郎花また藤袴朝貌の花」に由来している。朝貌の花はその当時まだ渡来していなかったという理由でキキョウとするのが定説である。現在はハギ、ススキ、クズ、ナデシコ、オミナエシ、フジバカマ、キキョウを秋の七草という。

秋の七草一人は風を噛んでをり　市原光子
雨が障ると秋の七草と眠り　小堀　葵

萩

萩の花　白萩　小萩　野萩　こぼれ萩　乱れ萩　萩原　萩叢

秋の七草の一つでマメ科の落葉小低木。秋に紅紫色また白色の小さな蝶に似た形の花が、しだれた枝に無数に咲く。山野に自生するが庭園にもよく植えられている。代表的な種類は宮城野萩。自生種にはほかに木萩、丸葉萩、山萩、筑紫萩、蒔絵萩などがある。草冠に秋と書いて萩という国字さえできたほどで秋草の王とされている。

しら露もこぼさぬ萩のうねりかな　芭蕉
山萩の一夜もありし放浪記　片山辰水
行々て倒れふすとも萩の原　曾良
こぼれ萩色をまじへて掃かれけり　藤田つとむ
岩雪崩とまり高萩咲きにけり　吉田冬葉
散り初めてより白萩の盛りかな　榎田きよ子
りんりんと白萩しろし木戸に錠　三橋鷹女
人消えてゆく萩の中風の中　大形実世
でんがくの串干してあり萩の茶屋　加古宗也
妥協なき子の意聞きをり萩こぼる　高橋良子

妻も子もその子も萩の頃生れ　仁尾正文
老犬の顎出してをり盗人はぎ　市古しま
萩の園身を乗り出して車椅子　森田久子
萩すがれ陶土汚れのしてゐたる　森　重昭
あはあはとさすがに頃の萩咲いて　須田冨美子
箒目の流れる方へ萩吹かる　西宮はるえ
しなやかに自分をとおす萩の紅　平井幸子
少年の白萩かつぐ祭かな　遠山郁好

離宮跡らしく配して萩芒　安沢阿弥
地に還るもののしずけさ萩白し　実籾　繁
白萩に夢のほつれを繕へり　水下寿代
白萩をこぼして母の日暮かな　大林信爾
浅草に舟宿のあり萩月夜　黒木千代子
師の許へ急ぎ逝かれし萩明かり　三上登志子
萩寺といはれて掃かず萩の花　上木流泉
萩の雨ほどよき距離に子が住まふ　植木紫郎

芒（すすき）　薄（すすき）　尾花（おばな）　花芒　鬼芒　糸芒　十寸穂（ますほ）の芒

山野に自生するイネ科の多年草。大きい株からたくさんの茎をのばす。秋には黄褐色、紫褐色の花穂を出す。風に揺れる姿に風情があり、秋の七草に数えられる。ススキのことを七草では尾花という名で呼んでいる。まるで獣の尾のような形をしているからである。屋根を葺くのに使用したためカヤともいう。↓青芒（夏）・枯芒（冬）

をりとりてはらりとおもきすすきかな　飯田蛇笏
山越ゆるいつかひとりの芒原　水原秋櫻子
花芒袂重しとおもひけり　加藤三七子
そこにあるすすきが遠し檻の中　角川春樹
まん中を刈りてさみしき芒かな　永田耕衣

急がねばわれ消え入らむ夕芒　山水まさ
天冠のひとが入りゆく芒山　木内彰志
背高の芒の中を伯備線　松岡洋巨
山荘の隣は遠し花芒　三木みち
みんな羽かくしてゐたる芒原　清水睦子

晩年にふるさとのなし夕芒　高橋沐石
花道も末路もありぬ芒原　高橋将夫
ひとり来てひとりで帰るすすき原　池上拓哉
招いては奈落を見せる芒山　岡崎淳子
芒原眼鏡はずせばキツネ顔　室生幸太郎
芒野に遊べば一夜で銀の髪　本郷和子
花すすき一途といふは折れやすく　林　享子
花薄色それぞれの五色沼　目代智子
暮れてなほ黄金に銀に花芒　勝西健二
花火筒馬につけゆく薄かな　吉田冬葉
下り路の足止まらぬ芒かな　細木芒角星
序の舞の笛喨々(りょうりょう)と芒野に　香月梅邨
古墳出て古墳へ歩む花芒　上川　要
芒原泳げないので引き返す　伊関葉子
芒野の光の中へ溺れにゆく　住谷不未夫
話し弾んで芒野に深入りぬ　勝田享子
芒野の空気まとめて持ち帰る　長浜　勤
花芒牛が売られてゆきにけり　黒川礼子
あらがはず流れず風の薄の穂　濱田のぶ子
穂すすきや恋する人は離れゆく　三宅朱夏

萱(かや)　萱の穂　萱原

イネ科の植物、芒の別名だが、俳句ではカルカヤ・チガヤ・スゲなども萱と呼ぶ。芒同様、屋根を葺(ふ)くのに用いた。晩秋に刈りとられる。

萱刈りの真向ひもまた風の山　村越化石
ピリカ雲火の匂うまで萱野原　川田由美子
青萱に水噴くごとく月上る　古屋虹村
五箇山(ごかやま)の萱場の萱の刈り出さる　高橋ひろ子

刈(かる)萱(かや)　めがるかや　おがるかや

山野に自生するイネ科の多年生植物。高さは一・五メートルくらいに達する。葉は稲よりもずつと細長く、下部には粗毛が生える。秋、葉腋に総状花序をなして開く。褐色ののぎがある。刈萱にはメガルカヤとオガルカヤがある。

疾く起きよ起きよと女刈萱の声　佐藤鬼房
かるかやのつめ込んである麻袋　水野恒彦

刈萱よりも髪吹きすさぶ今生は　佃　悦夫
刈萱に風の追討ちありにけり　湯浅康右

刈萱の風より雨を待つふぜい　川崎展宏
鏡中にかるかやあふれ試着室　鈴木恵美子

蘆の花

蘆の穂　蘆の穂絮　蘆　蘆原　蘆州　葭

イネ科の多年植物。水辺に群生し、秋に穂を出す。八月から十月ごろまで紫褐色をした大きな穂が出て、直立または、その先が垂れている。穂は芒よりもふさふさした豊かな感じである。アシは「悪し」に通じ、縁起がよくないとしてヨシという名も生まれた。ヨシはアシと同じものである。

↓蘆の角（春）・青蘆（夏）

つづけさま火中の芦の倒れ燃ゆ　小路紫峡
人前にひつぱり出さる蘆の花　吉井幸子

お台場にサーカス来たり芦の花　森高たかし
水門を猫渡りゆく蘆の花　池田守一

荻

荻の風　荻の声　荻原

イネ科の多年生植物。アシとともに水辺を代表する植物である。ススキに似ているが、群生しても、ほとんど株にならない。秋、銀白色の花穂を出す。昔から秋を知らせる草とされ、秋風にそよぐ音が和歌に詠まれた。漢名は荻で、蘆荻という熟語もある。

湯の洞を出て一人きく荻の声　深谷雄大
廃校と決まりしよりの荻の風　蓮實淳夫

荻原やおろかさは船酔に似て　新間絢子　臍かくす河童太郎や荻の花　鬼頭進峰
まっすぐに届かない声荻の花　窪田久美　荻の芽にあり一寸のこころざし　小澤和彦

真菰の花（まこものはな）

イネ科の大形多年草。高さは一メートルから二メートルになる。葉は線形を成し、秋には茎頂に五〇センチほどの穂を出す。上部に雌花、下部に雄花をつける。沼沢に大群落をなして自生する。特に真菰は芦の葉よりも柔らかく、しなやかなところから、菰や俵、むしろなどに利用した。

花真菰眉あげて見ることもなし　岸田稚魚　みづうみに雨後の日の差す花真菰　福島　勲

背高泡立草（せいたかあわだちそう）

大泡立草　泡立草　秋の麒麟草（きりんそう）

キク科の多年草。草丈は二メートルから三メートル。花期は十月から十一月ごろ、黄色の頭花を数多開く。北アメリカ原産の帰化植物で、日本に渡来したのは明治のころといわれるが、いまでは各地の土手や荒れ地、休耕田に大集落を作っている。炭鉱の閉山があいついだころ、猛烈な勢いではびこりはじめたため、「閉山草」とも呼ばれた。繁殖は種子でもするが、地下茎が横に走り、他の植物の害になる物質を分泌しながら、勢力範囲をひろげる。猛烈な繁殖力とともに、在来の植物を追いやってしまうことから、除去すべきだとの声もあったが放置しておくと葦、芒、萩と共生するようになる。同種の帰化植物に活花の材料にもなる「オオアワダチソウ」がある。もともと「泡立草」と呼ばれていたのは植物名「アキノキリンソウ」（秋の麒麟草）で同属だが、こちらは草丈二〇センチから八〇センチ、山地に生育している。

背高泡立草鉄砲隊をひた隠し　星野紗一
酔漢と泡立草の野に迷ふ　藤城茂生
遠来の客へ総立ち泡立草　川島芳江
万歩計泡立草を見て帰る　吉田ひろし

数珠玉（じゅずだま）　ずずこ

イネ科の多年生草で東南アジア原産。ハトムギに似ていて、高さ一メートル余になる。黍に似た茎が叢生して、麦のような葉が出る。夏には雌雄の目立たない花が吹き、秋には小さい丸い実がたくさんつく。この実は滑らかで光沢があり、糸でつなぎ合わせて、数珠にするのでこの名がある。

数珠玉に雨ほそくなる睡りかな　遠山陽子
数珠玉も固き光となりにけり　千代田葛彦
数珠玉のひかり子育て終らむか　蓬田節子
数珠玉や川にむかしの櫂の音　岡島雅子
数珠玉をつなげば光つながりぬ　豊東蘇人
数珠玉やこの世にあまた節子の名　鈴木節子

葛（くず）　真葛（まくず）　真葛原（まくずはら）　葛の葉

マメ科の多年生蔓草。茎の長さ六メートルか、それ以上になる。太さ直径一〇センチ以上に達し、根は太く大きく、澱粉を取り出し、薬用や食用にする。葉の裏が白く、秋風に吹かれて白くひるがえる風情を詠んだ古歌も多い。裏見（うら）を恨みにかけて「うらみくずの葉」などという。

葛の葉のうらみ顔なる細雨（こさめ）かな　蕪村
あなたなる夜雨の葛のあなたかな　芝不器男
駅柵を越えて大和の真葛原　岡崎淳子
妻たちの移動図書館真葛原　堀之内長一
ゆき過ぐる風が風呼ぶ真葛原　岡部名保子
北見れば渇く想ひや真葛原　山本　源
搦手（からめて）の虎口あたりは葛かづら　鈴木里士
開発が頓挫（とんざ）の真葛原なりし　橋本　博

真葛野よ憎めば涙にごります　芹沢愛子　　先頭を笛吹きが行く真葛原　鈴木豊子

葛(くず)の花(はな)

日本全土の山野に繁茂するマメ科の蔓性多年草。八月末ごろ葉腋に約一七センチの穂を出して、紫紅色の花は総状にびっしり咲く。花の終りにはマメ科特有の莢実ができる。古来から秋の七草の一つになっている。

葛の花むかしの恋は山河越え　鷹羽狩行　　二重三重山に阻まれ葛の花　平城悳江
僧兵駆け下るまぼろし葛の花　廣瀬直人　　湖へひと知れぬ道葛の花　折野美恵子
盗まれて仏滅りゆく葛の花　たむらちせい　　千早口(ちはやぐち)雨きらきらと葛の花　星野すま子
日本海見えてくる葛の花越しに　奥谷郁代　　葛咲くや泪(なみだ)のかわくこと淋し　成田清子
日照雨(そばえ)して重き匂ひの葛の花　及川秋美　　野生馬に水呑む序列葛の花　早川利浩

郁(む)子(べ)　うべ　郁子の実

アケビ科の常緑蔓性植物。山野に自生し庭木にもする。常磐通草ともいう。葉は互い違いに出て、五枚から七枚の厚い、小葉からなる掌状複葉。暗紫色の果実は長さ五センチから八センチの卵円形で、熟しても通草のように裂開しない。水分が多く甘い。

姉よ抛(ほう)らん郁子の実の青い拳　金子皆子　　郁子四、五個なり空裂けるときも　森田緑郎

藪枯らし（やぶからし）　貧乏かずら

野生や路傍に生える、ブドウ科の多年生蔓草。やぶも枯らす勢いでほかの植物を覆い、夏に黄赤色を帯びた小花を群がり咲かせ、秋に小さな丸い実が黒く熟す。草全体に特異な臭気を持ち、地下茎から掘り起こしても根絶やしは困難なほど精力が強い。

藪からしふくらみもちて跳ぶ少女　吉田北舟子
余生とは何時からのこと藪からし　井上　武
われを出てゆきし藪からしでありぬ　竹本健司
定家かづら貧乏かづら相揺るる　渡邊千枝子

撫子（なでしこ）　川原撫子（かわらなでしこ）　大和撫子

茎の高さ約五〇センチ、茎のやや白っぽい緑色。花は夏から秋に咲き、その淡紅色の花弁の先は深く糸のように裂けている。また名のように川原の産とは言えず、むしろ野や山に多い。秋の七草の一つであるが、六月頃から咲き始める。秋の花というよりは夏の花とみるほうが適当と言えるが、花のたたずまいから秋の季語として定着した。大和撫子は日本女性の美称。

撫子や吾子にちいさい友達出来　加倉井秋を
口紅は母に貰ひし撫子や　木野愛子
なでしこの揺れるは風の三頁（ページ）　中山保夫
撫子をゆりて因幡（いなば）へゆく列車　山崎一枝

野菊（のぎく）　紺菊（こんぎく）

秋の深まる野や山に咲く、野生の菊を総称しており、その種類はすこぶる多い。白や黄や薄紫の花の群がり咲く様子は、さりげなく美しい。

頂上や殊に野菊の吹かれ居り　原　石鼎
夕月のかげあたたかき野菊かな　吉田冬葉
野菊晴母の俳句はをさなくて　清崎敏郎
この径（みち）にふつと消えたき野菊かな　矢島渚男
爐に野菊溢れしめ堀辰雄邸　宮坂静生
野菊一輪檜の匂ふ喫茶店　安東ふさ子
通学の道でありしよ野菊摘む　折野美恵子
身ごもりて揺るる野菊をいとほしむ　篠遠良子
野菊手に吉野の道をゆづりあふ　原　ちあき
ダム底になるといふ村野菊晴　日比野悟
野菊晴舟小屋あけて風通す　飯塚雅子
かがみこむことも充電のこんぎく　村上友子

めはじき　益母草（やくもそう）

シソ科の二年草。海岸、川辺、路傍に自生する。茎は方形で直立。丈は一メートル前後、葉は長い柄を持ち、羽状に深い切れ込みを持つ。葉は付け根に淡紫色の唇形花を数個ずつつける。茎に弾力があり、子供が若い茎を細く切ってまぶたの上下につけ、目を大きく開くような遊びに用いたのでこの名がある。また婦人が産後の薬にする。

めはじきの瞼（まぶた）ふさげば母がある　長谷川かな女
野をわたる瀬の音軽し益母草　山口典子
めはじきの伸びきつてゐる遠囃　白井爽風
倦怠がパチパチ火花するめはじき　及川君江

狗尾草（えのころぐさ／ゑのころぐさ）　狗（え）の子草（ごぐさ）　猫じゃらし

イネ科の一年草。丈は四〇センチから七〇センチ、穂の長さは三センチから六センチ、ネコジャラシの名で親しまれている。小さな花がかたまって穂になり垂れ下がる。この草の中国名が狗尾草、日本の古い名は狗（え）の子草、いずれも犬と関係のある名である。

ゐのこ草分けてカヌーを担ぎ出す　鹿野佳子
柩置く地にも天にもねこじゃらし　荻田礼子
なるがままなるがままなり猫じゃらし　奥田杏牛
ねこじゃらしあたまへ手やる癖いまも　新谷ひろし
幼な児の小さき謀反や猫じゃらし　山口清子
風景を唄わせている猫じやらし　菊地京子
風の子がいつもまはりに猫じやらし　高山あさ江
吹かれては色の脱けゆく猫じゃらし　八木マキ子

牛膝（いのこずち／ゐのこづち）

ヒユ科の多年草。山野や道端に生える。丈は九〇センチぐらいで、茎は方形で硬く、対生の枝葉を出す。茎の節の部分がふくれ、イノシシの足の膝頭に似ているところから名づけられた。緑色の小花を横向きにつけ、花がすむと全体が下向きになる。果実になっても包は落ちず、これが衣服につく。

絶えず谿の音していたり牛膝　山崎聰
いのこずち小さき感傷捨てがたし　磯直道
われに憑くものの一つにゐのこづち　二宮千鶴
三毛猫のするりするりと牛膝　姉崎蕗子
とびついてくる晴天のゐのこづち　牛田淑子
ゐのこづち生徒一人が嘘を言ふ　益永涼子
鮒鮨はむかうの小屋にいのこづち　榎本亨
牛膝強き視線を受けとめる　佐々木靖子

藤袴（ふじばかま／ふぢばかま）　蘭草（らんそう）

キク科の多年草。関東以西の暖地のやや湿気のある所に自生するが、数は少ない。もともとは中国の草で、奈良時代に香料として輸入したものが野生化した。丈は一メートルで、下部の葉が三つに分かれるのが特徴である。茎の先に淡紫色の頭花を多数つける。秋の七草の一つ。

藤袴白したそがれ野を出づる　三橋鷹女
ふぢばかま遠嶺は雨にけむりをり　古谷のぶ子
酒かくされて雨の日の藤袴　増山美島
八一（やいち）歌碑撫づるがごとく藤袴　和田春雷
藤袴ゆれれば色を見失ふ　山下美典
休日の学校に咲くフジバカマ　金田咲子

藪虱（やぶじらみ）　草虱（くさじらみ）

セリ科の二年草。山野に自生し、茎は直立して六十センチになる。初夏の頃、枝先に白い小花を多数つける。秋には楕円形の実を結び、棘が密生しており衣服などにつく。林の日陰に多いことと、実の形が虱を連想させることから、この名がある。

藪虱払ふべし明日は明日のこと　天野秋逢
旅に居るいつよりわれと草じらみ　酒井弘司
月光にさえ草虱つかんとす　石黒雅風
草虱取らねば家に入られず　山中みね子

曼珠沙華（まんじゅしゃげ）　彼岸花（ひがんばな）　死人花（しびとばな）　幽霊花（ゆうれいばな）　天蓋花（てんがいばな）　捨子花（すてごばな）　狐花（きつねばな）

ヒガンバナ科の多年草。秋の彼岸のころに畦や堤、墓域などに、群がって咲く。そのことから、彼岸花の和名がついた。中国から、渡来したといわれる。花茎の長さは、三〇センチほどで、その先に真紅の花を輪状に咲かす。曼珠沙華は梵語で天上に咲く赤い花を意味する。鱗茎（りんけい）は澱粉を含み食用にもなるが、毒性があり、砕いて水に晒せば、食べることも可能となる。

草川のそよりともせぬ曼珠沙華　飯田蛇笏
修羅めきて群れてなびくや曼珠沙華　稲川久見子
曼珠沙華どれも腹出し秩父の子　金子兜太
曼珠沙華燃えて海軍基地たりし　平沢みさを
曼珠沙華橘寺の浮き上がり　綾部仁喜
曼珠沙華派手な出迎へしてくれる　宮本美津江

手に持てば束ひんやりと曼珠沙華　加藤三七子
曼珠沙華さくさく刈ってみたきかな　小檜山繁子
曼珠沙華御油（ごゆ）赤坂をつらねたる　森田　峠
今はもう飛びこせぬ溝曼珠沙華　星野明世
忌のごとく雨のあつまる曼珠沙華　石塚真樹
魂の炎か魄の炎か曼珠沙華　赤井淳子
曼珠沙華足くび細く女立つ　三好淡紅
堤防は叢のステージ曼珠沙華　南　孝
曼珠沙華マチスは部屋をくれなゐに　小山森生
曼珠沙華畦になければ日本海　早乙女健
ひと日にて燃え尽きにけり曼珠沙華　北野要治
月あれば月の暗さの曼珠沙華　宇野隆雄
わが影の中に納めて曼珠沙華　星川木葛子
畦径もお洒落している曼珠沙華　大熊義和
傾く空に隠れているよまんじゅしゃげ　福富健男

生国に大往生せん曼珠沙華　新谷ひろし
菩提寺に改宗の故事曼珠沙華　向山房男
皇居てふ不思議な島の曼珠沙華　和田知子
黒々とうしろ立山曼珠沙華　山路紀子
曼珠沙華とりまきの草みな枯らし　鈴木淑生
曼珠沙華あるひは畦を踏みはずし　鳥越久美子
曼珠沙華鎌倉古道細りけり　水島つる子
一面に祖霊一面の曼珠沙華　森尾雀子
少年のたじろぐ紅や曼珠沙華　斎藤嘉久
母の歌二三の記憶彼岸花　風間久四郎
村を貫く一川一路曼珠沙華　奥谷亞津子
彼岸花濃くなる明日も明後日も　猪俣千代子
母に嘘つきし日遥か曼珠沙華　小川みどり
かけこみ寺の坂を燃やして曼珠沙華　井上淑子
曼珠沙華一糸まとはぬ気迫かな　高山洋子

桔梗（ききょう／ききやう）　きちこう

キキョウ科の多年草。日当たりの良い山野に自生するが、鑑賞用にも広く栽培される。直立する茎は約一メートルになり、茎の切り口から乳液を出す。長卵形の葉の縁は鋸の刃のようである。夏から秋にかけて、紫か白の五裂する鐘状花をつける。秋の七草の一つ、万葉集の「あさがほ」はこれと言われる。

桔梗一輪死なばゆく手の道通る　飯田龍太
白ききょうすくっとバレリーナの歩　金子斐子
活けてより咲く色あはし桔梗は　朝倉和江
光秀の社（やしろ）も城も桔梗咲く　西田円史
白桔梗心貧しくてはならず　大森　翠
桔梗の折目正しき蕾かな　久保田重之

千屈菜（みそはぎ）　鼠尾草（みそはぎ）　精霊花（しょうりょうばな）　溝萩（みそはぎ）

ミソハギ科の多年草。水辺、湿地に自生し、茎は直立分枝する。高さは約一メートルで茎葉に毛がない。八月頃、紅紫色の六弁小花を二花から三花ずつつける。正式の名は禊萩（みそぎ）で、お盆の頃に咲くこの花を仏事の供え物に使ったことからでた。

千屈菜といへば近江の父の墓　大橋敦子
千屈菜は鳴っているなり二日月　小林一枝

女郎花（おみなえし／をみなへし）　おみなめし　粟花（あわばな）

オミナエシ科の多年草。日当たりの良い山野に自生し、高さは約一メートル。野のものは九月から十月はじめに、黄色の五弁小花を傘のように群がりつける。花時には特有の強い匂いがある。秋の七草の一つ。

女郎花少しはなれて男郎花（おとこえし）　星野立子
女郎花男もすなる立話　柏岡恵子
日は空を月にゆずりて女郎花　桂　信子
ははは恋の風ぬけやすき女郎花　上原多香子
黄の濃くて土葬の山の女郎花　小島千架子
女郎花摘み男郎花ほしくなる　朝芝喜代子

男郎花（おとこえし／をとこへし）　おとこめし

オミナエシ科。茎は約一メートル。全体に毛が密生しており、草の形も女郎花と比べ男性的である。花期は八月から十月で、花は白く、見かける数も多い。

不退転とは崖にさくをとこえし　鷹羽狩行
荒行（あらぎょう）の熊野奥駈け男郎花　遠井俊二
男郎花自給自足の山の宿　大久保置箔
群れて咲く男郎花ならいとほしむ　諸田登美子
墨色の富士へ短かき男郎花　三枝正子
ありやなしや将門（まさかど）の首男郎花　逸見真三

吾亦紅（われもこう／われもかう）　吾木香（われもこう）

バラ科の多年草。山野の日当たりの良いところに多い。茎は直立して上部で分枝し、高さは約一メートル。花期は七月から十一月で、枝先に一、二センチの卵型の花弁のない、濃紫紅色の花をつける。一つの花のように見えるが、小花の集合である。高浜虚子に「吾も亦紅（くれない）なりとひそやかに」（『句日記』）があるが語源説では「吾もまた紅」はない。徒然草では「吾木香」とある。吾が国の木香の意。あるいは織田信長の家紋の割木瓜（われもこう）か。木瓜は鳥の巣のことで家紋に多い。

吾亦紅霧の奥にて陽が育つ　宮坂静生
湿原に暮色を誘ひ吾亦紅　小池龍渓子
二度童子（わらし）飛び散ったるや吾亦紅　森田緑郎
潮暮るるときの紫紺や吾亦紅　谷崎トヨ子
吾亦紅われをゆとりの数として　杉山加代
鶴歩む吾亦紅また吾亦紅　伊藤晴子
山の日の焦げて小粒の吾亦紅　岡部名保子
生涯の一句いつの日吾亦紅　藤谷令子
風去なすことばかりして吾亦紅　水谷芳子
吾亦紅山あるきの冥利とも　日比野てる子

死なばこの眼も焼かる吾亦紅　川代くにを
吾木香初代一条さゆり逝く　小林貴子

水引の花（みずひきのはな）

水引草（みずひきそう）　金線草（きんせんそう）

タデ科の多年草。野山の林の下に多い。両端のとがった楕円形の葉は、両面に粗い毛がある。茎は八〇センチで、八月頃、数本の長い花穂を伸ばし点々と小花をつける。四枚の紅花のがくが花びらのように見える。実の状態の時がもっとも美しい。白い花のものをギンミズヒキという。

さかりとて寂（しず）かに照るや水引草　渡辺水巴
のど乾くたび水引が咲いている　松本文子
水引の紅ひとすぢのつゆけしき　松村蒼石
水引の跳ね一茎も交はらず　藤田八郎
川の音金水引草に触れてをり　藤田美代子
水引の触れあひて糸絡まざる　土屋いそみ
みずひきのつきぬけてゆく真くらがり　松田ひろむ
小暗きに一穂の艶水引草　赤井淳子

竜胆（りんどう）

笹竜胆　蔓竜胆　深山（みやま）竜胆

リンドウ科の多年草。山や丘陵地の草原に、秋の花としては最後に咲く。茎は三〇センチから八〇センチで、茎は直立または横に這う。九月頃から、無柄の緑色また紫色の鐘状花をつける。この花は日を受けて開き、雨の日や夜は閉じる。健胃薬である。

大樽に銀座松屋の濃竜胆　齊藤紫園
濃竜胆草這ふ風の中にあり　峰山清
不惑とうに過ぎ竜胆の時間　石田順久
竜胆や瞳の蒼き夢二の画　鈴木むつ子
掃き終えて日差し深々濃りんどう　鈴木みさ子
濃龍胆雲が雲押す月の山　阿部月山子
蔓竜胆目に留めしより隠れなし　成川雅夫
教卓に龍胆けふは無欠席　島津教恵

噴煙は雲に届けり濃竜胆　井田満津子　　教卓に龍胆濃くてちかよれず　松本誠司

みせばや　たまのお

ベンケイ草の多年草。高さ約三〇センチほど。葉は三枚ずつの輪生で、十月ごろ茎の頂に多数の淡紅色の花を球状につける。古くから観賞用に栽培されていた。斑入などの園芸品種が多い。特にその花が美しいところから「誰に見ばや」の意でこの名が生まれたともいう。

たまのをの花を消したる湖のいろ　森　澄雄　　みせばやの珠なす花を机上にす　和知　清

杜鵑草（ほととぎす）　ほととぎす草

ユリ科の多年草。山地に自生。茎の高さは六〇センチから九〇センチで毛が密生。葉は長楕円形。花の模様が鳥のホトトギスの腹の斑点に似ているためにこの名がある。

この山の時鳥草活け手桶古る　野澤節子　　杜鵑草森にタールの匂い立つ　関口桂史

松虫草（まつむしそう／まつむしさう）　輪鋒菊（りんぼうぎく）

マツムシソウ科の多年草。山地の草原に自生。高さ約六〇センチメートル。葉は羽状に分裂。茎頂に淡紫色の頭状花を開く。

松虫草花終る日の雨溜めて　堀口星眠　　再会す松虫草に妙高に　西尾　苑

松虫草ケルンにわかれの唄残し　青山和子　　うすうすと松虫草に霧流れ　堀江多真樹

露草（つゆくさ）　月草（つきくさ）　螢草（ほたるぐさ）

ツユクサ科の一年草。広く畑地・路傍などに生える。全株軟質で高さ三〇センチメートル余り。地に伏す傾向がある。葉は細長く平行脈を有し、葉柄は鞘（さや）状。左右相称の藍色の花を短総状につける。古来この花で布を摺り染め、若菜は食用、また乾燥して利尿剤に用いた。

露草の群落に来て空淡し　五十嵐播水
雲の奥まだ濡れてをり蛍草　岸　三恵
露草も露のちからの花ひらく　飯田龍太
露草の露もむらさきなりにけり　鈴木豊子
人影にさへ露草は露こぼす　古賀まり子
無縁仏集へば有縁（うえん）ほたる草　福島美香子
露草の瑠璃いちめんの昼寝覚　木村蕪城
つゆくさに一石五輪あつまりし　松本幸子

鳥兜（とりかぶと）　鳥頭（とりかぶと）　兜花

キンポウゲ科の多年草。山野に自生し、葉は掌状に三裂し、裂片は更に分裂。紫碧色の烏帽子（えぼし）に似た花を多数穂状に開く。塊根を乾したものは猛毒であるが、山鳥兜の根を干したものは烏頭（うず）と呼び鎮痛剤に使う。

今生は病む生（しょう）なりき鳥頭　石田波郷
鳥兜人は死なずば生くるのみ　豊長みのる
常念（じょうねん）岳の夜の深さや鳥兜　長沢常良
能面の唇に塗りたし鳥兜　阿部佑介

蓼の花（たでのはな）　蓼の穂　穂蓼　大毛蓼（おおけたで）

イヌタデ（犬蓼）・ハナタデ（花蓼）・ヤナギタデ（柳蓼）など「タデ」の名をもつ植物の通称。オオクタデ（大毛蓼）は庭などに植えて観賞用にする。特有の辛味を有し、幼苗を刺身のつまなどにして食用。蓼食う虫も好き好き、辛い蓼を食う虫もあるように人の好みはさまざまである。↓蓼(夏)

蓼咲くや油まみれの指の傷　古沢太穂
細径に外れゆく犬や蓼の花　榎田きよ子
川よごれその上蓼の花の錆　阿部楷堂
山門の風吹きぬけし蓼の花　竹内節子

犬蓼(いぬたで)　赤のまんま　赤のまま

野原や路傍などいたるところに自生するタデ科の一年草。丈は三〇センチメートルほどで、初秋紅色の粒状の小花を穂状につける。また、粒々に見える赤い花が祝い事に用いられる赤飯に似ているところから、「赤のまんま」といわれる。ままごと遊びでも、赤飯に見立てる。

赤まんま墓累々と焼けのこり　三橋鷹女
子をもたず母を送りて赤まんま　関口桂史
人なぜか生国を聞く赤のまま　大牧広
あるがままただそのままに赤のまま　和田俊夫
赤のまま地玉子売りの来る日暮　松浦釉
赤のまま遊ぶ手の中暮れている　武田涓滴

溝蕎麦(みぞそば)

タデ科の一年草。溝など水辺に生え、高さ四〇センチメートル内外。葉は三角形でときに「牛の額」の別名もあり、蕎麦に似ている。秋白色で上部紅色の小花をつける。若葉は食用、かつて俗間ではリューマチの治療薬とした。

溝蕎麦にだんだん水音暗くなり　諸角せつ子
溝蕎麦に明朝体の雨降れり　幅田信一

みぞそばや谷津の湿りを歩みをり　野末たく二
いえづとの溝蕎麦の花こぼるるよ　中村わさび

烏瓜（からすうり）

ウリ科の蔓性多年生。山野に自生し、長い蔓を出し、木や藪を登り、秋口は緑色で晩秋赤熟した楕円形の実をつける。果肉は荒れ止め、種子は薬用・食用、塊根から採った澱粉は天瓜粉（てんかふん）として用いる。

黒猫がゐる高窓のからす瓜　石原八束
烏瓜一部始終を話してよ　森田緑郎
雨脚に重さ加はるからす瓜　小笠原照美
鳥羽絵より兎出て曳くからす瓜　石崎多寿子
農婦の腰野墓で伸びる烏瓜　姉崎蕗子
赤になる過程の黄色烏瓜　岩川みえ女
突き当る杜（もり）の暗さや烏瓜　斎藤道子
遙かまで澄みゐる日暮烏瓜　石田阿畏子
烏瓜蔓を忘れて真っ赤なり　大澤ひろし
烏瓜空気減り来し色となる　滝川ふみ子
みめよきは白縦縞（しろたてじま）の烏瓜　大橋迪代

溝蕎麦や足摺へ向く遍路みち　中平泰作
溝蕎麦や峡田乏しき水をひき　平松草太

楸邨（しゅうそん）の歩幅に遠し烏瓜　栄水朝夫
真つ赤にてやつぱり欲しき烏瓜　小間さち子
烏瓜引けば聞こゆる山の音　高橋良子
地の声を呼び出している烏瓜　実籾　繁
蔓引けば修羅ひびき合う烏瓜　算用子百合
夕暮の錘（おも）りのごとき烏瓜　山田雅子
風葬のごとく褪せゆく烏瓜　永井武子
夕空を引っぱってゐる烏瓜　今田清乃
晩年の生きざまふっと烏瓜　河江麗子
蔓引いて我が意を得たり烏瓜　二橋満璃
地図の上旅する町の烏瓜　能美澄江

菱の実（ひしのみ）　菱採る（ひしとる）　茹菱（ゆでびし）

ヒシ科の一年生水草。池沼・河川に自生。根は泥中にあり、葉は水面に浮き菱形で、浮き嚢状にふくらむ、秋、鋭い角状の突起のある堅果を結ぶ。その菱の実採りは小舟や盥（たらい）に乗って取る。種子は食用で、若い青いものは皮をむいて食べ、熟した黒い実は蒸したり茹でたりして食べる。↓菱の花（夏）

黒猫ありきらきらの眼は菱の実　金子兜太
みたやうな景色のなかを菱枯るる　黒田咲子
菱は実にマザーテレサは地べたの人　宮坂静生
菱の実や兄弟似たるまま老ゆる　庄内健吉

水草紅葉（みずくさもみじ・みづくさもみぢ）　萍紅葉（うきくさもみじ）　菱紅葉（ひしもみじ）

晩秋には水中に生える萍（うきくさ）・菱（ひし）などの草や藻が赤や黄に色づいてくる。水中に揺らぎ漂うさまは風情がある。

水草紅葉言葉はそこへ置きざりに　山田みづえ
水草紅葉朝日に溶けてしまいそう　赤田　道

茸（きのこ）　菌（きのこ）　茸（たけ）　茸飯（きのこめし）　舞茸（まいたけ）　ひら茸

大形菌類の総称で、山野の樹陰・朽木などに生じ、多くは傘状をなし、裏に多数の胞子が着生。食用となるものから猛毒のものまで種類が多い。

爛々と昼の星見え菌（きのこ）生え　高浜虚子
半日は行方不明のきのこ採り　山崎佳子
帰郷した鼻でさまよう茸山　伊丹三樹彦
遠野人灯を低くして茸売る　皆川盤水

むらさき茸夜は土色となってをり　石脇みはる
郵便夫石仏にあひ茸に遇ひ　宮島昭質
山気澄みただよひそめし茸の香　松下信子
走り根を跨ぐはしり根ましら茸　佐藤幸子
宮殿の森の大きな茸かな　山崎ひさを
何がなし母死なずゐる茸飯　松尾濤子

松茸（まつたけ）

担子菌類のきのこ。アカマツの根に寄生し、秋季アカマツ林の地上に自生。寒冷地ではエゾマツ・ツガの林に生えることもある。表面は炭褐色。裏面は白色。芳香あり、美味。

松茸へあつまる目鼻から燻る　内田　啓
金屏風松茸鍋にくもりけり　山田弘子
松茸が異国の赤い砂こぼす　根岸竹葉
松茸を食ふためこころ空けておく　坂本　登

占地（しめじ）

湿地（しめじ）　しめじ茸

担子菌類シメジ科のきのこ。白色または灰色で、傘は幼時は球状。多数塊状をなし、茎部で癒着して一株となって発生することが多いので、千本占地ともいう。俗に「におい松茸・味しめじ」といわれる。

しめじなます吾が晩年の見えてをり　草間時彦
塗盆に千本しめじにぎやかに　島田的浦

椎茸（しいたけ）

マツタケ目シメジ科の食用きのこ。シイ・カシ・クリ・ナラ・クヌギなどの広葉樹の枯木中に繁殖した菌糸から生じ、傘の外面が紫褐色または黒褐色で裏面と柄は白い。生のものは淡味、干したものは香りが高い。菌糸を植えた榾木（ほだぎ）を並べて栽培する。

椎茸を売る店ばかり日が沈む　川崎展宏
椎茸を乗せて煮しめのととのひぬ　根岸君子

初茸（はつたけ）

ベニタケ科食用きのこ。他の茸にさきがけて生えるのでこの名がある。傘は扁平または漏斗状に開き、中央部はくぼむ。全体褐色を呈し、傘には濃色の環紋がある。傷をつけると青変する。

初茸はわれを待つこともなくほうけ　山口青邨
橋立の初茸を獲したなごころ　鈴木青園

毒茸（どくたけ）　笑い茸　けむり茸　天狗茸（てんぐたけ）　月夜茸（つきよたけ）　紅茸（べにたけ）

有毒のきのこ。テングタケ・アセタケ・ツキヨタケ・ワライタケの類。その毒成分には神経系を侵すもの、消化器系を侵すものなどがある。一般に毒性は強力、即効的なものが多い。

紅茸を怖れてわれを怖れずや　西東三鬼
まつ黒な鯉住む山のけむり茸　栢尾さく子
月夜茸山の寝息の思はるる　飯田龍太
紛れなき白に育ちし毒茸　岩瀬操舟
力なき眼に月夜茸うかぶかな　赤尾兜子
毒茸ののせてありけり石の上　木下野生
妖精のブローチ雨の月夜茸　斉藤淑子
山の精もらいて生れし月夜茸　城野都生
子ひととせは夢のまにまに月夜茸　佐々木咲
荒瀬うつ崖の上なる天狗茸　杉本文彦
煙茸ふいに煙りて父母の亡し　小宮山政子
毒茸や鳥獣保護区しづもりぬ　成瀬靖子
笑茸食ひしわらひぞ医師の前　白岩三郎
紅茸や人格までを変えて病む　菅　章江

索引

あ

き

し

た

は

ひ

ま

み

む

め

も

や

ろ

わ

監修・編纂・執筆者一覧（敬称略）

●監　修（五十音順）

桂信子・金子兜太・草間時彦・廣瀬直人・古沢太穂

●編纂委員（五十音順）

綾部仁喜（泉）
伊藤通明（白桃）
茨木和生（運河）
宇多喜代子（草苑）
老川敏彦（秋）
大牧　広（港）
加藤瑠璃子（寒雷）
熊谷愛子（逢）
倉橋羊村（波）
斎藤夏風（屋根）
田口一穂（秋）
寺井谷子（自鳴鐘）
豊田都峰（京鹿子）
中戸川朝人（方円）
成田千空（萬緑）
能村研三（沖）
原　裕（鹿火屋）
深谷雄大（雪華）
福田甲子雄（白露）
星野紗一（水明）
星野麥丘人（鶴）
松澤　昭（四季）
宮坂静生（岳）
森田緑郎（海程）
諸角せつ子（道標）
山田みづえ（木語）

編纂進行

松田ひろむ（鷗座）

●季語解説執筆（追加季語など、一部この一覧に合致しない場合もあります。）

春　時候　綾部仁喜
　　天文　伊藤通明
　　地理　茨木和生
　　生活　宇多喜代子
　　　　　成田千空
　　行事　大牧　広
　　動物　加藤瑠璃子
　　植物　熊谷愛子
　　　　　星野紗一
　　　　　行方克巳

夏　時候　寺井谷子
　　天文　小澤克己
　　地理　茨木和生
　　生活　老川敏彦
　　　　　山口一穂
　　　　　大矢章朔
　　　　　水谷郁夫
　　　　　上田日差子
　　　　　藤田　宏
　　　　　嶋田麻紀
　　行事　豊田都峰
　　　　　直江裕子
　　動物　能村研三
　　　　　橋本榮治
　　植物　岩淵喜代子
　　　　　窪田久美
　　　　　辻恵美子
　　　　　三村純也

秋　時候　福田甲子雄
　　天文　星野麥丘人
　　地理　茨木和生
　　生活　松澤　昭
　　　　　松澤雅世
　　行事　岩淵喜代子
　　動物　宮坂静生
　　植物　諸角せつ子
　　　　　松田ひろむ
　　　　　森田緑郎

冬　時候　深谷雄大
　　天文　山田みづえ
　　地理　いのうえかつこ
　　生活　斉藤夏風
　　　　　伊藤伊那男
　　　　　中戸川朝人
　　　　　小島　健
　　行事　遠山陽子
　　動物　成井惠子
　　植物　小島花枝

新年　時候　橋爪鶴麿
　　天文　橋爪鶴麿
　　地理　橋爪鶴麿
　　生活　小林貴子
　　　　　加古宗也
　　行事　西村和子
　　動物　いのうえかつこ
　　植物　いのうえかつこ

校閲　倉橋羊村
忌日一覧　綾部仁喜
　　　　　細井啓司

新版・俳句歳時記【第六版】秋

二〇〇一年九月　五　日　第一版第一刷発行
二〇〇三年四月　十　日　第二版第一刷発行
二〇〇九年二月　十　日　第三版第一刷発行
二〇一二年六月三十日　第四版第一刷発行
二〇一六年六月二十五日　第五版第一刷発行
二〇二三年十一月十日　第六版秋第一刷発行

監　修　桂　信子
　　　　金子兜太
　　　　草間時彦
　　　　廣瀬直人
　　　　古沢太穂

編　集　「新版・俳句歳時記」編纂委員会

発行者　宮田哲男

発行所　株式会社雄山閣
　　　　東京都千代田区富士見二-六-九
　　　　電話　〇三-三二六二-三二三一

印刷／製本　株式会社ティーケー出版印刷

ISBN978-4-639-02933-5　C0092